武汉理工大学研究生教材

沉默中的疯狂：

莫里斯·布朗肖小说中的 异质情感书写

柳文文 著

Madness in Silence:

The Extreme Emotions

in Maurice Blanchot's Fiction

WUHAN UNIVERSITY PRESS
武汉大学出版社

图书在版编目(CIP)数据

沉默中的疯狂:莫里斯·布朗肖小说中的异质情感书写/柳文文著.—武汉:武汉大学出版社,2023.3(2023.11重印)
ISBN 978-7-307-22611-1

Ⅰ.沉… Ⅱ.柳… Ⅲ.莫里斯·布朗肖—文学思想—研究
Ⅳ.I565.072

中国国家版本馆 CIP 数据核字(2023)第 019946 号

责任编辑:罗晓华　　责任校对:鄢春梅　　版式设计:韩闻锦

出版发行:**武汉大学出版社** （430072　武昌　珞珈山）
　　　　　（电子邮箱:cbs22@whu.edu.cn　网址:www.wdp.com.cn）
印刷:武汉邮科印务有限公司
开本:720×1000　1/16　印张:16　字数:238 千字　插页:1
版次:2023 年 3 月第 1 版　　2023 年 11 月第 2 次印刷
ISBN 978-7-307-22611-1　　定价:59.00 元

序

涂险峰

在 20 世纪法国作家中，莫里斯·布朗肖以特立独行、见识卓异、文风奇绝而著称。虽然他在盛年以后一直深居简出、神秘低调，但其影响力却深远悠长。他的作品赢得了萨特、福柯、巴塔耶等一众巨擘的青睐和盛赞，以及不计其数的学者见仁见智的专门研究。在漫长的创作生涯中，布朗肖身兼作家、思想家、批评家数任，穿行于哲学与文学、批评与创作之间，这与其说是某种跨界融通，不如说是其总体探求精神在不同领域中的体现。因此，将布朗肖的哲学思想与艺术想象当作一个有机整体，在文学书写与思想探索的张力关系之中来解析他的文学世界，其学术意义是不言而喻的。

然而，学界对于布朗肖的现有研究尽管成就斐然，但由于思维惯性所限而呈现不平衡状态。例如，较多侧重于哲学思考和文学批评，而相对忽略其独具价值的文学创作；未能充分结合文学想象来阐发其思想内涵，因而一定程度上妨碍了对于两者各自的深入理解。在文学作品研究方面，颇受其静默表象影响，未能足够深入地探查表象之下的深邃内涵、复杂意义和狂放力量，以及碎片化叙事裂隙之间充满生成潜能的张力空间。因此，需要更具创新意识和突破性思维的研究视野，来进一步开掘其潜在价值和独特意义。这部从德勒兹精神分裂理论出发解析布朗肖文学创作的专著，正是沿着这一努力方向做出的新尝试。

以德勒兹理论阐释布朗肖，这一探究路径的选择看似寻常，实则用意较为别致。同时代两位法国思想家、文学家之间的相关性研究，本无足为奇。布朗肖同当世思想家之间的交流互动不乏其数，他"与巴塔耶、福柯、德里达、列维纳斯、南希等人之间有着深刻的理论对话，对后结构主义批评理论的发展产生了极为重要的影响"。但是，德勒兹与布朗肖的关系却颇为特殊、颇耐寻味：两者既未谋面，也尺牍无缘，彼此只是偶有谈及，往往点到为止而并不充分。因此，德勒兹与布朗肖的相关性研究若要成立且有效，必须具备超出理论方法与研究对象之间随机组合、翻新出奇的意义。换言之，这项研究的选题虽不乏新意，但仍需内在学理的支撑。

从学理逻辑考量，由德勒兹理论视角切入布朗肖的文学世界，并非缘于德勒兹理论方法的普适性，而是因为它内在契合于布朗肖文学作品的独到特征与精神内涵。艺术直觉较为敏锐的读者，不难窥见布朗肖作品静谧浅表之下非理性的疯狂，不难感受其平稳叙事背后冲突撕裂的躁动力量和沉郁深邃的存在之思。而德勒兹也是这样的"张力大师"，总是以其理论思维中对峙两极的强劲张力震撼读者。德勒兹将斯宾诺莎的情感理论与尼采哲学彼此结合而"生成"自己的理论。斯宾诺莎以沉静的理性冥思与几何学般的严谨论证著称，尼采则以非理性的强力意志和酒神迷狂为标榜，而德勒兹正是在两者的张力关系中建构起潜力巨大的生成性理论空间。"德勒兹不断向外扩张逃逸分裂的激进路线"与"布朗肖文学创作的退隐沉默"看似方枘圆凿、南辕北辙，其实却貌离神契。布朗肖隐身于"暗夜、死亡、遗忘、沉默和被动性"的文学书写，然而，在这一文学空间背后躁动着的却是"一种歇斯底里的叫喊和精神上肆无忌惮的游牧"，这种精神气质与"激进、分裂、游牧的德勒兹"并不矛盾，甚至内在相通。布朗肖将沉默和被动性转换为"进击的方式"，向内寻求"人之可能性的极限"。本书基于对德勒兹和布朗肖共有的张力特质的艺术直觉和理论洞察，通过大胆设计的理论进路、层层深入的文本分析和环环相扣的逻辑论证，力图揭示两者之间看似互不相关、实则灵犀相通的联系。借助德勒兹精神分裂理论的棱镜，能够更为有力地解析布朗肖文学作品的深层内涵，洞悉其沉默宁静的表层之下汹涌激荡的生命情感和喷薄欲出的原创精神，释放其叙事裂隙空白之间潜藏着的巨大生成性力量。

全书的探索路径正是在这种"沉默与疯狂"的强劲张力关系中徐徐展开。一至四章分别探讨情感、语言、身体和社会空间诸领域。在情感方面，正如德勒兹用尼采的酒神精神和强力意志来置换斯宾诺莎对于情感的理性思维，将斯宾诺莎的"快乐与痛苦""主动与被动""积极与消极"通过情感连接起来，从痛苦中发现极致快乐，在被动性中高扬主动性，布朗肖也将写作置于沉默与疯狂、被动与主动、消极与积极、否定与肯定的强劲关系之中予以表现。他把"谵妄、疯狂、梦幻、扭曲"等被动性、否定性、消极性、反常性的情感，改造成肯定性、生成性、积极性的力量，传达出特殊的智慧。

在语言层面，这种张力关系也异常强劲生动。语言的支离破碎、互相缠绕，语言对于再现和理解的拒绝，意义的消解，对少数用法的青睐，对规则语法的破坏，甚至语言自身的枯竭……诸如此类否定性、被动性、消极性的特质，都被布朗肖的艺术魔法转变成积极的、生成性的力量，服务于意识形态裂缝的揭示、情感强度的释放和生命意识的张扬。语言因而具有了行动性，能够直接介入存在，同未知相遇。

在身体领域，尽管布朗肖罕言肉身，但德勒兹理论一旦注入布朗肖文学叙事分析，则激发出思想洞见的生成潜力。布朗肖笔下那些"无器官的身体"(与动物之间丧失界限的身体、狂暴扭曲的身体、垂死中的身体等)被消除了将其辖域化、层次化和功能化的理性力量，成为"集聚情感力量的场所""充盈着欲望的身体"和"力量流动的自由通道"。布朗肖意欲"打破身体中存在的障碍"而"迫近身体的极限"，令其"代表着灵魂在身体痛苦时的巅峰体验"。

沉默表象之下汹涌的个体情感，极致的肉身体验，或者语言符号背后澎湃的生命意识和强劲的生成空间，仍不足以穷尽布朗肖创作的张力特质。布朗肖的文学书写，还一直延伸、拓展至更为广阔的社会性的、人类学的空间，向着未来开放。他让笔下人物相互之间彼此疏离，但这与其说是为了凸显个体的孤立无助与隔绝无缘，不如说他在刻意保留某种开放性的距离和潜能空间，其中隐藏着生成、拓展的力量，充满未完成性。借用这种张力的辩证法，他将人类自身的死亡、欲望、冲动等否定性力量转换为突破性的"越界驱动"，"于沉默和空白之处形成文本的召唤结构，召唤尚未到来的民众"。他所召唤的未来民众构成某种感知共通体。这一共通体基于"共同情感体验和极限经验"。也就是说，它并非静止和谐、凝固不变的无为整体，而是兼具肯定性和否定性的充满动能和潜势的开放共通体。它通过不断的越界奔突来解构社会的权力主体关系，并预示了"一种尚未到来的丰富平等的社会关系新形势和一个美学自由游戏的空间"。

对上述特质的充分发掘，使得本书的这项研究本身变成了某种布朗肖-德勒兹式的探险和创造。它召唤的是布朗肖-德勒兹式狂放不羁的思想张力、鞭辟入里的思维直觉和坚实缜密的内在逻辑，以及读者带着同样精神的深度参与。

前　言

　　莫里斯·布朗肖是 20 世纪法国思想界无法绕开的一个晦暗存在，他不仅创作了诸多影响深远的文学思想评论文集，还有大量的小说文本实践。然而，布朗肖的小说并没有得到广泛关注和阅读，他倾向于把文学看作更为严肃的哲学问题，以至于他的小说游弋在文学创作与哲学研究的晦涩中间地带。他的作品与时代小心翼翼地保持着距离，不属于既定的社会框架，也无法被束缚，总是在作品内部勾画出独有的逃逸路径，指向外部，在一个开放的空间内自我蔓延、生成。布朗肖的作品在晦暗和沉默中去迎接一种尚未到来的意义，这其中包含了某种野蛮原始的东西，这种东西能够撼动秩序化的表面，这或许也定义了布朗肖作品的当代性。他的这种努力抹除自我存在印记的姿态伴随他的整个思想历程，然而丝毫没有减弱他的作品对 20 世纪法国知识界的影响，巴塔耶、列维纳斯、福柯、巴特、德里达、南希等人都曾或明或暗地与布朗肖形成一种对话的亲密关系。那么，如何阅读布朗肖的沉默和自我消隐成了理解布朗肖及其与法国理论之间关联的一个迫切问题。

　　本书是重新思考后结构主义理论的一种尝试，首次将德勒兹与布朗肖联系起来并用德勒兹的理论来解读布朗肖的小说。德勒兹在他的作品中只是零星地提到过布朗肖，他与布朗肖之间的关系并不明晰，这种关联性阅读能够厘清德勒兹与布朗肖之间重要的联系以及他们之间的理论差异，在共同阅读他们作品的同时，能够彼此照亮。布朗肖的沉默和晦涩基本达成了学界的共识，连布朗肖本人也说自己把一生奉献给了属于文学的沉默，而德勒兹的精神分裂分析能够突破这种定见。对于德勒兹来说，文学的问题不仅与文本有关，与文本的历史背景有关，文学的特殊性在于它蕴涵的独一无二的生命力，这种生命力表现为强大的情感力量和欲望流动。德勒兹精神分裂分析中的情感和欲望流动能够为我们分析布朗肖的文学作品提供一种新的透视方法，从而发掘布朗肖小说中异质情感的文学创作意义，这也是抵达其创作核心的关键，能够让我们看到布朗肖晦暗的小说世界里隐秘的激情和光亮，并指出他的沉默并不是情感的阻滞和冷漠，而是一种断裂和一个缺口，是以不在场的方式存在的激情和疯狂体验，是一个将价值悬置没有答案的时刻，从而展现出了人类自身与文化真理之间病态的相互分离的关系。首先，布朗肖小说实际上是带有疾病特征的一种精神分裂式书写，这种异质的情感是一种特殊的思想根基和精髓型的力量，能够触及某种极限体验并且直指思想的域外。其次，小说中不断缠绕折返的语言不是现实世界的再现，而是其文学创作中具有自主性的表现情感的质料，成为这些异质情感的载体。再次，德勒兹的情感理论将布朗肖小说中的身体提到一个显眼的位置，它不仅是一个客观存在，也是一个力量流通的场所以及一出充满情感强度的事件。最后，布朗肖小说中的这种情感之力在人物之间产生接触和碰撞，产生一种异质化的连接，在某种程度上也打开了布朗肖构建的文学空间，使其不再是一个封闭的艺术实践场所，而是一个充满着偶然性和未完成性的美学自由空间。在当今的社会语境中，重新审视这种看似消极被动的情感力量所打开的艺术创作和文学革命之路，其意义是显而易见的。

　　本书在绪论中简要介绍布朗肖和德勒兹之后，又从情感角度分别阐述其在精神、语言、身体和人物关系之间造成的影响。第一章从布朗肖小说中遗忘和疯狂两种异常的生命状态开始考察，分析这些看似否定的情感体验如何成为一种积极的解辖域力量，引导思想走向外部，并让小说创作和主题呈现出一种差异性。遗忘在布朗肖的小说中是一种思想的路径和生成，能够打通情感和时间的通道，让不可感知物得以涌现。此外，布朗肖的小说呈现出了疯狂的运动过程，表现为一种极限经验的体验和现实想象之间的错位。他的疯狂隐藏在沉默背后，这是一种理智的追寻，他要展现出疯狂背后的力量和真相。从德勒兹的角度，我们可以看到布朗肖小说中这些异质性情感的积极创造力量，它们是一种思维方式，与爱、欲望和情感相关，是思想内部晦暗不明的存在。

　　第二章主要探讨布朗肖叙事中语言差异化生成的方式，语言从固定和日常意义中解放出来，通过自身的运动形成一种新的意义，并成为一种力量和事件打开叙事空间，让故事最终能够成其为故事。笔者从小说中语言的少数用法入手，指出布朗肖通过语言的少数用法寻求一种在语言内部交流的可能性。德勒兹对自由间接引语的分析让我们对布朗肖的中性书写有了更为明确的把握，布朗肖文本中的这种话语模式实际上意味着一种妄想狂机制，从而让小说产生了不确定性和多重意义。德勒兹认为语言实际上是一种行为方式，是一部抽象机器，掌握着语言运动力的流动和方向，其中，命令词语和口令表明了一种权力形式和权力关系的建立，生命可以接受语言的死刑判决，同样也可以选择逃亡，让生命此刻处于一种流动变异状态，反过来带动语言进入极限，从而导致一场纯粹事件发生。在语言的逃逸和极限中，语言获得了自主性和自身深度，并在情感的强烈驱动下产生一种新的语言结构，从而构建了布朗肖作品中独特的语言风格。声音，作为语言活动的介质，在布朗肖的文本中成为凝聚情感的力量，呈现出不可还原和简化的丰富性，并最终与语言分离成为中性化的存在。

　　第三章从身体的角度分析布朗肖怎样消解主体性经验的身体，使其成为流动的、非中心化的、具有连续强度的无器官身体，使其自我敞开，颤动，被各种力量所塑造，同时也释放出力量之流。布朗肖在小说中提取的身体感觉实际上就是德勒兹所说的"无器官的身体"的存在状态，他要去捕捉身体中的某种力量，看到肉体在某一瞬间的震颤，将不可见的力量通过身体变得可见。此外，布朗肖小说中的身体姿态用一些特殊的视角将身体引向历史和精神层面，澄清思想中晦暗不明之处。布朗肖笔下的身体是由情感强度构成的连续体，最后都表现为一种强度的释放，并定格为某种特定的姿势，同时躯体之间的情感纽结也成为小说的叙事动力。嘴、手和脸这些碎片化身体所带有的瞬间情感强度是直接与思维之外的感官系统发生效应的一种差异性力量，也是一个多元化的情感通道，与其他器官之间存在着开放可变的联系。

第四章主要呈现布朗肖小说中情感之力作用下自我和他者之间的接触、碰撞和位移，并指出这种情感之力不是以某种稳定的社会关系为基础的，而是一种异质化的碰撞和连接，旨在超出这些现成的社会关系的局限，形成一个平滑的社会空间。布朗肖小说中人与人之间的关系是一种相互分离却又无限关联的状态，主体与自身和他者之间的边界变得不稳定、不清晰，这种逃逸的关系表现为相遇性、被动性和滑动性三个方面。德勒兹认为作家的任务就是要表达出一种潜在的人群、一种生命的可能性，朝向未来无限生成。布朗肖的作品则在政治和文学艺术两个领域召唤这个未来民众的到来，从功能和情感两个层面检视其作品中自我和他者之间相互拉扯的矛盾关系。布朗肖小说中人与人之间的疏离是一种没有关系的关系，是过于强大的交流，这种关系源于一种先于个体而存在的情感体验，能够召唤一个新群体的诞生。

沉默是属于布朗肖的标签，是他接近未知的方式，布朗肖的沉默使作品显得晦涩、难以理解，而这种阅读困难又进而加深了他的沉默，在一定程度上也让我们对布朗肖的作品产生了某种定见。德勒兹不断向外扩张逃逸分裂的激进路线与布朗肖文学创作的退隐沉默表面上看来是截然相反的路径，实则可以穿透布朗肖的沉默，直抵他的核心。在德勒兹那里，布朗肖的沉默也是一种症候，循着这条路径，我们能够看到其沉默背后所凝聚的生命力和情感，布朗肖这个内缩式的文学空间并不是为了企及某种固有的创作目标，或是表达某种完整的思想，而是向着精神的外域自由敞开，让体验随性而行，随时准备迎接一场精神和情感的内爆。他的作品中所呈现出的沉默和被动性看起来极为单调并且难以琢磨，实际上充满着强大的激情和战斗力，这是一种几乎无法承受的精神紧张状态，在他看似沉默晦暗的文学空间的背后有一种歇斯底里的叫喊和精神上肆无忌惮的游牧。布朗肖小说的灵魂在于一种思想的运动和游牧变化本身，关键不是生成变化的结果，而是作为变化驱动力的生命、欲望和情感。这种越界的力量不存在伦理价值上的善恶评判，而是一种指向死亡、黑暗、沉默、谵妄等未知领域的中性艺术意志。尽管布朗肖的作品中表现出的是一种拒绝进入和否定性的文学姿态，德勒兹却告诉我们，沉默和拒绝的背后是涌动的生命欲望和激情，可以说，布朗肖的一生献给了文学沉默之下的澎湃。

目　　录

绪　　论

第一节　莫里斯·布朗肖：一个晦暗的存在

一、布朗肖是谁？

20 世纪的法国思想界诞生了一群璀璨的知识界新星：萨特、加缪、拉康、福柯、巴塔耶、列维纳斯、布尔迪厄、罗兰·巴特、德里达、德勒兹……他们给世界带来全新和大胆的思想，绘制出一个崭新的知识谱系。然而，就在这些炫目的光芒背后，隐藏着一个难以捉摸却又无法绕开的黑洞，一个晦暗、不可思议的存在，于幽暗深处注视着一切，他就是莫里斯·布朗肖（Maurice Blanchot，1907—2003，后简称布朗肖）。布朗肖一生行事低调，中年后不接受采访与摄影，他于"二战"后两度隐居，其生活绝大部分几乎不为人知，隐居期间与朋友只保持书信上的往来。他将自己的一生奉献给了文学和属于文学的沉默，一直以来，他都是当代文坛最神秘却又无法回避的人物之一。

布朗肖与外界之间的绝对距离使其成为了思想本身，他的这种隐退和缺席反而成为一种巨大的在场，发出来自暗夜的回响。布朗肖的作品和思想几乎渗透了整个法国当代思想界，对法国许多知识分子和作家，如乔治·巴塔耶、列维纳斯、萨特、福柯、罗兰·巴特、德里达、德勒兹等都影响深远。20 世纪 60 年代，福柯十分迷恋布朗肖，读了布朗肖的大量著作，并在各种不同的场合多次毫不掩饰地表达对布朗肖的敬意。他曾对保罗·维因感叹道："那时候(20世纪50年代)，我梦想着能成为布朗肖。"①他在文中大量引用布朗肖的话，模仿布朗肖的风格，他在《知识考古学》后面所采用的自问自答的方式就是对布朗肖的模仿和致敬。在福柯看来，"他(布朗肖)就是(外界)思想本身——那种真实、绝对的距离存在，闪闪发光却又无处可见，不可避免的法则，那平静、无限、恰到好处的力量"②。福柯与布朗肖刻意不见面，他们之间一直保持着一种特殊的知识友谊，素未谋面却相互视为知己。巴塔耶这样评论布朗肖："莫里斯·布朗肖不属于被广泛阅读的法国作家，(但)他是其时代最为独特的思想家……他已经向我们展现了在人类存在的视域之内最为奇特的视角和最为匪夷所思的事物。"③海伦·梅林·卡吉曼甚至大胆地说："19世纪人们都在谈论巴尔扎克或沃热纳斯，在我看来，20世纪我们将会谈论布朗肖。"④玛莱尼·扎拉得赋予了布朗肖时代性的地位，在提到他的作品时，她说："这个时代没有停止在这里思考自身。"⑤尽管布朗肖总是不断自我隐退，但他却是思想界一个不可回避的巨大存在。他与巴塔耶、福柯、德里达、列维纳斯、南希等人之间有着深刻的理论对话，对后结构主义批评理论的发展产生了极为重要的影响，他的文学创作开启了对人的存在认知中极为陌异性的一面。

布朗肖早年是一名政治新闻工作者，其政治立场摇摆不定，20世纪30年代，他为一系列激进民族主义杂志，以及极右翼月刊《战斗》和民族主义-工团主义日报《起义者》撰稿。尽管布朗肖不是一个亲纳粹分

---

① Eribon, Didier. Michel Foucault[M]. Betsy Wing, trans. Cambridge：Harvard University Press, 1991：58.

② Foucault, Michel. Maurice Blanchot：The Thought from Outside, in Foucault/Blanchot[M]. Brian Massumi, trans. New York：Zone Books, 1987：19.

③ Bataille, Georges. Maurice Blanchot[M]// Kevin Hart & Geoffrey H., ed. The Power of Contestation：Perspectives on Maurice Blanchot. Hartman, Baltimore：The Johns Hopkins University Press, 2004：1.

④ Merlin-Kajman, Hélène. Maurice Blanchot：Récit, Critique[M]. Christophe Bident & Pierre Vilar, ed. Tours：édition Farrago/Edition Leo Scheer, 2003：323.

⑤ Zarader, Marlène. L'être et Le Neutre：A Partir de Maurice Blanchot[M]. L'Agrasse, Fr.：édition Verdier, 2001：20.

子，但这些文章清楚地表明了他极端民族主义的倾向以及反犹太主义、反民主制度的立场。随后，纳粹占领法国之后，他的政治态度突然逆转。1968年法国五月风暴期间，布朗肖一度从个人隐没中现身，支持抗议的学生，这是他在战后唯一一次公开露面。此后，布朗肖开始了漫长的隐居生活，全身心投入文学创作和思考，这并不意味着他从政治领域全然撤退，相反，在他看来，对文学的介入离不开政治，写作就是对自身存在和价值的质疑，文学因此带上了一种政治紧迫性，这种紧迫性源于布朗肖对自我和他者之间的关系以及人类生活共通体的思考。

因为两度隐居，布朗肖的大部分生活并不为人所知，比登为布朗肖写的传记算是比较全面的一本。布朗肖出生在法国索恩-卢瓦尔一个名叫奎因的小村庄，家境殷实。1922年，布朗肖做了十二指肠的外科手术，这次手术留下了顽固的后遗症，致使他余生都在结核病、胸膜炎、眩晕以及呼吸困难中度过，多次与死亡擦肩而过。在某种程度上，疾病赋予布朗肖一种异于常人的体验，从而使他具有特殊的精神丰富性。"正是如此，某种东西降临到他身上，带给他一种近乎不可能的神秘感和兴奋感。"①可以说，疾病是布朗肖在暗夜和孤寂中的进击方式，他对疾病抱有一种完全自主的态度，主动思索疾病发作时所产生的超乎寻常的力量和幻想，并将其倾注到文学创作的过程中。可以说，疾病和羸弱的体质是力量的另一种表达方式，这是力量对身体和生命的介入，使其无能为力的同时也激发了对抗的力量。尼采在《权力意志》中曾指出疾病和颓废的"积极"品质，它们能够产生一种异于常人的丰富精神状态，在极其虚弱中见证一种过剩之力的存在，病人和弱者比健康者更有趣。德勒兹在《批评与临床》中说道："文学似乎是项健康事业：并不是因为作家一定健康强壮（这里可能存在与田径运动中同样的含混），相反，他的身体不可抗拒地柔弱，这种柔弱来自在对他而言过于强大、令人窒息的事物中的所见、所闻，这些事物的发生带给他某些在强健、占优势

---

① Bident, Christophe. Maurice Banchot：Partenaire Invisible[M]. Seyssel：Champ Vallon, 2008：25.

的体魄中无法实现的变化，使他筋疲力尽。"①布朗肖就是这样一个作家，疾病让他长期失眠，当他人的夜晚在睡眠中不知不觉中被白昼替代的时候，布朗肖的暗夜却成了一个巨大的不可缺席的存在。对于他来说，黑夜就像一种纯粹之光，其最幽深的黑暗既是一种隐藏，也是一种显现。黑夜是对疯狂的容纳，其中蕴藏着一种扰乱现实日常符号编码的力，成为打开深渊的先决条件，让他听命于自身内在的秩序。黑夜"始终是他者，而听到他者的就变成了他者，接近他者的就远离了自身……"②黑夜为布朗肖蒙上了一层神秘的阴影，我们无从得知那无数个夜晚布朗肖经历了什么，黑夜对于布朗肖来说是一种诱惑，来自他者和外部的诱惑，这种空无是一种迎向他者的在场。布朗肖在这种暗夜中紧紧凝视他生活的时代，感知时代深处的被晦暗所隐匿的光芒，这里包含着历史深刻的痛苦和断裂，因此，对于布朗肖来说，黑夜不是暗无天日的深渊，而是一种试图抵达我们但从未临近的纯粹之光。可以说，没有穿越过黑夜、沉默和死亡的某种异质经验，几乎难以抵达布朗肖思想和文学作品的核心。

　　布朗肖的两度隐居生活是一种自觉的自我隔离，对于布朗肖来说，这个隔绝的空间既是限制也是敞开，与他的写作紧密结合在一起。一方面，他的隐居是为了与时代和人群保持距离，以便主动地观察时代的晦暗，在时代之光中搜寻阴影，"他将这种黑暗视为与己相关之物，视为永远吸引自己的某种事物。与任何光相比，黑暗更是直接而异乎寻常地指向他的某种事物。当代人是那些双眸被源自他们生活时代的黑暗光束吸引的人"③。另一方面，他要在走向暗黑深处时寻找一种属于自己的真正话语，实现"自动书写"，那种"只用强迫它保持

────────

① [法]吉尔·德勒兹. 批评与临床[M]. 刘云虹，曹丹红，译. 南京：南京大学出版社，2012：286.

② [法]莫里斯·布朗肖. 文学空间[M]. 顾嘉琛，译. 北京：商务印书馆，2003：170.

③ 汪民安. 福柯、本雅明与阿甘本：什么是当代？[J]. 马克思主义与现实，2013(6)：16.

沉默才能表达的话语"①。布朗肖从里尔克那里得到了启发，"一个人走得越遥远，越个人，生活就变得越独一。艺术作品就是对这个独一现实的必要的、不可辩驳的、永远确定的表达……我们应该让自己屈服于最极端的考验：因为独一的东西——别人无法理解或无权理解的东西，我们特有的那种狂乱——只有嵌入我们的工作，才能获得价值，进而在那里揭示它的法则，一种只能由艺术的透明来彰显的原始构图"②。布朗肖以自我隐匿的方式来远离当时丰富的思想在场，返回一种对原初的召唤。这是一种没有界限、无需庇护的状态，新的联系在深处被建立起来，写作灵感才能从中涌现。他拉开与外界之间的距离，而正是这种距离为其创作打开了一种新的持续，使其保有一种纯粹。正如布朗肖自己所言："诗人应当通过拒绝自身来完成他的使命。……这些强大的力量并不是属于尘世的，而且，它们的统治置身于时间之外，这些伟力并不衡量奉献给它们的时效性的服务的价值。"③如果说作品到神圣之间的距离构成了作品的空间，那么布朗肖到空无之间的距离则构成他创作和生活的空间，在黑暗的空无中隐藏并显露着。在这种沉默的空无(nothing)中，语言拒绝被物化，而是作为本质之物在言说，从而打开一个向外界流变的空间。这种空无不是彻底的虚无，而是作为一种巨大的存在，成为诞生文学、艺术和思想的混沌之初。

二、布朗肖的创作

布朗肖致力于通过写作来打破文类之间的壁垒，他的作品大多游弋在文学创作与哲学研究之间，文字凝练，理论晦涩抽象以至于难以理

---

① [法]莫里斯·布朗肖. 文学空间[M]. 顾嘉琛，译. 北京：商务印书馆，2003：187.

② [法]莫里斯·布朗肖. 阿尔托[M]// 米歇尔·福柯，等. 疯狂的谱系：从荷尔德林、尼采、梵高到阿尔托. 白轻，编，孔锐才，等译. 重庆：西南师范大学出版社，2018：398.

③ [法]莫里斯·布朗肖. 文学空间[M]. 顾嘉琛，译. 北京：商务印书馆，2003：215.

解。布朗肖的创作分为文学评论和理论、时政评论、小说创作以及一些混合文风的作品。"二战"期间,布朗肖曾为《辩论》杂志撰写书评,评论过萨特、加缪、巴塔耶、米肖、马拉美、杜拉斯等作家的作品。在这些书评中,他质疑语言的指涉性和思想的不可还原性,为日后形成独有的批判式思维奠定了坚实基础。"二战"后,布朗肖转向小说创作与文学评论,他的大部分后期作品可以被认为既是文学叙述又是一种哲学追问与探索。布朗肖一生笔耕不辍,创作了三十多部小说、文学批评和哲学思想著作。布朗肖评论文集主要有《文学空间》(1955)、《未来之书》(1959)、《无尽的谈话》(1969)、《灾异书写》(1980)、《从卡夫卡到卡夫卡》(1981)等,他的作品和对其他文本的分析是对文学、创作和阅读的不断探索,旨在弄清文学的界限在哪里,或者说文学对思想提出的明确要求是什么。他的文学理论重点是文学、文学理论与哲学之间的模糊地带。布朗肖倾向于把文学看作更为严肃的哲学问题,他认为文学不可能单独分离出来,文学触及的是更根本的哲学问题,同时将哲学进行文学化的书写。在他眼中,最重要的作家都是哲学家,他们的文学问题产生于写作活动。文学研究的核心问题是文本如何推进文学可能性,这与我们理解语言和真理的方式密切相关。在布朗肖那里,文学的重要性就是质疑文本传达的"真理",每个文学文本都是以自己的特定方式来抵抗简化,拒绝还原为某种单一的阐释或意义。

无论生活上还是思想创作上,布朗肖都在不断地自我隐退,将自己完全奉献给了文学中的沉默和无法注视的黑暗。布朗肖作品中那些看似自传或半自传部分并不完全是一种自视内省,在他看来,记忆源自遗忘,在遗忘的碎片中才能重拾一些关于自我的印记。由此看来,真正的传记不过是一种自我消除和隐退,而最为根本的真实来自对遗忘的耐心等待。他用"反文学理论"来构建自己的文学理论,他是一个最不像哲学家的哲学家,写着最不像小说的小说。巴塔耶认为布朗肖的作品,"不论是批评还是小说,它们的一般意义,可以说,逃避了所有的人"①。

---

① 巴塔耶谈布朗肖:江水流向大海,文学和思想走向深渊[EB/OL].[2016-08-22]. http://www.sohu.com/a/111481235_239626.

布朗肖的小说并不如他的文学评论作品出名，其大部分作品都默默无闻，但是要深入理解布朗肖的文学理论和创作思想，他的小说绝对是不可绕过的存在。总体看来，布朗肖的文学创作大致可以分为三个阶段：第一个阶段是20世纪30年代中期到40年代的小说（romans）创作时期，这个时期的文学作品包括《终言》（Le Dernier Mot，1935）、《田园牧歌》（L'idylle，1936）、《黑暗托马》（Thomas l'obscur，Premiere Version，1941）、《亚米拿达》（Aminadab，1942）、《至高者》（Le Très-Haut，1948）、《死刑判决》（L'Arrêt de Mort，1948）。这个时期的小说情节人物相对清晰，作品的整体性较强。对于这一时期在文学创作上崭露头角的布朗肖，批评界存在着两种截然相反的声音：一种认为布朗肖缺乏原创性，他所有重要的思想都来自尼采、海德格尔、卡夫卡、马拉美、巴塔耶或列维纳斯，他是在改编而不是创作；而另一种声音则认为他是独一无二的，西方历史上没有任何一个作家能够证明自己曾经与"外部"相遇，因此布朗肖的文学叙述令人难以置信。萨特肯定了他的创作天赋，但提到他的《亚米拿达》时，毫不留情地批评"他使用的技巧对于我们来说太熟悉了"，认为他"窃取了卡夫卡的方法"，并"令人难以置信地达到了一种剽窃的效果"。① 萨特的这种针锋相对或许指出了一个事实，卡夫卡是布朗肖文学创作的起点。布朗肖1981年作品的书名《从卡夫卡到卡夫卡》就已经暗示了文学创作只不过是对卡夫卡的重复，然而，布朗肖所谓对卡夫卡的"重复"并非萨特所说的"剽窃"或是同一技巧主题的单纯反复，相反，这种重复标志着布朗肖文学差异性的真正开始。德勒兹在《重复与差异》的导论中提出"重复就是以某种方式去行动，但是其与那些独一无二的独特之物有关，这些独特之物不可能与其他物相等同。或许这种重复，出于自身的立场，在外在行动的水平上，对一种隐秘地激发了这种重复的震动做出回应，说得更深入些，这是一种在独特

---

① Sartre, Jean-Paul. Critiques Littéraires (Situation I) (1947)[M]. Paris：Gallimard，1993：114-132.

之物之内的内在重复"①。布朗肖经由卡夫卡创造的路径，在书写过程中开拓自己的文学空间，此时重复书写是一种回应更是一种倍增，是对隐秘的独特之物的探寻，从而使自己的文学创作活动更加纯粹，展开了作家之间文学内部无尽的对话。

　　值得一提的是，布朗肖从 1932 年开始创作《黑暗托马》，这部小说 1941 年由伽利玛出版社(Gallimard)首版，并作为长篇小说(roman)被收录在《空白》(Blanche)作品集中。1948 年，布朗肖决定重新改写第一版《黑暗托马》，对原版进行了大量删节，新版从原来的 300 多页删减到 100 多页，伽利玛出版社于 1950 年出版了《黑暗托马》新版，并将其归于虚构类作品的名录之下。此举的关键问题不是作品类别的归属，而是布朗肖写作策略的调整，也是他对自己创作的挑战和重新思考，从而厘清了日后的创作风格和基本方向。从 20 世纪 50 年代开始，布朗肖开始了他第二个阶段的小说创作实验(récit)，这个阶段的代表作品有新版的《黑暗托马(新版)》(*Thomas l'Obscur (Nouvelle Version)*，1950)、《在适当时刻》(*Au Moment Voulu*，1951)、《永恒回归》(*Le Ressassement éternel*，1951)、《那没有伴着我的一个》(*Celui Qui Ne M'accompagnait Pas*，1953)、《最后之人》(*Le Dernier Homme*，1957)。哈罗德·布鲁姆将《黑暗托马》(新版，由罗伯特·兰伯顿翻译)放进了他《西方正典》的经典作品书单，其所处的混乱时期暗示了布朗肖与乔伊斯、卡夫卡、贝克特之间的紧密联系，他们一起朝着文学外部沉默、深不可测的黑暗地带出发，书写文学中极端的个人经验。这个阶段的作品被布朗肖称为 récit，在法语中是"讲述，叙事"的意思，他没有使用我们通常意义上所说的 roman(长篇小说或虚构的故事)、fiction(虚构，小说)或是 nouvelle(中短篇小说)。早在 20 世纪 20 年代，雷蒙·费南德兹(Ramon Fernandez)在一篇关于巴尔扎克的重要论文中就对法语中的小说(roman)和叙事(récit)进行了区分，他认为"小说是对所发生事件的再现，是对这些事

---

①　Deleuze, Gilles. Difference and Repetition[M]. Paul Patton, trans. New York: Columbia University Press, 1994: 1.

件的异常状况和发展的再现,而叙事是对已经发生事件的呈现,叙述者按照讲述和劝说的规则对再创作进行调控"①。费南德兹强调了叙事过程中作者对已经发生事件的调控性,这与布朗肖的叙事恰好背道而驰,《未来之书》中译本译者赵苓岑在讨论 récit 的翻译策略时也从布朗肖的文学观理解了 récit 的具体含义,"récit 并非对某一事件的记述,而恰为事件本身,是在接近这一事件,是一个地点——凭着吸引力召唤着尚在途中的事件发生,有了这样的吸引力,叙事本身也有望实现。……récit 一开始,素材就得以以全新未知的方式发生,这是叙事得以实现的条件"②。也就是说,布朗肖的叙事总是一种未完成性,所有的素材指向的是事件本身,一旦确定了叙述的方向,就无法让文本终结。对于布朗肖来说,写作或是叙事(récit)并不是通常意义上的记录或者再现一件事情,而是在叙述过程中挖掘一种引力,这是一个探索性的过程,整个叙事"指向一个中心——这个中心不仅是未知、异质的,而且正因为如此,它似乎处在这个过程之前或者之外,不具有某种真实性;但是这个中心近乎专横,将叙述引向它,甚至还没有'开始'之前就已经抵达;但也正是叙述以及叙述过程中那些不可预见的运动提供了空间,让这个中心变得真实、有力量,并极具诱惑性"③。这个中心是未知性,是极限经验中的一个临界点,它决定了叙事的运动方向,是布朗肖纷繁复杂的小说世界中不断回归的吸引子。布朗肖这个阶段的小说创作尝试在语言与文学叙事中构建起一种文学空间,在这里,语言不再是传统意义上对现实事物的指称,而是一种自足的存在,独立构成它自身的世界,自我在其中消解,转而成为一种他异性新的主体,体现出了写作的异质性和中性特征。布朗肖的小说以这种语言的实验性和纯粹的虚构完成了一

① Fernandez, Ramon. The Method of Balzac, in Messages: Literary Essays[M]. Montgomery Belgion, trans. New York: Harcourt, Brace, 1927: 63.

② 赵苓岑. 莫里斯·布朗肖《未来之书》中 récit 一词汉译探讨[D]. 南京:南京大学, 2015: 20.

③ Blanchot, Maurice. Encountering the Imaginary[M]// Blanchot, Maurice. The Book to Come. Stanford: Stanford University Press, 2003: 7.

种朝向外部的中性书写，从而使他跻身于 20 世纪 50 年代的先锋作家之列。

20 世纪 60 年代，布朗肖的文学创作进入第三个阶段，这个时期的创作呈现出更加明显的碎片化风格，他的理论、哲学思想与文学创作在这个阶段相互融合。其间，布朗肖创作了《等待，遗忘》(*L'Attente l'oubli*，1962)、《白日的疯狂》(*La Folie du Jour*，1973)、《我死亡的瞬间》(*L'Instant de ma Mort*，1994)，这些作品中的人物形象轻浅得难以寻觅，碎片一样的"场景(scene)"和"事件(event)"或堆叠，或缠绕，或游离，彼此相互敞开生成，没有源头，没有终结。布朗肖通过这种碎片化写作探索作家与作品、文学空间与外部、个体与世界之间一种深层的精神联系。这些散落碎片之间的距离既是一种缺席，又是一种巨大的在场，这种未完成性为新联系的建立提供了空间，在断裂中思想才能够溢出，碎片之间是纯粹的时间和不断生成的内部空间，在扩散和聚合的往复运动中走向"大写的书"。"此时就极其接近大写的书，因为只有大写的书，在宣告、等待自己成为作品，没有其他内容，除了自身充满无限问题的未来，总超前于存在，不断脱离，分离以便最终成为脱离、分离过程本身。"①

(为了论述方便，文中所提及的布朗肖的小说包括这三个阶段提及的所有叙事作品，而不再做阶段文体上的区分。)布朗肖这三个阶段的文学创作由重复开始，经由差异化的路线回到了书写本身，开启了一个全新的诗化空间，旨在消解作品中的一切真实性，从而形成极为深刻的"中立"(neuter)，抵达一个极点——永恒的空无，然而这个点作为源头却始终无法触及，我们只有偏离它才能走向它。布朗肖的小说是对"何为文学"这个根本问题的探索和实践，在文学的可能性与不可能性之间，他最终给出了关于文学的另一种可能性的答案：他坚持让作品成为通向灵感和艺术的道路，这是一条拒绝返还自身的道路，同时是一条迎

---

① [法]莫里斯·布朗肖. 未来之书[M]. 赵苓岑，译. 南京：南京大学出版社，2015：320.

接他者、等待他者的永恒复返的道路。

乌尔里希·哈泽说："与其他人相比，他也许把文学看作更严肃的哲学问题。在他的作品和对其他文本的分析中，我们看不到任何关于作品价值的不可靠的陈述，这本小说是不是比另外一本写得更好，这位小说家是不是比另一位小说家高明，这不是布朗肖所要关注的；相反，他的写作总是围绕同样的问题：文学的可能性或文学对思想提出的明确要求是什么？"①的确，布朗肖的小说创作因为其对文学本质探寻的哲学路径而形成了一种自有深度，然而如果仅仅将布朗肖的小说看作他的哲学实践，就忽视了小说自身的美学意义和现实层面，抹杀了文本所应具有的丰富性和开放性，可以说，布朗肖的作品是对自身文学思想的实践，但最终他并不是为了回到起点，而是意在探索文学空间的广度和深度。

第二节　德勒兹与布朗肖：秘密的朋友

一、对话

作为法国同一时期活跃的思想家，德勒兹与布朗肖素未谋面，也未曾有过直接的书信往来，他与布朗肖的关系大多是通过福柯、尼采、阿尔托、卡夫卡和贝克特建立起来的。布朗肖对德勒兹的唯一一次提及出现在《无尽的谈话》中，他认为德勒兹在《尼采与哲学》中用一种决然简单的方式表达出了力的复多性，并进而指出力不只是复多性，在力之间存在着一种间距，这个距离代表着差异的强度，尼采所谓的强力意志实际上是一种"差异的激情"。②布朗肖于1969年出版《无尽的谈话》时，

---

①　[英]乌尔里希·哈泽，威廉·拉奇.导读布朗肖[M].潘梦阳，译.重庆：重庆大学出版社，2014：1.

②　[法]莫里斯·布朗肖.无尽的谈话[M].尉光吉，译.南京：南京大学出版社，2016：315-316.

德勒兹先于他一年已经出版了《重复与差异》，显然德勒兹也看到了力之间的差异强度，但布朗肖想强调的是力之间的距离，实际上这个间距也为德勒兹的逃逸理论打开了空间。

德勒兹首次提到布朗肖是在 1964 年出版《普鲁斯特与符号》的注释中，他认为是布朗肖提出了碎片化的世界这个问题。① 随后他在《反俄狄浦斯》《卡夫卡》以及 1970 年的一篇论文中反复提到了布朗肖的碎片化问题。碎片化意味着一种杂多性和距离，碎片是世界的表现方式，碎片与我们对这个世界的感知和认识，以及在现实中的体验密切相关。这种碎片化的方式打破了逻辑的线性路径，成为一个朝向四面八方延展的开放空间，这为他后期游牧块茎理论的形成也提供了某种程度上的灵感。德勒兹在关于《千高原》的访谈中表达出了对布朗肖的喜爱，"我欣赏布朗肖：他的作品并不是一堆碎片和格言警句，而是在'文学空间'形成之前的一个开放系统，应对当下发生的事情"②。对于德勒兹来说，碎片意味着一种未完成性，重要的是它的生成和逃逸路径。"碎片化是德勒兹解读文学的一个标志性手势。……碎片式写作就是一种思想的赌注和流变——它必然首先是'生成'。"③

德勒兹在不同的作品中还反复提到过布朗肖对第三人称的用法，在他看来，"布朗肖的第三人称夺去了我们说'我'的能力，这是一种中性化"④。他在《重复与差异》中也指出布朗肖所谓的死亡同时具有个人性和非个人性两面，其中非个人性的一面"与'我'没有任何关系，既不是当下，也不是过去，而是一直在到来"⑤。中性是布朗肖文学中的一个

① Deleuze, Gilles. Proust and Signs[M]. Richard Howard, trans. London：The Athlone Press, 2000：184.
② Deleuze, Gilles. Negotiations 1972-1990 [M]. Martin Joughin, trans. New York：Columbia University Press, 1995：32.
③ 张中. 皱褶、碎片与自由的踪迹——德勒兹论文学[J]. 法国研究, 2013(2)：33.
④ Deleuze, Gilles. Literature and Life[J]. Critical Inquiry, 1997, 23(2)：7.
⑤ Deleuze, Gilles. Repetition and Difference[M]. Paul Patton, trans. New York：Columbia University Press, 1994：112.

核心思想，中性意味着缺席的在场，是"我"的他异化过程。德勒兹借助"中性化"这个概念掏空了时间和身体，他将中性推到时间之外，在那里可以看到一个任由各种强度穿过的无器官身体和内在性平面的诞生。这里的中性也直接指向思想的外部，德勒兹经常引用福柯关于布朗肖的一篇文章《外域的思想》，可以说，布朗肖首先发现了尼采思想的外部特征，福柯则将这一外部思想归于布朗肖，而德勒兹又将其交还给福柯，可以说，从尼采开始的"外部的思想"就成为布朗肖、福柯与德勒兹共同的主题。德勒兹最终用褶子将这种域外和域内联系起来，他的逃逸线、平滑空间、内在平面等关键概念都指向的是思想的外部。

比登在《布朗肖：看不见的朋友》中写道："在德勒兹看来，布朗肖的影响极为隐秘，让人不安，终日无休，他很少详细评论或是引用布朗肖。"①比登究竟有没有详细研究过德勒兹要打上一个问号，他说德勒兹很少引用布朗肖显然也不是一种明确的说法。德勒兹确实没有像评论普鲁斯特、卡夫卡等作家那样详细评论过布朗肖的作品，但他在不少论著中都引用过布朗肖的评论及其相关的文章。德勒兹自己也曾经将解释其他哲学家的方法描述为"鸡奸"：一种偷偷摸摸地采用某作者的理论衍生成一种怪异且不同的理论的方式。② 显然比登在这里是想暗示德勒兹与布朗肖之间那种难以捕捉却不可忽视的关联。在某种意义上，德勒兹骁勇好斗，他的理论是为了向外扩张和突围，朝着外部多元化、绝对自由的目标前进，而布朗肖与他正好相反，布朗肖的自我隐匿与疏离是一种纯粹的内缩，在理论上不断返还对内在原初的追寻。但事实是，无论德勒兹的块茎怎样向外界蔓延，他总是不可避免地遇见布朗肖。德勒兹谈到主体性时将福柯的褶子分为四个层次，第一层是我们自身的物质层面；第二层是施于影响的力之间的关系；第三层是关于知识与真理；而终极层面第四层指向外部，这构成了布朗肖所说的"期待的内在性"，

---

① Bident, Christophe. Maurice Blanchot: Partenaire Invisible [M]. Seyssel: Champ Vallon, 1998: 460-461.

② Deleuze, Gilles. Negotiations 1972-1990 [M]. Martin Joughin, trans. New York: Columbia University Press, 1995: 6.

主体在其中以不同的方式追寻永生、永恒、救赎、自由、死亡或是超脱的希望。① 可见，对于德勒兹来说，布朗肖的外部思想是代表着终极原初的存在。这在某种程度上也证实了阿兰·巴迪欧在《德勒兹：存在的喧嚣》中的说法，德勒兹的形而上学只是看上去像是拥抱了多样性，实际上却存留了顽固的一元论。对于布朗肖来说，域外是没有固定疆界和形式的文学外部空间，而德勒兹则将思想的核心放置于从域外翻折出的域内的一个褶皱之中，用一种力的运动和巴洛克式褶皱的动态多元图式勾勒出遥远的域外与最深层的域内所形成的拓扑空间。

二、精神分裂分析：一种可能性

尽管布朗肖对德勒兹的影响显而易见，德勒兹还是开辟出了属于自己的理论路线。如果说布朗肖是人类思想幽深领域的画师，那么德勒兹看到的是画作背后的精神特质。当布朗肖不断向内缩，以沉默和晦暗来抵挡一切认知和理解的努力的时候，德勒兹的扩张路线就能够拨开笼罩在布朗肖作品中的黑暗，让我们看到隐藏其中的那一丝光亮。

在德勒兹涉及文学评论的著作和文章中，文学中的生命和情感始终是他关注的核心，文学是他理论思想的重要来源。事实上，德勒兹有着自己选择文学的标准，在他看来，文学的特殊性在于它其中蕴涵的生命力，他偏好普鲁斯特、卡夫卡、贝克特、萨德、萨克·莫索克、麦尔维尔这样的作家，因为他们的作品表现出异于常人的强大生命力，他感兴趣的正是他们文学中的这种异质性以及其中蕴涵的自由创造和生成的力量。德勒兹在《千高原》中说："我们将不再追问一本书想要表达什么，无论它是作为能指还是所指；我们会发现，企图去理解一本书中的意指或意符只是徒劳之举，我们须思索的是，它借由什么运作，与什么连接以通过其强度、它在哪重多样性中引入或转变本身的多样性、它的无器

---

　　① Deleuze, Gilles. Foucault[M]. Sean Hand, trans. Minneapolis：University of Minnesota Press, 2006：104.

官身体与哪种无器官身体聚合。一本书只有通过外部并在外部存在。"①他的文学评论文集《批评与临床》对文学和艺术融入了自己的独特见解，这里的"批评"指的是文学，而"临床"侧重于医学意义，德勒兹以生命为中介点，搭起文学批评和精神分裂分析的桥梁。书中开篇第一章"文学与生命"奠定了全书的理论基调，德勒兹将写作看成一个不断绵延扩展的生成过程，这种迂回的路径揭示出了文学的生命本质特征，而文学的终极目标是"健康"，是为了召唤一个缺席的民众。他在整本书中将生命哲学和文学语言特征作为主要切入点，清晰地建构出他独有的文学症候学批评方法。这种文学批评方法是对特定情感模式的诊断，其中也涉及一种标准，即在特定作品中评价生命力量和潜质的标准。对于德勒兹而言，文学艺术中蕴藏的生命并不是关于作者的，而是一种非个人的中性力量，它超越了个体的生命体验，上升为一种本体论意义的生命概念。

德勒兹认为思想和文学艺术创造源于一种精神分裂的病理，这种病理是一种特殊情感的表现，病理上的机能紊乱在某种程度上证实了思想的一种特殊根基。这是一种精髓型的情感力量，是生命绵延过程中的一种曲折或者断裂，他们能够在其中获得一种异于常人的极限情感体验，从而进行一种极具创造力的书写。实际上，德勒兹所谓的精神分裂症是一种欲望生产的流变过程，一种突破局限的建设性、革命性的举措，而不完全是临床意义上的疾病。"精神分裂是一个纯粹的过程，也就是一种打断了个人与自我、持续性的开放或破坏过程，它在一种充斥着比现实更为强烈、更为骇人之物的旅程中把自我夺走了。"②它表现为身体感受到欲望的无序扩张从而表现出一种异于常态的反应，德勒兹并不是倡导一种病态文化，而是要解构二元逻辑，让现实恢复一种非中心化的多

---

① [法]吉尔·德勒兹，费力克斯·加塔利. 资本主义与精神分裂：千高原[M]. 姜宇辉，译. 上海：上海书店出版社，2010：3.（译文略有改动）

② Deluze, Gilles & Guattari, Felix. Anti-Oedipus: Capitalism and Schizophrenia[M]. Robert Hurley, Mark Seem & Helen R. Lane, trans. Minneapolis: University of Minnesota, 1983: 24.

维向度，探寻生命隐藏的可能性。在他看来，"伟大的小说作家首先是一位创造出前所未闻的或从未受到重视的感受的艺术家，而且让这些感受作为他的人物的渐变来到世界上"①。德勒兹以生命为原则从精神分裂症候学的角度进入文学文本批评，每一部文学作品对他来说都意味着一种生存方式和生命模式，"在伟大的作家身上，风格永远是生命的风格，它并非任何纯个人性的东西，而是创造一种生命的可能性，一种存在方式"②。作家在生命中遭受了他们无法承受的强力和痛苦，这是一种超越了现实生活经验的非个人性力量和极限体验，在写作的过程中转变为一种"纯粹内在的生命"③。

　　布朗肖正是德勒兹要寻找的这种具有异质性的作家。表面上看来，他的隐居生活和晦涩书写是要将生命隐匿，归入属于暗夜的沉默和缺席，甚至巴塔耶也将沉默看作布朗肖文学中唯一的对象。事实上，在这些看似冰冷难以进入的文字后面隐藏的是一种疯狂的书写游戏，他退到遥远黑暗之处，以一种不在场的激情来书写，在一个虚空中悬置某种尚未完成的可能性。布朗肖早在荷尔德林那里就发现了这种完美的疯狂，"在疾病开始的同时，作品中出现了一种与最初目标相异的变化，它贡献了某种独特的和例外的东西，揭示了一个深度，一种之前从未被瞥见的意义。……这样的经验只有通过精神分裂才得以可能"④。然而，布朗肖强调指出精神分裂并不是总具有创造性和激发性的，只有在类似作家或者艺术家等具有创造性的人格中，精神分裂才是深度敞开的条件，这种疯狂能够将作家暴露给战栗、恐惧或者狂喜，从不可能性的深处让

----

① [法]吉尔·德勒兹，菲利克斯·迦塔利. 什么是哲学？[M]. 张祖建，译. 长沙：湖南文艺出版社，2007：454.

② Deleuze. Gilles. Negotiations, 1972-1990[M]. M. Joughin, trans. New York：Columbia University Press, 1995：100.

③ Deleuze, Gilles. Deserted Island and Other Texts, 1953-1974[M]. M. Taormina, trans. D. Lapoujade, ed. New York：Semiotext(e), 2004：141.

④ 莫里斯·布朗肖. 完美的疯狂[M]// 米歇尔·福柯，等. 疯狂的谱系：从荷尔德林、尼采、梵高到阿尔托. 白轻，编，孔锐才，等译. 重庆：西南师范大学出版社，2018：12-13.

本源涌现，从狂乱中夺回纯粹的自由精神。与荷尔德林精神病明显暴烈不安的状态不同，布朗肖以一种退隐和沉默的方式来掩盖他创作过程中的疯狂。对于布朗肖这个暗夜的作家来说，"白日"代表着意识和理性，这种明晰性反过来会伤害思想本身，而黑夜则是白日的保留和深度。他要抓住的是黑夜里的那束"暗光"，从而完成一场"黑夜的转向"，在其中通过致死的一跃让写作朝向外部敞开，"如此的状态，暴力的状态，撕裂的状态，劫持的状态，狂喜的状态，在各方面都类似于神秘主义的迷狂"①。布朗肖创作的疯狂和自由以一种过度的理性呈现，他将言语推向极限的努力体现出一种无限的思想激情和走向彻底毁灭的冲动，这种否定的极致引发了绝对的未完成性，让作品在其中消散。布朗肖将沉默置于语言的本源，让作品向着缺席言说，创造出了一种令人窒息的完满感觉，并在虚空中将此填满。

　　德勒兹的思想与布朗肖之间有着千丝万缕的联系。目前已经出版的将德勒兹与布朗肖并列研究的代表性著作有比登的《再次相遇：安特姆，布朗肖，德勒兹》(Reconnaissances：Antelme，Blanchot，Deleuze，2003)，考夫曼的《赞誉的谵妄：巴塔耶、布朗肖、德勒兹、福柯、科洛索夫斯基》(2001)。还有发表在杂志上的少数论文如 MC Ropars-Wuilleumier 的文章主要分析德勒兹时间-影像中的思想的外部性(La « pensée du dehors » dans L'image-temps (Deleuze et Blanchot))，A. Janvier 在《布朗肖研究》杂志上发表的《言说，不是看见》分析了德勒兹与布朗肖在事件和辩证法之间的理论关联。总体上看来，这些著作和论文都是梳理他们之间的理论亲缘关系。而布朗肖的小说不像他的文学理论那样受到较多关注，研究视角也相对分散。国外系统研究布朗肖小说的主要有 Deborah Hess 的《政治与文学》(1999)，作者以布朗肖的小说为例分析其中的复杂性，强调了科学与文学之间的关系。Hurault1999 年出版了《布朗肖：小说的原则》，她的研究范围涵盖了布朗肖从 1935 年到 1994 年的所有文学作

---

① Blanchot, Maurice. Faux Pas[M]. Charlotte Mandell, trans. Werner Harnacher & David E. Wellbery, ed. California：Stanford University Press, 2001：39.

品。她将布朗肖的小说与其文学理论区分开来，认为小说的原则是属于纯粹内部性的，应该按照其自有的方式来阅读。她在书中也提到布朗肖的小说中有精神分裂的症状，但却无法接受从精神分析的角度来解读布朗肖的文本。① Hurault 的这种观点将布朗肖的小说看作一个自我封闭的内部行动，并且这种自相矛盾式的评论显然值得我们认真思考。

　　从德勒兹精神分裂分析的角度来阅读布朗肖，不仅可以为理解布朗肖的小说提供一条新的路径，而且能避免对小说流于神秘和空洞的自我指涉性解读。首先，这种路径是一种理论上的回溯，尽管德勒兹受到布朗肖的影响，这种逆向式批评能够看到德勒兹理论的拓展和延伸，并在此基础上进一步挖掘布朗肖文学和理论上的丰富性。迄今为止还没有学者从德勒兹的角度来进入布朗肖的文学文本解读，因此这个选题是出于一种必要性和一种需要，也是对当下特定问题的铺陈与解决。其次，以德勒兹精神分裂分析理论中的生命和情感角度来穿透布朗肖作品中的沉默和晦暗，可以看到布朗肖小说中汇聚的德勒兹思想强度之流并抵达其创作的核心，从而在德勒兹勾画的感觉逻辑的线条下让布朗肖这个暗夜中不可见的作者得以凝聚和显现。布朗肖的沉默不是真的沉默，而是隐藏着丰富强烈的情感和激进的力量，这种沉默实际上是一个缺口，一个将价值悬置没有答案的时刻，展现出了人类自身与文化真理之间病态的相互分离的关系，也正是小说中这种矛盾的情感表达方式成就了布朗肖独有的创作精神和风格。此外，德勒兹精神分裂分析的路径将布朗肖小说中的情感置于一种社会关系中并赋予其一种革命性力量，这种文学文本的解读方式是对文学机器的一种创造性的使用，在当今的社会语境中能够重新审视这种看似消极被动的情感力量所具有的人类学实存意义。

---

① Hurault, Marie-Laure. Maurice Blanchot: Le Principe de Fiction [M]. Saint-Denis: Presses Universitaires de Vincennes, 1999: 73-81.

第一章　异质情感：非人称的生命力量

"伟大的小说家首先是一名艺术家，他能够创造出一种未知的或无法辨识的情感（affect），并且与他笔下的人物一起将这些情感带到我们眼前。"①在德勒兹看来，优秀的小说并不在于精妙的叙事逻辑、生动有趣的情节，也无关乎宏大的题材和历史意义，而是让文学批评和艺术审美脱离传统理性分析的层面，重新回归到情感、人和生命本身。情感是生命的涌动，是联结艺术和生命的通道，正是这些未知的情感让艺术作品差异化，具有自己独特的样式和风格。德勒兹对情感的理解来自对斯宾诺莎和尼采的调和。在对斯宾诺莎的研究之中，德勒兹明确指出了情感（affect）的非表象性特征，也就是说，这种情感并不是我们日常所说的喜怒哀乐这种表面上形于色的情感（affection），而是表象之下的一种力的连续流变。"它们（情感）逃离了感受主体的力量。感觉、知觉和情感拥有自身存在的合理性，并且超出任何体验。它们在人缺席的时候也能存在，当这个人被石料、画布和词语所占有的时候，这个人自身就成为了情感和知觉的复合体。艺术作品只不过是一种感觉的存在：它存在于其自身当中。"②换句话说，情感完全独立于主体，是一种非人称的生命力量，它强调个体生命与其他生命之间所产生的关系和连接，当我们进入与他者的一种关系时，我们身体上发生的一种变化，情感是最先触动我们，我们最先感受到的东西，这种触动和感受是具体而真实的，但

---

① Deleuze, Gilles & Guattari, Felix. What Is Philosophy[M]. Hugh Tomlinson, trans. New York: Columbia University Press, 1994: 174.

② Deleuze, Gilles & Guattari, Felix. What Is Philosophy[M]. Hugh Tomlinson, trans. New York: Columbia University Press, 1994: 164.

却属于一种未知。"情感不属于自我，而属于事件。要把握一个事件非常困难，但我不认为这种把握意味着第一人称'我'。这时最好使用第三人称，正如布朗肖所说，'他感到痛苦'这句话比'我感到痛苦'强度更大。"①从这个角度来理解，情感完全是中性的，并不为人类所特有，在一切存在中都具有一种连接性和穿透力，亚哈船长与大白鲸之间疯狂的追逐，格里高尔变形成甲虫的荒诞不经，马德莱娜小点心所带来的震颤，这些情感都具有能动性，将异质性的东西连接起来从而生成一种全新未知的体验并且构建起一个内在性平面。这个平面没有固定的结构，而是一个不稳定的中性空间，里面充满着强度，在快慢强弱之间实现异质之间的互动和连接。因此，对于德勒兹而言，主体在一种异质性连接过程中被分裂和穿透，从而进入一种不断生成变化的状态，这种"情感不是从一种体验状态向另一种体验状态的过渡，而是指人的一种非人生成（nonhuman becoming）"②。换句话说，情感作为一种非人称的生命力量意味着主体的消解，一切都只是微观层面的能量强度和变化。

斯宾诺莎依据情感的不同来源和效应提出了"主动情感"和"被动情感"，主动情感属于善，让人的身心充满活力，而被动情感属于恶，它阻碍身心发展。斯宾诺莎强调理性的主导能够让善恶实现相互转换，"我们也可以把某时呼做恶的或起于恶的情绪的同一行为，通过理性的指导，使其转变成善的行为"③。德勒兹则避开了斯宾诺莎的理性路线，他用尼采的狄奥尼索斯悲剧精神将斯宾诺莎的快乐与痛苦、主动与被动、积极与消极通过情感连接起来，从而发现痛苦里所蕴涵的极致快乐，以及被动性中高扬的主动性。"德勒兹赞颂悲剧之神狄奥尼索斯，因为他肯定了这个世界上的一切，即使是最痛苦或可怕的东西都能带来欢乐。这种欢乐中的痛苦过于强烈，以至于让我们希望这一切能够无止

---

① Deleuze, Gilles. Two Regimes of Madness：1975-1995［M］. David Lapoujade, ed. Ames Hodges & Mike Taormina, trans. New York：Semiotext(e)，2006：187.

② ［法］吉尔·德勒兹，菲利克斯·迦塔利. 什么是哲学？［M］. 张祖建，译. 长沙：湖南文艺出版社，2007：451.

③ 斯宾诺莎. 伦理学［M］. 贺麟，译. 北京：商务印书馆，1958：200.

境地轮回。"①作为悲剧或是被动情感本身，它们能够通过毁灭和否定达到最高快乐，个体获得了超越自我和日常界限的激情，洞察到世间万物的本质和奥秘。

对于布朗肖来说，被动性是他书写的进击方式，他在作品中书写遗忘、谵妄和疯狂，这些极致的被动情感体验在某种程度上证实了思想的一种特殊根基，是一种精髓型的情感力量，能够让我们对某种知识之外的东西有所回应。这种否定性的情感本质上是一种肯定性、生成性的力量，是一种包括在极限体验中的力量与关系。在德勒兹看来，凡是表现谵妄、疯狂、梦幻、扭曲这类反常态的作品都在传达一种特殊的智慧，作家在这种极限体验中揭示出去主体化后所发现的自我，这一自我是他自己独有的真相和真理。布朗肖认为艺术创作标志着内心的主权，"内心的主权没有王国，它在神圣的孤寂中燃烧。正是内心的激情向体现万物精髓和运动的火焰敞开并完成了一切"②。而遗忘、谵妄和疯狂是布朗肖作品中隐藏激情的体现，遗忘是一种平静的疯狂，而疯狂则是一种激情的遗忘。他借此让主体与自身分离开来，从而使"思想"逃离身体的掌控，处在最自由、最开放的核心。在这个解辖域的过程中，它不由自主地抓住了界限之外原本无法把握的东西，实现了新的思想链接，走向一种外部思想，这种思想绝非智慧的理性运用，而是一次突发事件、一场灾难、一道褶皱，这是用无意识来对抗意识的理性，是居于思考核心却无从思考的褶皱。

第一节 遗 忘

遗忘是布朗肖文学叙事中的一个不可忽视的主题，他在遗忘中将人的经验推到一个限度，从而探索文学在时间之外所呈现出的某种自身特

---

① Rabaté, Jean-Michel. The Pathos of Distance [M]. New York: Bloomsbury, 2016: 32.

② 莫里斯·布朗肖. 艺术的前途及问题[M]// 周宪，等. 当代西方艺术文化学. 北京：北京大学出版社，1988：334-335.

性。这里的遗忘不是纯粹的心理病症书写，而是德勒兹所说的情感聚合点，是一种强烈的情感表达，因此布朗肖在书中才会写"慢慢地、热切地遗忘着"①。遗忘因此成为一个充溢着激情的情感过程。在文学艺术创作中，对遗忘的一种精神分裂分析有着极为重要的意义，这是一种思想的路径与生成，是酒神狄奥尼索斯的艺术，这个过程能够打通情感的通道，让不可感知物得以涌现，从而打开一个朝向时间之外的生成空间。

一、遗忘与伤痛

遗忘在布朗肖的作品中作为一种文学病症意味着书写痛苦。这种强烈的情感源于在过于强大、令人窒息的事物中的所见、所闻，抑制我们的时间感从而导致遗忘，这是一种带有创伤性的遗忘。按照弗洛伊德的理解，这是一种无意识的过失行为，一种病理性被压抑的状态，伴随一种强制性重复，它带来的痛苦过于强烈从而导致遗忘。在布朗肖的作品中，遗忘有着不可忽视的历史意义，布朗肖经历了历史上最动荡、最残酷的战争岁月，目睹了犹太人的悲惨命运，自己曾经在纳粹枪口下死里逃生，也亲临巴黎的五月风暴，这些历史创伤让布朗肖的叙事在记忆与遗忘中不断痛苦挣扎。阿多诺说："在奥斯维辛之后，写诗是野蛮的。"②阿多诺并非要挑战文学的存在意义，而是质疑文学见证伤痛的可能性。布朗肖在《事实之后》回应了阿多诺，他说《田园牧歌》这个短篇小说是"奥斯维辛之前的一个故事。不管它是什么时候写的，从现在开始的每个故事都出自奥斯维辛之前"③。布朗肖深知文学抗衡这一判断的艰难性，他将对历史的认知转变为一种哲学与文学书写，"遗忘无疑

---

①　[法]莫里斯·布朗肖. 等待，遗忘[M]. 鹜龙，译. 南京：南京大学出版社，2015：49.

②　Adorno, Theodor W. Prisms[M]. Samuel Weber & Shierry Weber Nicholsen, trans. Cambridge：MIT Press, 1981：34.

③　Blanchot, Maurice. The Station Hill Blanchot Reader[M]. George Quasha, ed. Lydia Davis, Paul Auster & Robert Lamberton, trans. New York：Station Hill Press, 1999：495.

做着它的工作并允许作品被再次制作。但对于这样的遗忘，对一个一切可能性都在其中被淹没了的事件的遗忘，有一个回答，这个回答来自一段没有记忆的失败的回忆，而不可记忆者就徒劳地萦绕着它"①。他用遗忘来书写记忆，并以此使得作品中历史感的叙述具有独一无二的不可替代性，让叙事中充满对这种摧残和绝望的回响。

《亚米拿达》中的主人公托马与其说是迷失在房屋里，不如说是迷失在时间和历史中。他在房屋里追寻着一个他永远无法得知的消息，房屋里的人"想要毁灭一切，驱散一切，杀死一切并且自相残杀，这样，房子崩塌的时候，他们就会和他们犯下的错误一同掩埋在瓦砾之下。杀戮是如何，破坏是如何，都不需要留在记忆里"②。遗忘在房屋里是一种历史性的休克，房屋是记忆中不可摧毁的存在。托马进入的房屋象征着人们试图重建的历史，房屋里的人通过改造房屋，给房屋绘制地图来了解他们真正的任务，但事实上，这种努力都是徒劳的，房屋依旧会陷入迷失和混乱。《田园牧歌》中的阿基姆在书商那里照着书描绘了逃出这座城市的路线图，而真正要走出去时，城市却发生了变化，与记忆中完全不同，在黑暗中也显得更加混乱。在某种意义上，托马和阿基姆都被抛入了一个非理性的禁闭空间，他们在这个空间内属于绝对的异乡人并随之陷入了谵妄和狂热。这是一个处在遗忘中的断裂空间，他们逗留在无法被忆起的距离之外。布朗肖在《亚米拿达》和《田园牧歌》中这些相似性的情节并不是为了表达创伤经验的直接性与真实性，也不是试图再现历史，而是制造一种断裂，以遗忘来书写记忆。迈尔曼力图寻找布朗肖那些"丢失的"文本，以此来证明布朗肖与过去断裂的表象之下实际上潜藏着一种延续性。③ 我们在布朗肖的叙事中可以看到，这种延续

---

① Blanchot, Maurice. The Station Hill Blanchot Reader[M]. George Quasha, ed. Lydia Davis, Paul Auster & Robert Lamberton, trans. New York: Station Hill Press, 1999: 494.

② [法]莫里斯·布朗肖. 亚米拿达[M]. 郁梦非, 译. 南京: 南京大学出版社, 2016: 122.

③ Mehlman, Jeffrey. Legacies of Anti-Semitism in France[M]. Minneapolis: University of Minnesota Press, 1983.

性的背后是一种因为痛苦而无法遗忘过去的无力感，因为遗忘总是预设了在场，布朗肖书写遗忘是为了抵达遗忘，这是一个漫长的等待过程。

遗忘让伤痛超越历史，抑制了再现机制的可能性，布朗肖在《灾异书写》中说"历史的绝对事件……是一个完全燃烧之处，在此所有的历史都着火，在此意义的运转被吞噬"①。《亚米拿达》中的侍者们就像携带着历史伤痛的幽灵一样存在于整个房屋里，侍者这个群体在遗忘中存在，谁都没有见过，谁也不愿意承认自己是侍者，"不过我也和您说过，我们忘得很快。我们怎么能记住发生在我们身上的一切呢？那太疯狂了"②。这句话首先强调的是一种主动性的遗忘，侍者们集体性的缄默和遗忘是对历史痛苦的根除或罪行的宽恕，然而他们肯定自己遗忘的同时反而成为一种记忆的追溯，过去成为缺席的在场在遗忘中表现出来，逻辑和历史都参与到遗忘中，记忆以一种毁灭性的方式返回到原来的事物。利科认为言说"忘"就意味着一种重寻遗忘经验的过程。③这种回溯性的遗忘持有记忆的面容，它表现为一种痕迹，只是不可通达。侍者们在这个房屋中真实存在，但却没有人记得自己是侍者，于是在存在与遗忘之间形成了一个无法跨越的鸿沟。在布朗肖看来，主动性遗忘带来的还原的不可能性是理解生命和历史的途径，在遗忘造成的断裂中书写历史的争斗与和解，遗忘因此成为一种独特的记录方式，正如海德格尔所说："记忆（erinnerung/remembering）只有在遗忘的基础上才是可能的，而不是相反。"④

其次，布朗肖在这里用的是复数代词"我们"，也就是说遗忘不是某个个体的遗忘或特殊的心灵状态，而是一种集体性的遗忘，是共同的

---

① Blanchot, Maurice. The Writing of the Disaster[M]. Ann Smock, trans. Lincoln and London: University of Nebraska Press, 1995: 47.

② [法]莫里斯·布朗肖. 亚米拿达[M]. 郁梦非, 译. 南京：南京大学出版社, 2016: 131.

③ Ricoeur, Paul. Parcours de la Reconnaissance[M]. Paris: Editions Stock, 2004: 177.

④ 海德格尔. 存在与时间[M]. 陈嘉映, 王庆节, 译. 北京：生活·读书·新知三联书店, 2006: 386.

仪式性的表达。他们说自己怎么能记住过去发生的事情，口头上的遗忘成为了一种公共的表演，他们以强调的方式而进行的抹除和遗忘实际上向历史的重写敞开了一个空间，模糊了回忆和遗忘的边界。侍者们在房屋中也处于一种迷失状态，他们忘掉以前的生活世界，放弃身份认同。布朗肖在小说中描写的这种集体性失忆并不是创伤之后的痛苦再现，而是以侍者们看似轻盈的话语氛围表现出一种价值迷惑和文化失重。这种集体性遗忘是无法弥合的历史断裂，以至于遗忘前后的身份认同没有和解的可能性，意味着一种深刻的社会历史变迁和社会文化选择。"自从文化将那些对于自身来说是外在的东西拒斥出去之后，那些模糊的行为就必然会被遗忘；在整个文化的历史中，恰是这个空洞、这个被它隔离出来的空白空间为文化指明了它自身的价值。"①侍者们对历史的遗忘也不是单纯的失忆，而是因为伤痛没有完全被感知，是一种记忆休克和非理性的状态，他们时而忆起时而遗忘，对眼前重复出现的情景具有深刻的不确定性，书写和抹除、遗忘和记忆之间的边界成为了流动的存在，这种撕裂和临界的经验让整栋房屋充满躁动和痛苦。历史不可避免地伴随着遗忘的缺席，这种意识的空白反而成了真相保存的空间，以免历史被封闭在记忆的单义性中，并最终成为社会建构并维持集体记忆的手段。

在布朗肖看来，遗忘就是沉默和拒绝言说。语言难以表达出创伤的经历，而遗忘是贴近这种情感唯一可行的方式，也是治愈伤痛的途径。此时的遗忘是探索和调停两个不同世界的对话过程，一个是被残酷摧毁的世界，一个是现时的世界，"仿佛在过去和未来之间，现时的缺席就是用遗忘这种简单的形式呈现出来"②。布朗肖不是通过记忆回到事物的本原，而是走的一条截然相反的路径——遗忘。"词语在她心中消磨了它们帮她表达的回忆。在她的记忆里，能回忆起的只剩下痛苦。"③言

---

① Foucault, Michel. Dits et Ecrits[M]. Paris：Gallimard, 1996：161.
② Blanchot, Maurice. Le Pas Au-dela[M]. Paris：Gallimard, 1973：27.
③ [法]莫里斯·布朗肖. 等待，遗忘[M]. 鹜龙，译. 南京：南京大学出版社，2015：10.

语消磨了关于伤痛的记忆，在某种意义上也遮蔽了事件本身，给创伤披上了一件观念化的外衣。在布朗肖看来，遗忘最终就是语言的遗忘，在创伤中语言的能指和所指之间脱节，形成一个不可逾越的距离。芭布对托马说"我们所知道的一切都可以用'没有(rien)'这个词来概括"①，"没有(rien)"是对语言描述的拒绝和取消，唯有沉默才能最大程度上保存事实的真相，因为"人们担心无论怎样精心组织语言都无法把如此微妙的事实恰当地表达出来"②。正如布朗肖在《灾异的书写》中只字未提奥斯维辛集中营，但实际上整本书都在思考这场灾难和不幸，这就是言语的绝对缺席，真相和记忆以一种深度在场，却无法被语言捕捉，"因为它超出了一切记忆，因为任何的记忆都无法确认它，因为与之相称的只有遗忘，言语所承担的无边的遗忘"③。

言说与遗忘之间有一种秘密的关系，"没有"这个词用缺失指向自身，将其送回到沉默、被禁止的和潜在的意义，沉默给遗忘预留了空间，从而在遗忘的黑暗中勾勒出记忆的轮廓，而正是由于拒绝将经历留存为一段记忆，才能"从中获取一种非同一般的、难以言喻的感受，那是一种完全独有的、只有在我们的日常生活之外才有可能体会到的东西"④。这种遗忘意味着创伤的经历不是自明的，而是带有纯粹个体化的印记，记忆的沉重与荒芜凝聚成了肉身感受到的痛苦，遗忘接近的不是事件的细节，而是创伤所带来的肉身的感觉，只有当事件与个体对它的体验的关联中，它的意义特征才能向个体敞开。记忆不是外在地存留于某种情境的交叉复现之中，而是深深地铭刻在肉体之内，并不断反作用于肉体之上，当事件从言语中消失，剩下的只有留存在肉体中的痛

---

① [法]莫里斯·布朗肖. 亚米拿达[M]. 郁梦非，译. 南京：南京大学出版社，2016：208.
② [法]莫里斯·布朗肖. 亚米拿达[M]. 郁梦非，译. 南京：南京大学出版社，2016：209.（译文有修改）
③ [法]莫里斯·布朗肖. 无尽的谈话[M]. 尉光吉，译. 南京：南京大学出版社，2016：411.
④ [法]莫里斯·布朗肖. 亚米拿达[M]. 郁梦非，译. 南京：南京大学出版社，2016：209.

苦，这种铭刻于个人身上的情感才是关于这个创伤的真正境遇。布朗肖对遗忘的书写让意义始终处于生成流动状态，打开了传统的诠释空间，重新思考历史与现实之间的壁垒和相互渗透的可能性。对于布朗肖来说，遗忘也并不完全是记忆的失败，遗忘是与历史创伤和解的方式，弗里曼认为："忘却的本领比记忆的本领更好……忘却的过程其实与宽恕更为接近。"①遗忘造成了历史的断裂和空白，它揭示出存在的一种特殊状态，成为一种独特的记录方式，以记忆的消失和缺席来证明曾经的在场，在遗忘的断裂中拷问历史和生命的意义与本质。布朗肖在书中写道："遗忘，是一种潜能。……在朝着遗忘的前行中，我们与遗忘的静止的在场联系在一起。"②那么，遗忘拒绝将记忆削减成为一种单一的记忆，而是以另一种方式来接近历史，理解曾经的伤痛，以此来穿透遗忘的黑暗中所深藏的虚无与惊恐，揭示历史中缺失的部分真相。当历史和个人的创伤成为一种情感阻滞，遗忘则成为治愈伤痛的途径，遗忘是对内部的逃逸，是自我的疗救和解脱，并最终理解主动抑或被动地建立起来的现在，一种当下的存在。

二、遗忘与叙事激情

遗忘在布朗肖的小说中是一种叙事激情，他借由遗忘的路径建构一种差异化叙事，以此走向文学的外部空间，遗忘意味着要克服消失的核心，以极致的被动性和纯然的孤寂迎向外部绝对自由的诱惑。这种遗忘得益于时间与记忆，但布朗肖的做法是出人意料地避开时间，在叙事中将时间抹去，让事件脱离我们习以为常的真相，在遗忘中失去它本来的样子，成为一种新的叙事风格的表达。这是布朗肖写作的秘密：经由遗忘来逾越时间的秩序，走到时间之外，在时间的断裂之处是空白的距离

---

① Freeman, Walter J. How Brains Make Up Their Minds[M]. London: Phoenix, 1999: 204.

② [法]莫里斯·布朗肖. 等待，遗忘[M]. 鸷龙，译. 南京：南京大学出版社，2015: 69.

和生成的内部空间，他"把时间当作空的空间和地点来体验……叙事的时间，虽非时间之外，但感觉又像在'外'，呈以空间的形式，在这个想象的空间里，艺术找到并拥有了资源"①。遗忘让叙事面临空间扩散的考验。

　　在布朗肖的作品中，记忆不仅是时间图谱上展现出的不同连接路径的平面回忆，也不仅仅是对信息的编码、储存和提取的过程，而是一种黎曼空间式的多重记忆结构，是一种情感强度的链接和表达，在纯粹的时间状态下显现的不似"回忆"的、弥散的碎片。那么，遗忘作为记忆地图上的空白是一种断裂，是叙事拓扑性向前推进的动力。《亚米拿达》开篇交代了天光正亮，随后主人公托马在街道对面一个女人不经意的召唤中进入了一座迷宫一样的房屋，时间仿佛就消失了，他一觉醒来后几乎无法记起自己在清晨的经历，房屋里分不清昼夜，他也不清楚究竟过去了多长时间。屋子里的一切似乎都是在执意消除记忆的痕迹，守门人仔细查阅的登记簿以及病人胸前的病例实际上是一片空白，托马和年轻女人走老路的时候，年轻女人边走边擦拭他们走路留下的印记，守门人再次出现的时候，托马觉得自己认识这个形象，但却忘记自己在什么时候见过。从托马进入房屋的那一刻起，他就被遗忘扔向了外部。布朗肖用一种几乎静止的方式来呈现事件的瞬间，这些瞬间变得恍惚缓慢，从时间的链条上剥离开来，托马在房屋中不断迷失，总是回到出发的地方，因此营造了一种迷离松散的叙事氛围。遗忘成为一种叙事动力，使托马不断在遗忘中回返，在遗忘中远离，推动叙事向前发展，拓展了叙事空间。这个有限空间因为遗忘而变得无限，迷雾重重，从而实现了一种拓扑学转换。叙事铺展开的情节在遗忘中向各个层面生成变形，这是一种相互并置却没有直接关联的德勒兹式的黎曼空间，在遗忘中悖谬式的逻辑和统一性断裂中呈现出极强的不确定性。

　　当年轻女人说有一个消息给托马时，托马便跟着年轻女人去寻找他

---

　　① [法]莫里斯·布朗肖. 未来之书[M]. 赵苓岑，译. 南京：南京大学出版社，2015：17-18.

的消息，年轻女人说自己记忆力十分惊人，能在十年之后将所有细节都毫无疏漏地记下来，可是当托马问她所谓的消息是什么，她却说整件事情都从她记忆中消失了。遗忘将托马追问的"消息"悬置起来。消息究竟是否存在？这种不确定性引向一种权力，它激起了托马心中的不安、焦虑和期待，未完成感驱使着托马不断寻找。年轻女人给托马消息实际上是口令的传递，然而遗忘使他们一开始遵循可随后就将口令抛弃，以便在叙事中打开一个缺口，让人物能够接受其他口令，并进行下一步行动。遗忘以一种抛弃和不在场来诱惑托马朝向某个未知而又陌生的点不断前行，仿佛这个消息是对抗遗忘和虚无唯一可以抓住的东西，他无比渴望到达那里，因此推动叙事不断向前发展。布朗肖在《亚米拿达》中的这种叙事很容易被看作卡夫卡《城堡》的复本，托马和土地测量员 K 自从被抛入一个陌生的空间后就开始了某种意义上的"流亡"，K 被城堡这个虚无的幻象吸引，托马则是要追寻一个无法从记忆中找到的口令，但他们却始终无法靠近。在布朗肖看来，K 的徒劳源自现实的荒诞，是不耐烦使 K 的目的遥不可及，阻碍他辨识出真实的影像，"流亡者不得不把谬误当成真理来对待，把无定限欺骗他的对象当成把握无限的终极可能性"①。而托马只是看着街边一扇窗户里发生的一切，接着就把其他计划都给忘了，遗忘让托马不断迷失，时间在遗忘中的缺席让叙事处于不连续的状态，这些断裂的瞬间推动叙事发展。如果说 K 的失败是由于不耐烦，那么托马在房屋中的漫游就是惊人的耐心的体现，遗忘将他带离了时间，让托马处在无休止的运动中，因为无限延迟而一直处于朝向未来的生成状态。

　　整栋房屋的失忆让托马对自己的记忆也产生了不确定性。他不确定自己遇见的似曾相识的人是否真的出现过。托马一直在记忆与遗忘之间挣扎，他努力地想要记起那位女仆的长相，却相当不容易。他在房间里摔了一跤后，就完全处于一种失忆状态，直到托马完全遗忘之后，这个

---

　　① [法]莫里斯·布朗肖. 从卡夫卡到卡夫卡[M]. 潘怡帆，译. 南京：南京大学出版社，2014：180.

女人才向他扑去，他们在"污秽的罪罚之中迷失了"①，此时遗忘将叙事推到一个顶峰，弗洛伊德或许会同意欲望和性的驱动将托马一次又一次地带回到这个年轻女人身边，这是一种隐秘的欲望。实际上，这是他与这个年轻女人之间上演的一场关于记忆与遗忘的争斗。托马一直以为他们彼此见过，而她坚持说托马认错人，也无法从记忆中证实托马所说的话，此时，遗忘在人物关系中产生一种暴力经验，导致另一种遗忘。在这种遗忘中有一种错位，不是托马失忆后遗忘了这个年轻女人，而是这个年轻女人将他遗忘，以至于遗忘的主体成了被遗忘的对象，也就是在这个过程中，一种既定的关系被解开，因为遗忘而产生了新的结构。这个年轻的女人显然构成了外在于托马的异己，她也构成了一种潜在性的或是纯粹的记忆，这种潜在性是她自身所拥有的丰富性和不确定性，是一种无法被界定的存在。最终，托马选择追随着她前行，这个年轻女人到底认不认识托马？前后的芭布和露西是不是同一个人？这一切都在遗忘中成为了一个未知数，一种敞开性和自由的无限可能性。托马的行动轨迹从遗忘中抽出一个个偶然性的平面，不断出现新的可能性，从而将遗忘这种有序的经验分解为属于个体的某种特异性。这个过程向我们同时展示了托马的漫不经心和专注、他的激情与疲惫，遗忘是情感聚合之处，在遗忘的空白之处存在一种情感强度和聚合点，从而将小说置于一种不透明的状态。

《亚米拿达》作为布朗肖早期的叙事作品，情节、人物相对清晰，而他后期的作品《等待，遗忘》没有清晰可辨的时间和情节线索，只有"他"与"她"在房间里絮絮叨叨的对话。整个叙事看似松散，实际却是围绕着遗忘展开，在"她"与"他"的对话中以一定间隔进入，造成一种此起彼伏、连绵不断的回环效果，像是一部经由遗忘不断折叠的卡农式组曲，他们因为遗忘而被带向彼此。因为遗忘，"他"与"她"不断相遇，他们之间的关系始终有着记忆无法填满的空白，以至于"他与她的关

①　[法]莫里斯·布朗肖. 亚米拿达[M]. 郁梦非，译. 南京：南京大学出版社，2016：229.

系，只不过是一场永久的谎言"①。这个空白是一种潜在的生成状态，让他与她之间的秘密未被隐藏却也看不清楚，正如他所说，遗忘能够"让他接近她所知道的事情，可能比回忆还近，他也尝试通过遗忘来知道她所知道的"②。"她"与"他"之间的关系不是由回忆或是已知来决定，遗忘激活了他们之间的一种未知状态，"她"究竟是靠着门站着，还是坐在扶手椅里？他们之间为何要相互交谈？与"他"说了一夜话的那个"她"究竟是不是"她"？遗忘维持了"她"与"他"的陌生性、不可知性和绝对不可占有性，让"他"与"她"之间的关系变得迂回曲折，推动叙事向前发展。

布朗肖的小说没有明显的情节矛盾冲突，在迷宫一样的叙事进程中，他用遗忘维持事件之间的距离，这种隐性的叙事动力让再现之物摆脱了意义的本能依附，以及人际关系凝固稳定的表象，遗忘充满了危险、诱惑和激情，它用深刻的不连续性打开了一个陌异性的叙事空间，通过这样的敞开，恢复一种判断自由的可能性。

三、遗忘作为一种行动

在德勒兹看来，遗忘不是一种被动消极的状态，遗忘中包含了一种力，当外界的力作用于遗忘时，遗忘作为一种行动会产生反作用力。在这个过程中，遗忘以非行动的方式行动从而成为某种可以感知的状态，将思想从尘封的记忆中剥离解放出来。拉康曾在《失窃的信件》中提到一个故事，讲述一个人退居荒岛为了遗忘，当别人问他是为了遗忘什么的时候，他回答说他忘了。③ 此人的遗忘与时间无关，与记忆无关，而

---

① ［法］莫里斯·布朗肖. 等待，遗忘［M］. 骜龙，译. 南京：南京大学出版社，2015：9.

② ［法］莫里斯·布朗肖. 等待，遗忘［M］. 骜龙，译. 南京：南京大学出版社，2015：15.

③ Lacan, Jacques. The Seminar of Jacques Lacan［M］// Jacques-Alain Miller, ed. Book Ⅱ: The Ego in Freud's Theory and in the Technique of Psychoanalysis, 1954-1955. Sylvana Tomaselli, trans. New York: Norton, 1988：203.

是成为一种绝对状态，也就是布朗肖所说的"忘记遗忘(to forget forgetting)"①，遗忘从一种状态转变成为一种行动。在布朗肖的叙事中，遗忘是一个深刻的日常存在，因为"遗忘预示了一种能力，一方面是生活、行动、工作和记忆——是为了在场；另一方面，是为了远离、逃脱"②。因此，遗忘具有积极的革命性力量，同时也是布朗肖的一种形而上的哲学美学实践。

遗忘是一种行动和越界的力量，它能够打破记忆的界限。布朗肖《等待，遗忘》中的"他"与"她"在一间简陋的酒店房间里等待遗忘，遗忘是他们的最终目标，他们要遗忘彼此，在遗忘中重新相遇。列维纳斯在对布朗肖的评论中写道："等待，遗忘……这个过程释放出一条线，解开，侵蚀，松弛，抹去。"③"他"与"她"的遗忘并不是发生在一瞬间，而是一个我们可以感知的过程，是在"慢慢地、热切地遗忘着"④。在《等待，遗忘》这个叙事中我们无法捕捉到明确的时间痕迹，也无法追问发生了什么、结局怎样。因为我们期待有一些事情将会发生、将会到来，而布朗肖的叙事却将我们的期待无限地悬置起来。在他的叙事中，遗忘是一种可感知的力量，让"她"与"他"不断分离和相遇，我们无法期待有什么事情即将发生，他打破了时间的维度，将我们置于一种根本性的遗忘之中。德勒兹在《千高原》中指出，"不要过于依赖时间的维度：短篇小说与一种对于过去的记忆或反思的行动之间的关联是如此之微弱，以至于它反倒是运用着一种根本性的遗忘。它展开于'已经发生的事件'的要素之中，因为它将我们置于与一个未知者或难以感知者的关联之中（话说回来，这并非是因为它谈及一个过

---

① Blanchot, Maurice. Infinite Conversation[M]. Susan Hanson, trans. Minneapolis: University of Minnesota Press, 2003: 195.
② Blanchot, Maurice. Infinite Conversation[M]. Susan Hanson, trans. Minneapolis: University of Minnesota Press, 2003: 195.
③ Levinas, Emmanuel. On Maurice Blanchot[M]// Levinas, Emmanuel. Proper Names[M]. Michael B. Smith, trans. Stanford: Stanford University Press, 1996: 145.
④ [法]莫里斯·布朗肖. 等待，遗忘[M]. 鹜龙，译. 南京：南京大学出版社，2015: 49.

去，但却不可能令我们认识这个过去）"①。布朗肖将时间悬置起来，从而实现一种过去与现时悖论性的共存，他不是让我们忆起，而是要在失忆中将我们推向外界，建立起一种秘密的关联，主动迎向遗忘，是为了在时间上迎向未来，为了经由黎曼空间，抵达平滑空间。在遗忘的状态下，主体与自身的关系断裂了，"她"与"他"在一个平滑空间里不断相遇，不断遗忘彼此。"他"在写作时，"她"突然问"他"："你是谁呢？你不可能是你，但你是某个人。是谁呢？""他"回答说："我选择做遇到我的那个人。我就是你刚才说的那个人。"②显然，"她"突然间忘记了"他"，而"他"主动迎向"她"的遗忘，通过遗忘他们相互走近，这是一种带有强度的陌生精神感受，以遗忘的虚空来触及彼此的存在，迎接遗忘，就像与隐藏之物的约定，是一种潜能。

遗忘切断了主体与自身之间的联系，从而消解主体，让思想自由地走向域外。《等待，遗忘》中的"他"主动遗忘自身，消解了自身的存在，这是一种非个人化的主动遗忘过程。此时，"他"既是他，也是全部，"他"作为主体在遗忘中向外部敞开，迎接即将到来的全然异质性。这种危险的运动将"他"与"她"置于谜一般的关系中，遗忘中的相遇也意味着分离，这是一种没有关系的关系，遗忘才是他们的最终目标。"遗忘慢慢地、耐心地，用一种它也不知道的力量，让我们远离我们之间存留的共同点。"③"她"认识"他"，只是为了在对方那里失去彼此，以一种陌生人的关系相互迎接。"可是再次相逢，您却没有找到我。""您的意思是？""您不知道您找到的是谁。"他轻轻地说道："当然，这也让这件事更完美了。"④"他"与"她"在这种差异中交流，走向彼此，这是他

① [法]吉尔·德勒兹，费力克斯·加塔利. 资本主义与精神分裂：千高原[M]. 姜宇辉，译. 上海：上海书店出版社，2010：270.
② [法]莫里斯·布朗肖. 等待，遗忘[M]. 鹜龙，译. 南京：南京大学出版社，2015：43-44.
③ [法]莫里斯·布朗肖. 等待，遗忘[M]. 鹜龙，译. 南京：南京大学出版社，2015：52.
④ [法]莫里斯·布朗肖. 等待，遗忘[M]. 鹜龙，译. 南京：南京大学出版社，2015：85.

们共有的秘密，从他们再次相遇的那一刻起，他们就有了一种心照不宣的在场的分离，遗忘所造成的距离让他们之间的关系变得真实而丰盈。他们通过这样的忘却接近了激情真正的核心，在遗忘打断中坚持的激情。遗忘在他们之间形成了一个封闭的空间，他们彼此遗忘，彼此欲求，欲望在其中无尽地游荡。德勒兹研究尼采时发现"如果没有遗忘，一切幸福、快乐、希望、骄傲、所有现存的东西都将不复存在"①。他们彼此遗忘却让这件事情变得更加完美，这种完美不是他们之间关系的融洽和谐与相互理解，恰恰相反，伴随着这种遗忘的运动，他们向对方无限敞开，迎向彼此陌生、完全异质的存在。正因为如此，他们之间的关系变得无比丰富，从而摆脱了单一的日常模式，进入一种无限生成的状态，而这正是幸福快乐和希望的源泉。此刻，在遗忘中他们进入一种纯粹的时间状态，他们相遇却又彼此分离，这是一种悖谬中的超越。他们对主动性遗忘的召唤实际上就是要面对过去与将来、在场与缺席、思考与行动之间的一次艰难的断裂与相遇，它召唤一个未来，以及没有任何保障的一个共通体的产生。

布朗肖认为遗忘是一种非理性的逃离运动，它将主体与在场分离，让不可通达之物得以显现。《那没有伴着我的一个》叙述了"我"在创作过程中与"他"之间难以捕捉的关系，"我"必须经由遗忘才能与"他"建立某种联系，"他"是"我"构想中的一个概念性人物，这实际上是布朗肖对文学创作过程的思考。在这样的遗忘中始终存在着一种紧张和焦虑，这是一种分裂性的人格体验，带有巨大的张力，此刻的记忆与遗忘并不完全服从时间序列，它们同时出现。相对于由记忆建构的"我"，此刻遗忘中的"我"通过主动遗忘成为"忘我"的"他者"，才能与"他"相遇；与此同时，每一个主动想要成为"他者"的"我"，亦是身陷记忆又遗忘自身的人。也正是由于"他"的他性，才能够让"我"突破记忆与遗忘的界限与"他"相遇。一方面，这种主动遗忘能够带来思想上的绝对

① [法]吉尔·德勒兹. 尼采与哲学[M]. 周颖，刘玉宇，译. 北京：社会科学文献出版社，2001：167.

自由；另一方面，遗忘会成为一个旋涡，将唯一留存的一丝理性也完全吞没。"有时我害怕遗忘他，害怕将他丢失在遗忘中，害怕使遗忘成为他唯一可以坠入的深渊。"①遗忘成为无序的混沌，揭示出一个从未抵达的深度，"我"的恐惧是因为担心"他"跌进去就难以从其中现身，完全失去与"我"的联系，这个形象化的捕捉过程就会在混沌中死去。这样的遗忘中隐藏着一种追寻，是一场精力充沛的争斗。这样一种努力不是为了通过遗忘与外界分离并且保持理性的平静，相反，遗忘是一种极为危险的行动，"我感到有一股力量已经通过我将他带到了这个世界的边缘，而我的这些感受就是'遗忘'这个词的根源，是我无法控制的混乱的来源"②。这个世界边缘就是"我"与自身的分界线，是走向文学外部的起点，遗忘背后的这股力量为"他"注入了生命和情感，让"他"从混沌中现身，最终让"他"的存在变得愈加明显，而"我"与"他"之间因为遗忘建立了更深层的联系，遗忘是一种保护，因为"一旦被暴露，他就再也不能是其他的什么——只能是我"③。"我"只能在遗忘自身的主动意愿中，在一种生命力与形变中，最终成为"他"。遗忘以一种出乎意料的方式让"我"接近"他"，"他"因为遗忘而在场，这是缪斯的记忆，正如布朗肖在诗人苏佩维埃尔那里发现的："诗人言说，仿佛是在回忆，但如果他在回忆，那也是用遗忘来回忆。"④

　　德勒兹在《福柯》一书中也提到，遗忘不是记忆的对立面，遗忘自身是一个无限的过程，它让记忆向外界敞开，使记忆中的褶子复现，从而产生一种"绝对记忆"。⑤ 这就是普鲁斯特式的记忆，这种记忆只能

　　① ［法］莫里斯·布朗肖. 那没有伴着我的一个［M］. 胡蝶，译. 南京：南京大学出版社，2015：104.
　　② ［法］莫里斯·布朗肖. 那没有伴着我的一个［M］. 胡蝶，译. 南京：南京大学出版社，2015：106.
　　③ ［法］莫里斯·布朗肖. 那没有伴着我的一个［M］. 胡蝶，译. 南京：南京大学出版社，2015：88.
　　④ ［法］莫里斯·布朗肖. 无尽的谈话［M］. 尉光吉，译. 南京：南京大学出版社，2016：615.
　　⑤ Deleuze, Gilles. Foucault［M］. Sean Hand, trans. Minneapolis：University of Minnesota Press，2006：107-108.

在遗忘中才能唤醒，是在遗忘中一种情感强度的体现，"将存在和对它的遗忘或撤退对立起来是不够的，因为恰恰是对遗忘的遗忘、对撤退的撤退才能够定义被遮蔽的存在，而遗忘和撤退是存在得以显现或能够显现的方式"①。在《亚米拿达》中，当托马与年轻女仆再次相遇时，他觉得她是来自一个人们都没去过，却不由自主去想象的地方，女仆却说"您所说的世界，没人能记住它，人们能留存的只是某种东西的琐碎片段，这种东西只有当人们与它无所牵连的时候才能留存下来"②。女仆所说的世界处在记忆的另一端遗忘之中，其中的痕迹只有在遗忘时不经意的瞬间才能被捕捉到。此时情感强度达到极限，将记忆从遗忘的混沌中抽取出来从而成为一个走向外部思想的创生点。布朗肖认为"遗忘是与被遗忘之物的关系，这种关系通过让与之发生关系的事物成为秘密，保留着秘密的力量与意义"③。他在她身上回忆起白天夜晚、时间的消逝和永恒，却无法在她身上回忆起他自己，他无法将她与某个具体的形象联系起来，唯独真切地回忆起永恒的时间。这种时间与现时生活没有关系，而是一种内在性，这种内在性不断撕裂他们，分离成为时间缝隙中的一种眩晕，从而生成一个无限滑动和漂浮的空间。

遗忘通过缺席制造陌异而动人的相遇，这种缺席就意味着欲望本身。遗忘打破了时间的界限，将时间从记忆的链条上解离下来，任由情感的推动使过去和现实相互缠绕并存，并在其中形成一个连接的情感强度。在《死刑判决》中布朗肖讲述了地铁站奇特的一幕：主人公在地铁里避近了一个相识的人，因此想到了他的邻居C(柯莱特)，每天几乎都会见到的C，那一刻他竟然全然忘记，为了想起她，"不得不先找出

---

① [法]吉尔·德勒兹. 批评与临床[M]. 刘云虹，曹丹红，译. 南京：南京大学出版社，2012：198.（译文略有修改）

② [法]莫里斯·布朗肖. 亚米拿达[M]. 郁梦非，译. 南京：南京大学出版社，2016：199.（译文略有修改）

③ [法]莫里斯·布朗肖. 等待，遗忘[M]. 骜龙，译. 南京：南京大学出版社，2015：69.

一个十年前邂逅的路人"①。在遗忘中，过去与现时奇妙地连接起来，这种遗忘不是一种真正的遗忘，主人公甚至觉得自己根本就没有注意到她的存在，尽管她整个傍晚都在那里。对于布朗肖来说，记忆无关乎日常所见的表象，而是这个表象背后所附着的强烈感受，只有这种纯粹的感觉聚块才会借助遗忘的力量，重新在记忆中复现。这既是一种释放性的力量，也是一种聚合型力量，它将个人与差异性经验粘合起来，留下的是没有任何相似点的东西，这种从遗忘中的唤起不是关于原初的纯粹再现，而是在情感的作用下对过去的一种差异性的重复。他每天都见到C却无法记起她，而十年前的那一次邂逅才重新唤醒她在记忆中的存在。此时，我们很难分清他记忆中究竟是地铁站那个曾经相识的人还是他的邻居C，尽管她们是完全不同的两个人，但可以肯定的是，遗忘让他把这两个不同的女人联系起来，是因为她们之间存在着某种情感强度的联系。正如《在适当时刻》的开篇，主人公在朱迪特打开门的一瞬间竟然没有辨认出她，而是在他心中唤起了一个遥远的回忆，"此时此刻当我可以从记忆深处注视她的时候，我被托起、带向另一个生命"②。眼前的朱迪特与他的当下视觉认知无关，而是在遗忘中向主人公敞开，唤起了他遥远的回忆，此刻的遗忘是时间的断裂和源自外部的激情，它打破了既有的认知模式，赋予当下一种完全的包孕性，过去和现时在此融合。在这种虚空中，他被托起走向一个新的生命，这是从遗忘中涌现的真正的记忆，主人公在遗忘中重新发现了她，"非意愿性记忆揭示出了一种虚拟记忆，它与过去时刻的心理再现没有任何关系，而是一个完全不同的世界，一种无法触摸、无法到达、纯洁的记忆"③。按照德勒

① ［法］莫里斯·布朗肖. 死刑判决［M］. 汪海, 译. 南京：南京大学出版社, 2014：46.

② ［法］莫里斯·布朗肖. 在适当时刻［M］. 吴博, 译. 南京：南京大学出版社, 2015：5.

③ De Bolle, Leen, ed. Deleuze's Passive Syntheses of Time and the Dissolved Self in Deleuze and Psychoanalysis: Philosophical Essays on Deleuze's Debate with Psychoanalysis［M］. Belgium: Leuven University Press, 2010：141.

兹的说法，这种潜在对象只有在遗忘中才能被找回，它决定了在遗忘事物中所重新找回的客观本质，这里面包含着爱欲和记忆女神之间的关系，爱欲附着于潜在对象纯粹的过去，它赋予了这些对象当下的本质存在。①

　　布朗肖在《灾异的书写》中写道："我们大胆地将遗忘从记忆中分离出来，我们依然寻找遗忘的效果（这效果的根源却不是遗忘），一种被隐藏的建立，以及同显形分离的隐形，并且这种隐形也通过这次分离本身确立身份，并以非显形的方式被保持，只为情感之显明所用。"②遗忘以一种隐形的抑或消极的方式来建构记忆，那些消失在遗忘中的记忆被涂抹，被覆盖，带着情感的聚块在差异中再次显现。《等待，遗忘》叙事中的地点——一个狭长得有些反常的房间，因为遗忘而在记忆中被反复替代，在叙事中重复出现。"他"第一次仔细观察房间时，饶有兴味，房间又狭又长，或许长得有些反常，这时"他"在房间里感受到的是空，"她"与"他"都打量着这种空，空让他们之间横亘着无法跨越的距离，这种空意味着他们之间关系的无限可能性。第二次"他用另一个房间取代了这个房间……这房间由于词汇的贫瘠而显得简陋"③，此刻，"他"感受到的是房间的封闭性，虽然"他"注意到房间里的窗户和阳光，看着坐在扶手椅里的"她"，"他"觉得他们被困住了，"他"想走出去，他们看似处在一个空间，却想彼此逃离。第三次"他醒来时认出了他过夜的房间，他很喜欢这样的房间，有些狭窄却很长，长得有些反常。在他的身边，背对着躺着一位年轻姑娘。他想起来她跟他说了大半夜的话"④。躺在"他"身边的"她"并不是"他"曾经熟悉的那个"她"，因为

---

　　① Deleuze, Gilles. Difference and Repetition[M]. Paul Patton, trans. New York: Columbia University Press, 1994: 274.

　　② [法]莫里斯·布朗肖. 灾异的书写[M]. 魏舒, 译. 南京: 南京大学出版社, 2016: 108.

　　③ [法]莫里斯·布朗肖. 等待, 遗忘[M]. 鹜龙, 译. 南京: 南京大学出版社, 2015: 19.

　　④ [法]莫里斯·布朗肖. 等待, 遗忘[M]. 鹜龙, 译. 南京: 南京大学出版社, 2015: 36.

这种陌生性，"他"变得喜欢这个房间。第四次他发现这个房间狭长的另一头"一个人的存在，让本来不协调的比例更加不平衡"①。房间的狭长拉开了"他"与"她"之间的距离，这是一种房间被入侵后的感受，她的出现让房间失去平衡。第五次"他面前的房间，又狭又长，可能长得有些反常，以至于她远远地躺在它的外面，躺在被严格划定的空间内"②。房间是同一个房间，但是与房间相关的感受却变了，以至于房间的每一次出现都与以前不同。这种差异建立在遗忘的基础上，正如莫奈在创作时头脑里想的只是瞬息万变的光影和色彩，而忘掉了眼前真实的物，布朗肖笔下的这个房间也不纯粹是一个实在的物理空间，房间的重复出现不是毕达哥拉斯对重复的重复，而是一种差异性的重复，是用遗忘来更新现有的记忆。每一次重复都是遗忘迫使对这个空间记忆的变形，是主人公对这个房间以及"他"与"她"之间关系的重新认识，正如克洛索夫斯基在《尼采与恶性循环》中所论述的，遗忘是克服永恒回归的手段。③ 这种遗忘不是对某种具体之物的遗忘，而是对与之相关的情感的遗忘。布朗肖赋予了房间一种生命，他要做的是把这个简陋狭长的房间中飘忽不定、隐晦不明的那一瞬间展现在人们眼前。这种遗忘与普鲁斯特的非意愿性记忆非常相似，实际上普鲁斯特的这种非意愿性的记忆更接近遗忘而不是回忆，那些追忆的旧日时光不是往日的纯粹客观再现，而是从遗忘中唤起的深层主观印象，带给主人公的是一种情感上的震颤。但普鲁斯特对遗忘与记忆书写的路线往往是蛛网型的结构，他的触发点很多，是弥散的，而布朗肖则会在同一个点上不断生成不同感受，同一个人，同一个地点，同一个意象，却能够产生多层次的感受，让遗忘成为记忆开始之处，他将遗忘变

① [法]莫里斯·布朗肖. 等待，遗忘[M]. 鳌龙，译. 南京：南京大学出版社，2015：95-96.

② [法]莫里斯·布朗肖. 等待，遗忘[M]. 鳌龙，译. 南京：南京大学出版社，2015：125.

③ Klossowski, Pierre. Nietzsche and the Vicious Circle[M]. Daniel W. Smith, trans. London：The Athlone Press，1997：56-59.

成了一个更为深刻的日常存在，通过遗忘将写作的迂回和一种思想的无限游戏联系起来。

第二节　疯　狂

德勒兹对疯狂的理解源于福柯，福柯曾经在《古典时代疯狂史》《疯癫与文明》以及《临床医学的诞生》中追问疯狂与理性的分界点，他对疯狂的分析颠覆了精神病理学的理论基础，"福柯宣布了一个疯狂消失的时代，并不是因为它会被纳入精神疾病控制的领域，相反，为疯狂设定的外部界限通过其他流带着我们一起逃离各方面的控制"①。德勒兹在福柯的基础上看到了疯狂的积极性创造和越界力量，他认为疯狂是一种思维方式，它不是再现，而是如何生产、转换和创造。疯狂不能被视为一种精神缺陷或疾病，而是与爱、欲望和情感相关，是存在于思想内部晦暗不明的存在。疯狂以一种破坏性的方式将原有的联系打乱，是身体中各种力量和情感的混战，最终指向一种解辖域来创造出新的关联。在《普鲁斯特与符号》的结论部分，德勒兹指出他所关心的问题不是普鲁斯特是不是疯了，而是疯狂在普鲁斯特的作品中所起的作用。疯狂作为一种精神分裂性的疾病在意识感知和结构上与现代性有着密不可分的关系。

布朗肖在这一点上与德勒兹基本是一致的，他认为福柯的《古典时代疯狂史》是一本非凡的著作，它勾勒出"一部界限（limites）的历史——界限意指一些晦暗不明的手势，它们一旦完成，便必然遭人遗忘。然而，文化便是通过这些手势，将某些事物摒除在外"②。疯狂是一种跨越界限的力量，由此，布朗肖区分了两种疯狂，一种是病理性的"癫狂

---

① Deleuze, Gilles & Guattari, Felix. Anti-Oedipus [M]. Robert Hurley, Mark Seem & Helen R. Lane, trans. Minneapolis: University of Minnesota Press, 2000: 321.

② [法]莫里斯·布朗肖. 无尽的谈话[M]. 尉光吉，译. 南京：南京大学出版社，2016：383.

的疯"，另一种是理性的"智慧的疯"①，而"智慧的疯"最终被笛卡儿的理性还原成沉默，西方文化关注的是对疯狂和理性之间这条分界线的维持，用理性阻断疯狂所带来的模糊不清的威胁，在这种对峙中，一个触及自由思想和激情体系的非理性世界被建构起来。布朗肖将文学和艺术创作看作恢复与非理性对话的途径，"'疯狂'是作品的缺席……在那个点上，精神失常和创造之间会有一种交换"②。布朗肖的小说呈现了疯狂之力的运动过程，表现为极限经验的体验和现实想象之间的错位。布朗肖的疯狂来自一种理智的追寻，他要展现出疯狂背后的力量和真相，在疯狂深处，才能质问理性的真相。他将文学创作的激情与哲学的冰冷理性完美融合在一起，在文学创作中，他笔下的疯狂冷静却又不可抗拒。

一、越界的性疯狂

尽管布朗肖欣赏萨德在描写色情时直白的语言和清晰的逻辑，他自己的文学创作中却避开了惊人露骨的性描写，也没有完整过程的细节描述。阅读布朗肖性描写的快感不在于过程和高潮所带来肉体和精神的双重觉悟，而是一种山雨欲来风满楼的临场力量，这是布朗肖在处理这种亲密关系时所特有的冷静的疯狂，在燃烧的激情核心始终保有一种清醒的意识。

布朗肖笔下的性疯狂表现为一种没有任何铺垫的不可遏制的本能和情感爆发。大部分情况下男女主人公之间彼此并不熟悉对方，带有一种突然的闯入和发生，展现的是原始而粗糙的真实，只为寻找黑暗中一束刺眼的强光，从而使这种没有先兆的能量释放凝聚出人意料的情感强度。《死刑判决》中，娜塔莉闯进房间后激发了"我"的兽性捕猎本能，"我在楼梯间截住她，拦腰抱住，顺着地板往回拖，一直到床边，然后

---

① ［法］莫里斯·布朗肖. 无尽的谈话［M］. 尉光吉，译. 南京：南京大学出版社，2016：385.

② ［法］莫里斯·布朗肖. 无尽的谈话［M］. 尉光吉，译. 南京：南京大学出版社，2016：390.

她完全瘫倒在上面。我的愤怒无法控制……这时候我什么事情都做得出：打断她的胳膊，压碎她的头盖骨，或者把自己的前额撞进墙壁，因为我觉得这狂暴的力量并不针对她。它是一种没有目标的力量，就好像地震的爆发，撼动并颠覆一切存在。我也被这种爆发所震动，变成一场风暴，引得山崩地裂，掀起惊涛骇浪"①。从精神分析学的角度来看，这种疯狂暴力的性是一种性变态，源于生存本能与攻击破坏本能的相互碰撞，是性心理的某种不协调造成的，最终可以追溯到幼年时期所经历的创伤。然而，"我"对娜塔莉的残暴不是为了在暴虐中获得纯粹的性快感，反而是为了解除欲望与快感之间的关系，这是一种没有目标的冷酷力量，与他人的反应没有任何关系，施虐狂的冷漠指向一种纯粹理想的理念。这种性是德勒兹所谓的力量之流，是欲望机器的特殊动力，这种疯狂的毁灭性力量是要打破一种秩序，实现解域和越界，推动主人公向不可知域突围探索，与他者相遇，以摧毁来实现生命的另一种丰盈，属于生命极为罕见的一种形式。这是兽性奔逸的自由，它将主人公和娜塔莉置于狂热和毁灭的无限权力之中，自然和道德秩序在暴力和疯狂中被分解，从而开启了一种非理性的永恒可能性。娜塔莉在"我"眼中缺乏应有的感情内容，"这个没有他者、没有可能性的世界不只是一种病理学的问题，而是一种冒险和逃离"②。这种施虐的疯狂在不断自我越界的强度化作用中导向一种无客体状态，不再有任何指向，"我"此时是一种赤裸存在，从现有的关系和限制中解放出来，摆脱了沟通与意向性的世界，成为一种弥散的野性力量指向特异的外部空间，在这个空间里理性和真理才能回应自身。换句话说，这种看似无意识的疯狂反而成为一种纯粹的思想，它不需要依赖任何主体，也无需连接到任何客体存在，它只有在主体和客体的双重缺失之下才能成立。它是充满特异能量的自由流动的思想，一种纯粹的理性，但却以疯狂的形式表现出来。在

① [法]莫里斯·布朗肖.死刑判决[M].汪海，译.南京：南京大学出版社，2014：50.

② Deleuze, Gilles. The Logic of Sense[M]. M. Lester, trans. London：Continuum, 2001：348.

这场看似残酷的风暴中涌动着逃逸颠覆的力量、彻底解放的时间和一个无限滑动漂浮的空间。

这种疯狂的性是超越沉闷日常和建构一种全新关系的需要，是一种异质情感的爆发和沟通。《至高者》中有一段佐尔格与女护士让娜之间身体对抗的出色描写："我扯掉了她的裙子。她身体结实，肌肉强而有力，她的身体接受了对抗，我们打了起来，但是，这场斗争的方式野蛮，并且似乎无关输赢，较量的两个人像是在互相抨击，他们不知道自己想要什么，只是必须这么做。"①与《死刑判决》中的娜塔莉不同，《至高者》里出现的女性都表现得强而有力，无论是女邻居、佐尔格的妹妹露易丝还是女护士，都以自己的力量参与到身体的对抗中，他们之间既对立又亲近，这种关系在于对关系的暴力打断，在彼此接近的同时来保持他们之间的未知性。让-米歇尔·拉波特认为拉康的"没有性关系"这个观点的关键在于不同性别之间的差异和距离。② 性关系本质上是一种脱节，它肯定差异性，以及在相遇时这种异质性所带来的满足的不可能性。佐尔格和女邻居、女护士之间的疯狂对抗是沟通的需要，它在不同主体之间制造出一种强度的链接，从而使他们能够在一个强度平面上相遇，这是对生命的肯定，是不断探索生命的各种可能、追求极致经验的企图。布朗肖笔下的这种疯狂不是一种病症，而是一种非同寻常意义下的改变或演化，将双方推到界外的混沌与不可思考中。佐尔格到女邻居的照相馆中，突然用力抓住她，心中愤怒异常，他掐住她，想逼着她身上隐藏的另一个她现身，期待着她的转变，他要在她身上寻找一种不确定性，这是疯狂之下潜藏的意图。这种力量将她抽离出来的同时也将自身抽离，打破了他们之间的原有关系，疯狂成为一种差异化力量，能够让他从不同视角来认识曾经熟悉的她，这种力量改变了观看的方式并且更新了观看的对象，从而探索他们之间一种全新的关系。

---

① [法]莫里斯·布朗肖. 至高者[M]. 李志明，译. 南京：南京大学出版社，2016：239.

② Rabaté, Jean-Michel. The Pathos of Distance [M]. New York：Bloomsbury, 2016：104.

布朗肖在《至高者》中用几近细腻的笔触写出了佐尔格与他妹妹露易丝之间超越伦常的疯狂性幻想，疯狂成为一种打破道德禁忌的越界力量。依据比登在布朗肖的思想传记中所述，布朗肖的确有一个妹妹名叫玛格丽特，她喜好音乐，终身未嫁，她敬重布朗肖，对他很大胆，抱怨不能经常去看他。玛格丽特经常读书到深夜，而布朗肖则在深夜写作。他们相互通信打电话，却谨慎地保持一定距离。他们搬到奎因后，玛格丽特就在那里度过了余生，"对于整个家庭来说，她慢慢地就成了一种原初的记忆"①。这一段个人经历在布朗肖的作品中变形地显现出来。佐尔格跟妈妈说话的时候，露易丝躲在树干后面，"可以看见她红裙子的阴影……没怎么露面，却又太过显眼，仿佛要是看见了它，你就看见了不该看的东西。我想抽回我的手，什么都不知道的妈妈却试图继续握住它，抚摩安慰。但是，等到她也意识到了是谁在那儿，她便松开了我的手，匆忙地抛开了我"②。在布朗肖的叙事中很少出现明丽的色彩描写，而《至高者》中几次出现了红裙子的意象。这里露易丝的红裙子是一种诱惑和召唤，红色也是一种禁忌和危险的颜色，此时，佐尔格看见的不是露易丝本人，露易丝的形象已经消解在红裙子中。布朗肖强调的是红色本身所带来的感官效应，唤醒了一种越界冲动和非常的意识状态，红色作为一种物质材料汇集了此刻所有的感觉和欲望，是一个感觉的聚合体，正如戈达尔在评论自己的电影时说当他的电影人物受伤时，流淌出的"不是血，而是红色"③。德勒兹在分析马索克文学中的恋物癖时敏锐地指出"恋物根本不是一个符号，而是一个凝固的、被捕获的二维意象，是一张照片，让人不断返回这个意象，从而将行动中危险的结果，和探索中的有害发现都驱除出去"④。红裙子并不直接指向露易

① Bident, Christophe. Maurice Blanchot: Partenaire Invisible [M]. Seyssel: Champ Vallon, 1998: 21-23.

② [法]莫里斯·布朗肖. 至高者[M]. 李志明, 译. 南京: 南京大学出版社, 2016: 70.

③ http://gallery.artron.net/20160425/n832650.html.

④ Deleuze, Gilles. Masochism: Coldness and Cruelty [M]. Jean McNeil, trans. New York: Zone Books, 1989: 31.

丝，佐尔格对露易丝裙子的特殊感觉打开了另一个可能性的世界，这是一个去主体化的空间，力量和情感在这里聚合形成了纯粹的强度，"这个纯粹的表象也许是他者试图向我们隐瞒的东西"①。佐尔格看见继父把露易丝放在膝盖上，抚摸她的脸，亲吻她的手，她没有反抗，而是以一种深邃而沉默的神情看着他。继父看见佐尔格之后很快让露易丝滑倒在地上，还轻轻碰了一下她的头发。"在那一刻，给他一斧子的确能使我高兴，至于她，我简直想把她掐死。"②佐尔格、继父、母亲和妹妹露易丝之间的紧张关系似乎证实了弗洛伊德所说的俄狄浦斯情结和厄勒克特拉情结产生的破坏性能量，它导致恐惧、各种精神冲突和症状的发生。现代精神分析理论将欲望理解为一种匮乏，使其局限在家庭这一有限的范围之中，而德勒兹反对弗洛伊德这种精神分析图式，他将欲望机器作为一种潜在的解放力量推到更为广阔的社会场域。在弗洛伊德看来，乱伦是对现有家庭和社会结构的一种威胁，而德勒兹却认为"乱伦不存在，它只是一种纯粹的限制"③。社会力量的压迫才是俄狄浦斯化的真正原因，对乱伦的控制目的在于控制欲望在家庭中的生产方式，将家庭中每个人的角色固定，进行强制性的编码，从而形成一张条纹化稳定的社会网络。佐尔格在他母亲和妹妹露易丝之间，露易丝在父亲和佐尔格之间构成了一种乱伦的双重性。德勒兹在《反俄狄浦斯》中有着关于双重乱伦的详细论述，在他看来，与父母的结合意味着回返，对原初的追寻，而妹妹或哥哥之间乱伦则指向外部，意味着逃离，这种双重乱伦是"为了颠覆现有的流动，使任何内在编码、潜流都无法逃离暴力机器的颠覆"④。这是一种差异的力，它分化、变异、

---

① Deleuze, Gilles. The Logic of Sense [M]. M. Lester, trans. London: Continuum, 2001: 354.

② [法]莫里斯·布朗肖. 至高者[M]. 李志明，译. 南京：南京大学出版社，2016: 83.

③ Deleuze, Gilles & Guattari, Felix. Anti-Oedipus [M]. Robert Hurley, Mark Seem & Helen R. Lane, trans. Minneapolis: University of Minnesota Press, 2000: 181.

④ Deleuze, Gilles & Guattari, Felix. Anti-Oedipus [M]. Robert Hurley, Mark Seem & Helen R. Lane, trans. Minneapolis: University of Minnesota Press, 2000: 201.

超越社会规范。佐尔格的乱伦欲望是一个游牧的过程，突破社会所规定的家庭界限，以至于他与女护士在一起会突然感叹她有点像自己妹妹。这使得佐尔格从社会规定的欲望线上逃离，进入了新的领域。这样一种精神分裂化可以冲破俄狄浦斯的牢笼，重新发现欲望的生产性力量和革命性力量。

佐尔格的乱伦欲望是对现有社会秩序的僭越并且执意要在语言上实现突围。德勒兹认为乱伦存在的前提是称呼①，如果没有妈妈、爸爸、兄弟姐妹这样的称呼，那么乱伦的概念就不复存在。对于佐尔格来说，乱伦是打破语言能指和所指之间的一场暴力的游戏，"我喊她，低声叫她的名字，我感觉这个名字在我口中融化，变得不知其名，最后消失不见，于是闭了嘴"②。露易丝名字的消失让她与佐尔格之间的关系变成了一种无法定义的空白，从而形成一个绝对平滑的空间。这种超越伦常的疯狂是布朗肖走向外部思想的实践，以至于佐尔格的家人在他眼中"只是空洞的身份。每次看露易丝，我看到的并不是她，而是她背后那些越来越远的人脸，有些很熟，有些不认识，他们如她的影子一般相继出现"③。佐尔格打破面孔的对应关系，他要看到的是这个单一面孔背后无数的可能性，而不是一种直接固定的联系，他们之间的关系是一种扭曲和分裂，基于一个面孔的向着绝对他异领域的无限增殖，生成难以感知和隐秘的体验，"面孔拥有一个远大的前程，但前提是它将被摧毁、被瓦解。趋向于非表意，趋向于非主观性"④。正如《在适当时刻》中，主人公看到的朱迪斯的那张脸，已经不是一个客观存在，而变成了某种感觉的综合，是差异本身的自由状态，他与朱

---

① Deleuze, Gilles & Guattari, Felix. Anti-Oedipus [M]. Robert Hurley, Mark Seem & Helen R. Lane, trans. Minneapolis: University of Minnesota Press, 2000: 181.

② [法]莫里斯·布朗肖. 至高者[M]. 李志明，译. 南京：南京大学出版社，2016: 86.

③ [法]莫里斯·布朗肖. 至高者[M]. 李志明，译. 南京：南京大学出版社，2016: 106.

④ [法]吉尔·德勒兹，费力克斯·加塔利. 资本主义与精神分裂：千高原[M]. 姜宇辉，译. 上海：上海书店出版社，2010: 237.

迪丝瞬间的相遇将印象中的片段割裂开来，从中间抽取出了一种单一和纯粹的感受，这已经不是常识或习惯性的感觉，而是超出了常识的差异性体验。

这种越界的性疯狂直接逼近一种死亡幻觉。《在适当时刻》中克劳迪娅在主人公怀中，他感到一种可怕的痉挛般的风暴以及难以抑制的愤怒，"我紧紧地环抱着她，在我们两具身躯的震动和静止的坠落中再次抱紧她，我将她紧紧地固定在无限之外"①。他既处在风暴之中，也置身于风暴之外，他清楚地知道这场风暴是与死亡的较量，是为了抓住她，将她留在俄耳浦斯的目光中不至于消失。他的疯狂源自生命深处最初的震颤，他要将她固定在无限之外，她是他对生命艺术的要求，在这样一个癫狂和非理性的瞬间凝固成永恒，产生了复归生命本源的最高艺术。"所有年轻女孩之中，有一个是我从不去看的，而使我心神不宁的正是她。她就是我妹妹！这一切是多么让人精疲力尽！"②对于佐尔格来说，这块新的领土承受着巨大压力，露易丝代表着禁忌、诱惑和死亡，他不敢看露易丝的面孔是因为其背后所隐藏的无限性。这对他来说既是一种召唤又是一种拒绝，这其中既生成了逃逸的力量，又带来了死亡的可能性，这种强度是一种混沌的力量，为了返回生命原初状态。"佐尔格与他的妹妹露易丝一起走进一个墓穴，露易丝命令他跪下，然后躺下，他都一一照做，露易丝在他上方俯下身子，有那么一瞬间，他幻想露易丝倾泻而下的秀发，她的手不断靠近，而他听到了剪刀开合的声音。"③佐尔格处于对露易丝命令的不断期待之中，渐渐所有的对立都让位于幻想中两个身体之间的融合，他与露易丝之间的界限被劈开，在欲望过程之中发现自身，形成了流动着强度的无器官身体，这些强度使自

---

① [法]莫里斯·布朗肖. 在适当时刻[M]. 吴博，译. 南京：南京大学出版社，2015：84.

② [法]莫里斯·布朗肖. 至高者[M]. 李志明，译. 南京：南京大学出版社，2016：141.

③ [法]莫里斯·布朗肖. 至高者[M]. 李志明，译. 南京：南京大学出版社，2016：86-88.

我和他者都不复存在。他对露易丝的这种疯狂幻想是一种作用于他自身的域外力量，德勒兹将这种域外的力量看作生命的反抗能力，让他从自身的囚禁中逃逸出来，他们彼此之间不再是兄妹，一切关系属性都在这种力量的作用下消解了，源于外在于他和露易丝的绝对外部存在。这瞬间爆发的激情既没有本质也没有特征，激荡出一种逃逸的力量冲向一个无法辨识的区域，从各个方向穿越所有的强度，这台欲望机器追求游牧和多维度的流动，并实现一种生成，形成了新的认同关系。与此同时，佐尔格在墓穴中感受到露易丝不断靠近的同时听到了剪刀开合的声音，暗示着死亡的临近，这涉及的是更深沉的、人类存在的核心问题，真正的喜悦来自濒临死亡的快感。死亡是一种经验，"在这种经验里，死亡是赋予生命实证性真理的唯一途径……比夏告诉我们，对生命的认知起源于和生命极端对立的东西，即对生命的毁灭；正是凭借死亡，疾病和生命才能够说出它们的真理"①。死亡在此成为个体与自身真理交流的通道，布朗肖书写性疯狂中出现的死亡幻觉是一个充满特异性的生命根本事件，它触及个体核心中的不可知者，在其中打开了一个缺口，揭示出生命内部的混乱和激情。"我的死亡必须总是成为对我更内在的：它就必须如同我不可见的形式，我的手势，我最隐秘的沉默不语。"②死亡构成生命最独特、最有差异性的核心，原本是生命的终结，逆转成为生命的基本构成，生命不断重复差异的死亡，这是对永恒回归的狂热也是对差异化生命的追寻。在德勒兹看来，这构成了伟大小说必备的特征，"重要的是事物保留它们谜样然而并不随意的性质：总而言之，是一种新逻辑，确确实实是一种逻辑，但不会引领我们走向理性，而是能够抓住生命和死亡之间的亲密关系"③。

---

① Foucault, Michel. Naissance de la Clinique[M]. Paris：Presses Universitaires de France，1963：147.

② Blanchot, Maurice. L'espace Litteraire [M]. Paris：Gallimard，1988：160，119.

③ [法]吉尔·德勒兹. 批评与临床[M]. 刘云虹，曹丹红，译. 南京：南京大学出版社，2012：172.

二、疯狂的视觉

布朗肖对书写的思考基于两个根本问题:"书写,从一开始并且在别的事物之前,是否就是打断那不停地作为光抵达我们的东西。书写,从一开始并且在别的事物之前,是否总是通过这样的打断,将自身持守于一种同中性(le Neutre)的关系。"①第一个问题源于西方形而上学传统背后隐藏的逻各斯中心主义和视觉中心论,光意味着存在的澄明和显现,现象学用"光"这个本源来维持主体的首要性,书写阻断光的抵达就是要将其从主体视觉再现所建构的语言秩序中解放出来,文学空间是一种"要有光"之前的显露。布朗肖在第二个问题中回到书写的本质:通过这种打断持守同中性的关系。这就要求视觉退场,弃绝一切再现的可能性。他在书中明确指出言说不是观看,"言说将思想从视觉的要求中解放出来"②。在布朗肖那里,言说和视觉之间似乎存在着无法弥合的裂痕。这也是布朗肖与福柯的一个分歧,在布朗肖强调言说优先性的同时,福柯却坚持看的特异性,也就是可见者的不可还原性。德勒兹注意到福柯在《临床医学的诞生》中提出的"绝对的看"和"潜在的可见性",这种可见性不是由视觉决定,而是一种行为与情感、行为与反应的复合经验。德勒兹以此来巧妙地调和布朗肖与福柯之间的分歧,他认为言说与视觉之间的界限被打开后就能共同提升到一个经验层面。此时,它们在这个界限处彼此分离又重新相遇,呈现出联结的可能,它们成为彼此相邻的机器,从而产生一种转瞬即逝的经验和令人眩晕的不确定性。③ 德勒兹也发现了言说和观看这两者的地位在布朗肖那里存在着

---

① Blanchot, Maurice. The Infinite Conversation[M]. Susan Hanson, trans. Minneapolis and London: University of Minnesota Press, 2003: 256.

② [法]莫里斯·布朗肖. 无尽的谈话[M]. 尉光吉, 译. 南京: 南京大学出版社, 2016: 49.

③ Deleuze, Gilles. Foucault[M]. Sean Hand, trans. Minneapolis: University of Minnesota Press, 2006: 65.

一定的含混性。① 言说的优先性不等于观看都可以被简化还原成语言，换句话说，这种视觉是在作为效果和痕迹的语言陈述中被给出的，言说与视觉已经在同一个轨迹上交叠，是一种复合了情感和经验的潜在可见性。事实上，布朗肖在小说文本中也不断书写一种疯狂的视觉经验，其中可见与不可见之间始终充满了无法化解的焦虑和狂躁。他作品中的光照耀在词上，这种视觉不是目光的效果，而是逐字获得的可见性。在这种意义上，语言本身就是它自身的光芒。他对视觉、可见性和言说之间关系的思考是为了让事物作为存在的绝对可见性呈现在一个无人称的(中性)主体目光之下，在语言的拆分和重组中，视觉与事物不再处于同一空间，而是以一种错位、生成的运动来揭示这种距离所带来的事物的不可见性，使其化身为一种可见性的表面。

《白日的疯狂》是布朗肖对疯狂最直接的书写，叙事结尾他指出眼科医生和精神病专家赋予我们的对话以权威审讯的特征，他们被一系列严格设定的法则所监督和控制。由此布朗肖对传统的视觉诊断和精神疾病诊断提出了质疑：可见与不可见的界限在哪里？疯狂是否意味着完全丧失理智，它是不是一种精神疾病？显然，布朗肖没有在传统逻辑推理中去寻找答案，而是让疯狂在叙事中层层展现出来，在一种极限的体验中重新对这些问题进行本源性的探寻。德里达在《解构与批评》中评论布朗肖的《白日的疯狂》："这是一本关于疯狂的故事，这里的疯狂指的是看见光，视觉与可见性，看见不能看见的东西，看见不是通常意义上的可见，而是超越视觉的可见。"②从狭义传统的意义上来理解，白日和光通常象征着理智，而黑夜才是晦暗不明的时刻。布朗肖将白日与疯狂放在一起暗含了一种张力，这种疯狂是对可见性的质疑和颠覆，是一种目眩的理性。《白日的疯狂》中主人公发疯之前，视觉带给他的是一种澄明，他觉得看到这个世界就是一种不同寻常的幸福，接着，世界战争的疯狂以及他从枪口下死里逃生的经历改变了他对这个世界的认知，事

① Deleuze, Gilles. Foucault[M]. Sean Hand, trans. Minneapolis: University of Minnesota Press, 2006: 140.

② Derrida, Jacque. Living On: Border Lines, in Deconstruction and Criticism[M]. London and Henley: Routledge & Kegan Paul, 1979: 91.

物的表象和本质被割裂了。我们无法忘记小说中令人惊骇的一幕，有人把玻璃压进了他的眼睛，让他几乎丧失视力，"我不能看，但我忍不住要看。去看是可怕的，不去看却把我从前额到喉咙都撕得粉碎"①。他的眼睛渴求去看，却无法看见，这种无法看见让他感到一种巨大的孤独。布朗肖在这里对身体有机组织进行了一次剧烈而残酷的实验，将玻璃压进眼睛，而主人公并没有完全丧失视力，他在看不见和想看之间挣扎，身体被还原到一种未分化时的状态。在经历了那一击后，他已经达到了恐惧的极限，他在医院的七天里感到"光发疯了，光明失去了全部的理性：它疯狂地攻击我，失去了控制，没有目的"②。柏拉图一直把光当作观看的前提，光让万物得以澄明，但事实是这种光意味着视觉必须接受外界提供的观看模式，这是对事物本身的剥夺和掏空。在光的透明性中，事物的晦暗和特异性被抹去，只剩下一个无差别的世界，光里空无一物。光此刻成为"一股可怕的强力，通过它的存在进入世界，并自我闪耀"③。主人公感到光失去理性发疯了，白日不可避免的在场成了一种攻击，是因为此时世界以它本来疯狂的样子呈现在他眼前，白日的残酷让他不能看，却忍不住要看。白日的残酷性就在于通过一种疯狂的理性让世界变成一种稳固的透明的在场，是取消了一切差异性的存在。这是逻各斯中心主义对终极同一性的疯狂追求。列维纳斯对布朗肖笔下这种白日的疯狂有着十分精彩的评价："它是原地的旋转：幸福在其着魔般的永久之中，疯狂的爆发被封闭于疯狂之中，被封闭于压抑之中，被封闭于一种无法呼吸的没有外部的内部之中。疯狂是出路，或出

---

① Blanchot, Maurice. The Station Hill Blanchot Reader[M]. George Quasha, ed. Lydia Davis, Paul Auster & Robert Lamberton, trans. New York: Station Hill Press, 1999: 194.

② Blanchot, Maurice. The Station Hill Blanchot Reader[M]. George Quasha, ed. Lydia Davis, Paul Auster & Robert Lamberton, trans. New York: Station Hill Press, 1999: 195.

③ Blanchot, Maurice. La Litterature et le Droit a la Mort[M]// Blanchot, Maurice. La Part du Feu. Paris: Gallimard, 1984: 316.

路是疯狂吗?"①如果说白日的疯狂是深陷没有外部的内部的逻各斯中心主义，那么列维纳斯所指出的这条疯狂的出路则是要解放被封闭于这种理性疯狂的外部，是超越这种理性的绝对真理。主人公痊愈后，视力并没有削弱，但他还是像螃蟹一样横过街道，紧紧扶着墙，因为只要一放手，就会觉得头晕眼花迈不开脚步。在此，主人公进入了一种疯狂视觉的状态，在目眩中，所有对象都在隐退，他所见的客观世界被悬置起来，疯狂让他在白天也遭遇反复无常的幻象，想象中的幻念仿佛现实一样向他袭来，他还将一个白胡子老头认作托尔斯泰。他看到的世界并不是他正在看的世界，只有靠扶着墙壁传达到身体的触感来与外界保持正确的联系。世界的可见性变成迷一般的存在，令他头晕目眩，他在可见与不可见之间挣扎，即使在白日也无法保持一种理性的平衡。尽管他的眼睛已经痊愈，他却并没有因此回到明朗的现实世界，视觉的理性部署在此宣告失败，光的疯狂进攻让视觉从外部转向了内部，因为这种失明虽然看不见光，但在头晕目眩的黑暗中实现了视觉力量的一种转化，视觉不再是主宰，疯狂以它本身来对抗另一种疯狂。正如德里达所说，布朗肖这里所谓的看并不是指一种日常视觉，而是一种具有穿透性的看，是直抵事物本质的看，它是劈开黑暗的闪电，能够在迷雾中抵达事情的真相，这是盲人的洞察力，"在这目光中，瞎仍是一种视觉"②。疯狂的视觉让他看见平日看不见的东西。本质与存在、想象与真实、可见与不可见搅乱了存在的范畴，他渴望光却又被光的疯狂所穿透，这种疯狂的视觉源自观看秩序的破坏。疯狂的世界所带来的幻灭感和孤独感以及死里逃生的经历让他的精神面临着严重挑战，改变了他观看的方式，城市明亮的灯光让他感到迟钝和疲惫，这种视觉在他看来是贫乏露骨的，而他渴望的是无法被还原成单一存在的视觉，"如果看是火，那么，我要求火的丰盈；如果看会让我感染疯

① Levinas, Emmanuel. Sur Maurice Blanchot[M]. Fata Morgana, 1975：63.

② [法]莫里斯·布朗肖. 文学空间[M]. 顾嘉琛，译. 北京：商务印书馆，2003：15.

狂，那么，我疯狂地想要那样的疯狂"①。疯狂意味着视觉界限的解域，破除了一种理智直观，代之以情感来构建丰盈的视觉，这种视觉摆脱了光的主宰，在黑暗中探寻事物不为人所知的一面，是朝向外部的不可抑制的欲望。

这种丰盈的视觉在布朗肖的《至高者》中有着明显的体现。佐尔格在房间里看着水从水管里渗出，水滴变大落到地面上一块颜色很亮的红色抹布上，抹布皱成一团，"它的颜色耀眼，红得很正。也许并不是真的耀眼，因为其中还有某种暗淡的颜色，只是慢慢才显露出来。引人注目而又不可触及"②。在这具有强烈视觉感的描述中存在着一种双重打开。首先是物的界限的打开，抹布不再是我们日常所见到的肮脏的静止不动的破布，而是一个"危险的""厚颜无耻的"存在，那暗淡的颜色好像隐藏其中的某种不为人知的秘密，佐尔格看着那块红色的抹布，随着这种疯狂视觉的不断深入，它最终触及了其界限，将原本普通的抹布带入了一个全新的视觉空间。在这个空间里，这块抹布显露出了明亮红色下隐藏的暗淡的颜色，而水滴落在上面，就被它的褶皱隐藏起来，它看上去却都是干的，经久不变。姜宇辉把这种可见性的过程看作"光展现'自身的形式'的独特方式：将看似稳定、明确而同一的对象化作动态的、碎片式、微观的'闪烁'的存在。这即是将可见者回溯至其自微观的涌向、生成的过程"③。佐尔格疯狂视觉所产生的怪异图像并不是一种转瞬即逝的表象，而是从躁动不安状态中激发出来的东西，是早已隐藏在深处的秘密、一个无法接近的真理，在这个过程中他与某种隐秘的必然性相遇。

与现实主义小说中的视觉描写不同，布朗肖笔下的视觉是一种完全主观化的状态，这块抹布汇聚了佐尔格的内心情感，这种视觉不是再

①　Blanchot, Maurice. The Station Hill Blanchot Reader[M]. George Quasha, ed. Lydia Davis, Paul Auster & Robert Lamberton, trans. New York：Station Hill Press, 1999：195.

②　[法]莫里斯·布朗肖. 至高者[M]. 李志明，译. 南京：南京大学出版社，2016：278.

③　姜宇辉. 视觉与言说——德勒兹、福柯与恽南田的花的"世界"[J]. 哲学分析，2013(5)：95.

现，而是一种服从于不可见情感之力的感觉逻辑。在这个过程中言语的界限也同时被打开，抹布不再是我们日常用来打扫卫生的抹布，而是被一块明亮的红色所占据的布，它在干燥的红色身体中储存静止的水。红色在这里不仅仅是这块抹布的物质属性，而是佐尔格情感的投射，红色表现出佐尔格此刻被激情所灼烧的内心世界，颜色成为纯粹强度和力量，或者说，"颜色就是情感本身，即它获得的对象之潜在关联"①。佐尔格看见的抹布是一种观看行为与激情所产生的多重感觉的复合，它危险地和垃圾混在一起，引人注目又不可触及，不留一丝痕迹地将水隐藏起来。这里的不可触及并不是说不能触碰到这块抹布，而是它其中隐藏的本质不可触及，它甚至与佐尔格的身体形成力的互动，让他的手指感到兴奋，与这块抹布之间产生潜在的亲密，以一个黑色污迹永远展示出来。佐尔格看到的抹布不是目光的效果，而是情感之力推动事物的呈现。布朗肖取消了光在视觉中的支配性，这种疯狂视觉的双重打开瓦解了既定的认知和视觉，使其具有一种原始的表达力，揭示出这块抹布瞬间的深度和真相。言语呈现为一种摆脱了视觉限制的视觉，这种内外不分的去疆域化、精神分裂状态至此获得视觉上的体现。它不是显现的在场，并且粉碎了古典暗箱式视觉的审判体制与部署，以一种晦暗性的迂回进入事物的深处，从而能够接近隐藏着秘密的原初感觉。布朗肖在这里呈现出的视觉是一种动态化、微观化的操作，词与物之间展现出的是一种碎片、交叠、相互缠绕的变异形态。

书中佐尔格的视觉还表现为一种明显的谵妄状态。在德勒兹看来，非幻觉性的谵妄保存着精神上的完整性。一类人是看起来疯狂，实际上却没有；另一类人看上去没有疯狂，实际上却处于疯狂之中。② 布朗肖不止一次描写墙上的污迹和光线，佐尔格观看这些污迹的时候处在绝对安静的状态，然而他平静的表面下却涌动着疯狂的情感，他看到的这些

---

① Deleuze, Gilles. Cinema 1: The Movement-Image [M]. London: The Athlone Press, 1986: 189.

② [法]吉尔·德勒兹，费力克斯·加塔利. 资本主义与精神分裂：千高原[M]. 姜宇辉，译. 上海：上海书店出版社，2010：164-167.

污迹带有可怕的幻觉，墙上的光线就是一颗猥亵的白色牙齿要将他捣碎①，他看到墙上那些细小的灰点开始频繁晃动，就感觉整面墙壁也在摇晃②，这是一种激情性的谵妄。光线以一种异常的视觉符号出现在他眼前，他因为生病被隔离在大楼内，心中盘旋着死亡的阴影，这导致他内心的恐惧，让他感受到了光线里的锋利和墙壁不稳定感。在某种意义上，佐尔格的精神错乱是一种系统化，是内心受到某种强烈的情感力量驱动而产生的特定类型的视觉幻觉，他看到的东西恐怖而不稳定，这些污迹都不是静止成型的，而是处在不停的流动变化中，佐尔格用手指描绘污迹的轮廓，"它正朝上扩张，看上去更加显眼，尤其是更加潮湿，更加油腻"③。他在多特房间里看到的污迹"没有轮廓，像液体一样从墙壁深处渗出来，既不像某个东西，也不像某个东西的影子，在它流淌和蔓延的过程中，没有形成头、手或是其他东西的形状，而只是一个浓稠且不着痕迹的水流"④。这种视觉是流动的，仿佛连接起了不同时空，佐尔格和多特盯着对方看，没有什么比他们之间更安静了，多特摸着墙壁上一个图案，佐格尔在隔墙上也看到了这块厚厚的污迹。此刻这块污渍似乎就是能让他们之间产生联系的东西，多特和佐尔格都陷入了一种疯狂的视觉中。佐尔格看到这块污迹好像变成了流动的液体从墙壁深处渗出来，这种流动感的背后是情感的快速涌动，正如凡·高绘画中那种疯狂流动的笔触，这种阴沉不安的视觉感体现出了佐尔格当时躁动不安的情绪，是一种紧张的幻想，带有一种无法抑制的强烈情感。显然，这不是平静理性的视觉，而是脱离了理性控制的疯狂视觉，是一种精神性的视觉化表现。污迹流动变幻的视觉形象展现出了佐格尔和多特狂乱翻

---

① ［法］莫里斯·布朗肖. 至高者［M］. 李志明，译. 南京：南京大学出版社，2016：184-185.

② ［法］莫里斯·布朗肖. 至高者［M］. 李志明，译. 南京：南京大学出版社，2016：284.

③ ［法］莫里斯·布朗肖. 至高者［M］. 李志明，译. 南京：南京大学出版社，2016：175.

④ ［法］莫里斯·布朗肖. 至高者［M］. 李志明，译. 南京：南京大学出版社，2016：232.

腾的内心，并将他俩在这一特殊时刻连接起来，相同的情感在他们之间流动。虽然他们之间没有言语交流，佐尔格肯定多特和自己一样都看见它的流动，也听见了爆炸声，多特发出一声尖叫，佐尔格捂住他的嘴，声音却不断从指缝间流出，流动的污迹和流动的声音都是强烈感受的载体，流动是生命显现的时刻，情感实现了视觉与听觉的连接和过渡。佐尔格和多特的视觉生成的不是理性的认知和判断，而是一种纯粹的情感力量，它穿越不同个体，用共有的情感强度将他们连接起来。然而，这种强度并不是某种主观的情感力量，而是一种介于"中间状态"的生成过程，是脱离了主体的非限定性力量，被"一个纬度与一个经度、速度与情感所界定，而并不依赖于那些从属于另一个平面的形式和主体"①。

　　对于德勒兹而言，佐尔格看到的抹布、墙上闪烁的光线以及蔓延流动的污迹都是服从感觉逻辑的"大写形象（Figure）"。"大写形象"是德勒兹在《感觉逻辑》这本书中最核心关键的一个概念，它极力使事物摆脱具象，让视觉感知到的是静态事物的扭曲和运动，这些可见的运动将视觉与某种不可见的力量连接起来，这种视觉取消了理性的认知功能，使其服从于非理性情感力量。正如德勒兹在书中所写："在艺术中，无关乎形式的再生产或发明，而是关乎力量的攫取。甚至就是因为这样，没有任何艺术是具象的。"②布朗肖笔下这种疯狂的视觉就是为了让不可见的力量变得可见，它躁动、压抑、扭曲，是欲望的爆发，也是谵妄的疯癫。

三、失眠的梦境

　　弗洛伊德在《梦的解析》中通过对梦的研究和探索，指出梦不是偶然形成的联想，而是被压制欲望的满足，他认为梦是"睡眠的守护者"，

　　①　[法]吉尔·德勒兹，费力克斯·加塔利. 资本主义与精神分裂：千高原[M]. 姜宇辉，译. 上海：上海书店出版社，2010：370.
　　②　Deleuze, Gilles. Francis Bacon, Logique de la Sensation[M]. Paris: Éditions de la Différence, 1981: 39.

是通往潜意识的桥梁。弗洛伊德赋予了梦境意义，但同时又以某种特殊修辞符号的阐释封闭了这种意义的可能性。因此，在德勒兹看来，即使弗洛伊德的精神分析援引差异(différent)的概念，它也是以一种否定的方式将欲望与一种基本的缺失连接起来，梦境只是缺失欲望的补偿机制，而他提出了关于欲望的肯定性构想：生产的欲望(désir qui produit)，而非缺失的欲望(désir qui manque)。德勒兹在尼采、劳伦斯、卡夫卡和阿尔托那里发现了一种不同的梦境，"它不再是某个类似睡着时的梦境，或醒时的梦境，而是一个失眠时的梦境。新的梦已变成失眠的守护者"①。这种梦境不是缺失欲望的满足过程，而是欲望机器启动的生产过程，它意味着一种精神分裂症意义上的断裂与谵妄，是进入无意识的捷径，在梦境中欲望得到解放，原本压抑的欲望返回到原初状态，恢复其本来的生产力量。"不再是梦向精神错乱借用它那令人不安的力量——并借此显示出理性如何地脆弱或有限；现在是疯狂在梦中取得它的第一本性，并通过这项亲属关系，揭露出它是真实之夜中的形象解放。"②

布朗肖笔下的梦境就是这种半清醒状态下的梦境，梦境此时已经脱离了主体，以自己的方式行动，在梦的核心地带，是无器官的身体，是一台生产无意识的解域机器，是沟通存在与死亡的独特方式。《死刑判决》中 J 在临近死亡时不断做噩梦。午夜时分，她开始做噩梦，但仍然醒着，她说她看见"一朵美艳无比的玫瑰"在房间里移动。"我"关上门后，她进入了平静的睡眠，睡梦中，她突然带着极大的焦虑说："快点，一朵美艳无比的玫瑰。"③在她快要不省人事的那一刻，她指着氧气瓶喃喃地说："一朵美艳无比的玫瑰。"J 捕捉到的玫瑰这个看似连续突

---

① [法]吉尔·德勒兹. 批评与临床[M]. 刘云虹，曹丹红，译. 南京：南京大学出版社，2012：286-287.

② [法]米歇尔·福柯. 古典时代疯狂史[M]. 林志明，译. 北京：生活·读书·新知三联书店，2016：422.

③ [法]莫里斯·布朗肖. 死刑判决[M]. 汪海，译. 南京：南京大学出版社，2014：31-32.

出的意象实际是她对其瓦解之后的一种认知断片。无论是做噩梦，还是平静的睡眠，还是不省人事的时刻，玫瑰这个意象让她获得了一种独特的统一。她将不同体验转化为一种呓语，从而获得经验的重构。她在一种"幻觉"和"谵妄"的精神分裂的状态中，体验到一种前所未有的强度——"一种折磨人的、毁灭性的体验，将精神分裂如此带向物质，带向那燃烧的、鲜活的物质中心。"①布朗肖在《无尽的谈话》中提到了斯泰因诗歌《神圣的艾米莉》中的一句诗"玫瑰就是玫瑰就是玫瑰就是玫瑰"，他认为这句诗所带来的困扰是因为不断重复的玫瑰拒绝定义和再现。② 重复不是对相同者的关注，而是一种拒绝，是追问的坚持，重复造成了话语意义的倍增。显然，J 三次说出的美艳无比的玫瑰所指对象都不同，玫瑰从一个外在之物转向内在之物，逃离了日常的掌控和支配，这个词语的意义在梦境中瓦解了，既不指向同一个事物，也不具有相同的意义，在它同一性的表象之下隐藏着一种绝对的差异性，而不是一种本体上的差异。她在梦中说出玫瑰这个词就是差异本身，玫瑰成了一个包含着诸多解域路线的块茎，勾画出梦境中思想逃逸的线路。玫瑰远离我们日常所理解的意象，在逃亡中制造断裂和分层，与日常生活重新产生新的联系和结合，具有随机性和偶然性。在布朗肖看来，"日常有这样一个本质的特点：它不允许自身被人抓住。它逃避。……日常从来不是我们一眼就看到了的东西，它只能被再次看到：我们总已经通过一个幻觉看到了它，而那个幻觉恰好构成了日常"③。换句话说，日常语言同样面临着有限的物理在场和无限的理解缺席之间的矛盾。日常语言的未完成性使得文学层面上最日常的行为也变得极难表达，而梦境让这种日常的深度得以揭示。J 在梦境中回到一种原初的"内在性

---

① Deluze, Gilles & Guattari, Felix. Anti-Oedipus[M]. Robert Hurley, Mark Seem & Helen R. Lane, trans. Minneapolis：University of Minnesota, 2000：19.

② ［法］莫里斯·布朗肖. 无尽的谈话[M]. 尉光吉, 译. 南京：南京大学出版社, 2016：667.

③ ［法］莫里斯·布朗肖. 无尽的谈话[M]. 尉光吉, 译. 南京：南京大学出版社, 2016：470.

场域"，抑或一种"绝对的外部"，她的梦境此刻以敞开和自由运动为特征，向不同于自身的世界敞开，能够在语言内部抵达现实中无法触及的未知，抓住一直在逃逸的日常，以一种令人惊讶的方式展露熟悉之物。

在主体和客体双重缺失的状态下，梦境可以成为联结和生成的场域。《最后一个字》中主人公梦见一只母狗在桌下爬行，后面跟着它的小狗。一个女人让他继续读书，接着，狗突然向他扑来，他躲在被子里，但是它们知道他藏在哪里，它们一只接一只地过来咬他的脖子。梦境中，主人公与狗之间确立了某种晦暗不明的区域，但这不是一种相似性或是要去模仿，而是一种邻近，通过梦境进入与狗的一种邻近性中。在梦中，主人公与狗之间的对立瓦解，梦成为一种特殊的体验形式，这其中存在一种中性的情感、非人情感的流动，狗在攻击他的时候，他感受到狗的攻击力量，也就是说他也在攻击，这是一种相反的生成，在一种共同的妄想中奇怪地相互妥协，建立起一种平衡，在梦境中攻击和纠缠他的动物其实就是他赤裸状态的本性。布朗肖作品中经常出现狗的意象，并且都是象征着野性的凶悍的大狗。《至高者》中佐尔格看到对面楼房窗户里蹿动的狗误以为是人，《白日的疯狂》中"我"听到鬣狗的嚎叫声，"这些声音把我暴露在野生动物带来的威胁之前（我想这些声音是我自己的）"①。按照莱斯利·希尔所述，布朗肖对黑格尔《精神现象学》中的精神的动物王国这一部分尤为关注，布朗肖通过科耶夫了解黑格尔，科耶夫指责知识分子什么都不否定，因此什么也无法创造，他们只是"精神性"的动物而已，黑格尔的这个说法是指文学知识分子缺乏创造力、死气沉沉的时刻。② 事实上，布朗肖看到了黑格尔"动物的"和"精神的"之间的张力，正是作为动物性之根本对立面的主体性原则

---

① Blanchot, Maurice. The Station Hill Blanchot Reader[M]. George Quasha, ed. Lydia Davis, Paul Auster & Robert Lamberton, trans. New York：Station Hill Press, 1999：194.

② Hill, Leslie. Blanchot：Extreme Contemporary [M]. New York：Routledge, 1997：104.

的完成实现了主体性向动物性的逆转，通过这种惊人的逆转，动物得以向人类揭示出人自身的真相。动物的兽性不再为人类的价值所驯化，相反，人对动物身上所蕴藏的狂乱和暴烈感到着迷。安德鲁·本杰明认为布朗肖在作品中不仅仅是在思考一个共通体的问题，并且将动物作为他者包含在其中。① 布朗肖小说中的狗似乎都是具有一定意识的，表现出一定的机敏和自持，《终言》里主人公梦中的狗知道他藏在哪里，他走到河边的大街上，几只大狗出现在河对岸，它们安静地让他过去，直到他走开有些距离后，它们才发出颤抖的嗥叫。现实中的狗没有对主人公展开攻击，而是在梦境中狗才开始撕咬他，这就像野性的狂暴力量的爆发。狗是他颠倒的自我，这是一种反向的共生，狗暗示着他在现实中无力，生成狗是一种逃逸，意味着主体能够与之达成协定，以超越某种特定的生命或存在状态。在这些梦境中，人与狗的关系颠倒过来了，狗作为野兽获得某种暴力的自由。在这种令人惊愕的颠倒中，狗反过来扑咬人，非现实的动物揭示出了人的秘密本质，使其具有某种发狂动物的可怕形象。梦境打开了狗与主人公之间的阈限，用一种"不合理"的方式重新组合了真实形象，狗作为他者的异质性是他内部自我的拓展延伸，这其中没有预设的逻辑秩序，而是"遵循着非逻辑的兼容性和容惯性"②。当逻辑关系在睡眠的幽暗中完全丧失的时候，便产生了性格和激情中的疯狂，疯狂是一种错位。生成狗意味着一种异质连接，狗的狂野力量作用于他的身体并使其发生了力的关系改变，这就是斯宾诺莎所谓的"感受"，德勒兹常常用"感受"一词来指身体能力上的这种改变，用身体之间关系的强度来定义生成。主人公在梦中感受到狗的狂野之力是力量的高涨和饱满。他入睡后有短暂的苏醒，猛地向书扑过去，想把它撕碎，去撕咬。他变成了一只狂暴的狗扑向作品要去毁灭它，他与狗在一个纯粹的内在性平面上发生了一次生成和跃变，狗的兽性和暴烈作

---

① Benjamin, Andrew. Of Jews and Animals[M]. Edinburge：Edinburge Universtiy Press, 2010：53.

② [法]吉尔·德勒兹，费力克斯·加塔利. 资本主义与精神分裂：千高原[M]. 姜宇辉，译. 上海：上海书店出版社，2010：353.

用于他，彼此交换行动与激情，与他一起构成了异于自身的存在，一种狂躁的思想。显然，他生成狗来撕咬自身是布朗肖对作家与作品关系思考的一种影射，他们之间存在着永恒撕扯的力量，作品永远无法完成，向着未来敞开，始终处于一种持续的自我毁灭中。写作是为了让死亡成为可能，这是在梦境中对死亡不可能性的体验，在布朗肖看来，作品一旦被创造出来，就见证了作家的死亡，死亡在此并不是生命的中断，而是作品的完成。

对于德勒兹来说，梦境不是日常幻象，而是一种规划和行动，它所要做的是去除幻想，让被遮蔽的存在显现，这种梦境渴望一种哲学意义上的穿透，对整个事物的昭然。布克斯从医院离职的几年前重复做同一个梦，梦见自己在法官面前喊有罪，但法官说自己从没见过有罪的人，并且热情接待了他，"从那时开始，这个梦开始以噩梦的方式继续，因为它找到了自己的路，也因为我几乎每晚都重复梦到它"①。梦在重复中化为一种行动，它脱离了主体控制以自己的方式进行，这种梦境中存有的意识并不是为了认识外在客观世界，也不同于内在自省，而是以一种主体不在场的方式构建一块无法辨识的场域，回到难题或真相诞生的混沌中，探寻问题的起点。最终布克斯明白了他梦境中到处都找不到一个女人，甚至人山人海的舞会上也没有，而他所需要的正是一个女人。此时，梦境成为情感和生命力的出口，佐尔格也说过"我知道自己没有睡着，我相信睡眠中蕴涵着戏剧、幻想和欲望的成分：我从不曾迷失"②。欲望作为一种道德标准让布克斯变得焦虑，因为梦境中没有女人，他的这个梦变成了无止境重复的噩梦。《死刑判决》梦境中的 J 被认为"渐渐接近了某个真相，而与之相比我所掌握的真相早已无足轻重"③。

---

① [法]莫里斯·布朗肖. 至高者[M]. 李志明，译. 南京：南京大学出版社，2016：55.

② [法]莫里斯·布朗肖. 至高者[M]. 李志明，译. 南京：南京大学出版社，2016：22.

③ [法]莫里斯·布朗肖. 死刑判决[M]. 汪海，译. 南京：南京大学出版社，2014：31.

J睡觉有个奇怪的特点，"能在一瞬间醒来，似乎在睡眠的表象下她一直醒着，被一些难题所困"①。同样，在《黑暗托马》中，安娜的睡眠被认为是一场迈向无意识进程的庄严的战斗，"尽管已死，依旧保卫着她那保有意识以及属于她之清明思想的权利直到最后一刻"②。对于J和安娜来说，梦境是她们逃离的途径，是主体与摆脱主体力量之间的博弈，这是一场充满强度的战斗，分离的主体在梦中不能再扮演思想的基础，也不属于客观世界中的任何真理政权，这是完全外在的他异的思想。此时的存在是一种纯粹的赤裸经验和思想涌流，与任何价值判断都毫无关系，"失眠者可以静止不动，因为梦境已自动获取了真正的行动。这是无梦的睡眠，我们却并未安睡其中，这是失眠状态，它却将梦境带到了它所能延及的任何地方：这就是狄俄尼索斯式的沉醉状态，他摆脱审判的方式"③。这股梦境中的力量以一种脱离主体的方式而进行一场激进的哲学行动，它并不是潜意识的随意奔流，而是在强度化的作用下朝向一个点，在极限中对问题进行探索，这是一种纯粹差异化的思考和一场极端的冒险。"在关于超现实主义的谨慎言论中，阿尔托指出不是思想碰撞到梦境的核心，更多的是梦境纵身扑向某个逃离它们的思想核心。"④J和安娜梦境中的意识就是为了靠近那个思想核心，此时梦境形成了一种与现实生活差异化的内在性平面，通过从一个平面跃向另一个平面，在现实中无法被感知的事物才能成为被感知的事物。

即使在这种极度困乏的睡眠做梦状态中，做梦的主体也始终伴有一种清醒，这种失眠的梦境存在着一种蕴藏在理性之内的疯狂。"对躺在地上那个咬着牙、皱紧脸，拼命挖着眼睛好让恶兽进入的存在来说，这是场

---

① ［法］莫里斯·布朗肖. 死刑判决［M］. 汪海，译. 南京：南京大学出版社，2014：33.

② ［法］莫里斯·布朗肖. 黑暗托马［M］. 林长杰，译. 南京：南京大学出版社，2014：91.

③ ［法］吉尔·德勒兹. 批评与临床［M］. 刘云虹，曹丹红，译. 南京：南京大学出版社，2012：286-287.

④ ［法］吉尔·德勒兹. 批评与临床［M］. 刘云虹，曹丹红，译. 南京：南京大学出版社，2012：285.

恐怖的搏斗；而如果说这个存在先前还像个人的话，现在的他无疑像个疯子……他的身体，在经历过无数次搏斗之后，已变得完全不透明，并带给那些看着他的人一种眠歇的安详印象，尽管他一直是持续地醒着的。①托马在梦中进入一种谵妄的状态，扭曲自残，这个疯狂自虐痉挛的存在，等待与恶兽的恐怖搏斗，这是对恶的直面和暴露，也是精神分裂的开始。在此，我们不妨回顾一下阿尔托在《残酷戏剧》中的这句论述："戏剧将不成其为戏剧，除非给观众以梦的真实的沉淀，这梦中有着他对犯罪的兴趣，他的纵欲、暴行和妄想，以及对生命和事物的乌托邦式的感觉……这一切不是在一个虚假和错觉的水平上，而是从心底倾泻而出。假使戏剧像梦那样血腥残酷，它就包含了更丰富的内容。"②布朗肖对阿尔托极其推崇，因为他在阿尔托的残酷斗争中看到了"非思"对生命侵蚀的力量，同时在这个缺失之点将生命推向无限力量之界限。此刻托马的梦境就是阿尔托的"残酷剧场"，表面看上去处在安静的睡眠状态，实际上身体内像个疯子一样在与自己搏斗。"在他那，是痛苦，拒绝所有深度、所有幻想和所有希望的痛苦在发声，但拒绝却让思想得到了'一个新空间的以太'。"③梦境是托马极其虚弱和痛苦的状态，而他的安静意味着他仍然是理性的主人，梦是托马以激进的方式掌握自我世界的路径，梦境中的疯狂只是他摆脱自己的行为方式，托马对此刻的断裂有高度的感知，他要从这种虚弱中获得思的力量，这种显著的断裂使其分化为诸多的不可能性，于是梦境成为了激发非理性力量的武器，"因为他们的疯狂表现在行动上，他们利用理性来为自己最终极的目的服务，而这些目的事实上是非理性的"④。这与福柯的说法是一脉相承的，

---

① ［法］莫里斯·布朗肖. 黑暗托马［M］. 林长杰，译. 南京：南京大学出版社，2014：32-33.

② Artaud, Antonin. The Theatre and Its Double. Victor Corti, trans. London: Alma Classics, 2013: 61.

③ ［法］莫里斯·布朗肖. 未来之书［M］. 赵苓岑，译. 南京：南京大学出版社，2015：55.

④ ［法］吉尔·德勒兹. 批评与临床［M］. 刘云虹，曹丹红，译. 南京：南京大学出版社，2012：172.

理性和疯狂之间并不冲突矛盾，真正的疯狂应该是内在于理性之内，或者说，理性才是最高的疯狂。托马此刻作为阅读者是为了让自己完全被文字俘获，进入文字的中性空间，在这个过程中他追逐一种激情的、痉挛的生命，让自己的生命被文字唤醒，这是文学中的缺无与喷涌的生命之间的战斗。在这个疯狂的梦境之中，他以酒神狄奥尼索斯的姿态，经由积极主动的暴力自我毁灭来获取生命和创作的满足与激情，展现出尼采所说的"艺术家的意志"。托马在睡眠这种完全平静被动的状态下从自身中脱离出来，他努力想触摸到一具无法触知且非现实的身躯，这种有意图的疯狂表明了此刻他内心所拥有的情感强度，表面上处于平静睡眠之中的他此刻拥有了一种真正的内在生命力强度和力量。正如布朗肖在《白日的疯狂》中所描述的："但我的疯狂并无见证，我的狂乱也不明显；只是我最深处的存在变得疯狂。有时我怒不可遏。人们会对我说，'你为何如此平静？'可我已是焦头烂额；夜里，我会在马路上奔跑嚎叫；白天，我会在路上平静地行走。"①这种平静的疯狂以未被察觉的方式发生，疯狂在他身上打开了一个缺口，使内在摆脱了一切束缚朝着多线性的方向四处蔓延，而另一个层面上却要试图驯服这些冲击，这是一种深度敞开的精神分裂状态，如果没有理性的支撑，就无法感受到疯狂的炽热，无法清醒地拥有体验，这种失眠的梦境和平静之下涌动的疯狂情感在这里揭示了一种不可回避的非一致性以及同不可交流者之间的神圣关系。

四、疾病与死亡

布朗肖所描述的个人疾病和死亡中表现出的不仅仅是痛苦和折磨，其中还蕴藏着一种疯狂的能量和神圣的体验，像是在生死边界中一种永

---

① Blanchot, Maurice. The Station Hill Blanchot Reader[M]. George Quasha, ed. Lydia Davis, Paul Auster & Robert Lamberton, trans. New York: Station Hill Press, 1999: 191.

恒的兴奋中沸腾。这是生命的一种异常状态，其中我们能够感受到一个谵妄症患者所感受到的东西，就像揭开了我们生存隐秘的终极源泉。这是哲学家意义上的死亡，"与死亡的这种联系使得我们能够将自身置于转瞬即逝的生活'之外'，由此得以向世界迈出'客观性'与'理论性'的一步。我们的整个存在都以一种超越即时的周遭环境的能力为特征，哲学家们将之称为'超越性'"①。布朗肖作品中的死亡都不是平静祥和的死亡，不是力量的逐渐削弱消失，也不是人的身体和精神的终点。相反，它充满了强力，这是超出常人的力量，死亡和疾病的过程实际上是尼采生命强力意志的体现，这种经验是一种极限体验，是与生命的一场争斗。

《至高者》整部作品都笼罩在疾病和死亡的阴影中，弥漫着阴郁低沉、躁动不安的氛围。疾病是布克斯用来颠覆政府组织的关键力量，具有潜在的革命性。布克斯跟踪佐尔格，与他第一次见面就问佐尔格是否生病了，佐尔格认为自己已经康复了但实际上却并没有，他谵妄发作时给人一种精神崩溃的紧张颤栗感，那种异于常人的、不能控制并毫无节制的癫狂暴力状态，就像蒙克画中那个惊慌失措、大声呐喊的人一样，充满着激烈的情感和膨胀的能量。他与女邻居、自己的妹妹露易丝以及护士让娜在一起时，时常会失去理智地变得暴力，这种疾病的力量就通过另一个人或是两者之间的对抗展现出来，是涌动的生命力的证明。疾病成为一种冒险经历，它唤起了疯狂的极端形式，从一开始让主体与自身以及同一性的权力分离，感染这种病的人必须有力气携带它，能够有力量与它对抗而不被击垮。一旦疾病被战胜痊愈之后，人就会因为失去了这种异质性的力量又变得死气沉沉。"生病时发生的事令人难以置信。那是一种持久的诱惑，病人会不再明白这是怎么回事，认不清人，但是对一切事物的理解却要透彻得多。"②生病是一种诱惑，生病的人不再被法则掌控，《亚米拿达》中房屋里的人也说："我们讨厌所有病人，

---

① ［英］乌尔里希·哈泽，威廉·拉奇.导读布朗肖［M］.潘梦阳，译.重庆：重庆大学出版社，2014：50.

② ［法］莫里斯·布朗肖.至高者［M］.李志明，译.南京：南京大学出版社，2016：37.

但那几个人，神情满足又平静，仿佛获得了幸福，这让我们都疯了——
受到了虐待和折磨。"①病人置身于法则之外，在这样一种虚空和最高价
值的坍塌中他们反而感受到了主体自身的尊严和意义，获得了平静和满
足。当法则在意这些病人的时候，法则就会被传染，而这也正是布克斯
的阴谋，通过使人害怕来卷入这场疾病，"这病必须深入工作，慢慢
地、不停地，它必须有时间改造它所触碰的东西，它得把每个东西都变
成坟墓，而且要让这个坟墓对外敞开"②。疾病让一切都变成坟墓走向
死亡，这是一种革命的激情，是对抗道德桎梏的幽暗力量。死亡使法则
和存在缺席，将一切价值体系和判断都悬置起来，这里的死亡不是纯粹
性的毁灭，而是在毁灭的过程中预示着新事物的出现，表现为一种从虚
无中涌现出的不确定性的命运，是向未来深度敞开。

死亡也是生命强力意志的证明，以一种绝对否定性让主体得以完全
显现。《死刑判决》中 J 垂死之时每次疾病发作都会让她变得暴力扭曲，
"注射吗啡使她平静下来，但吗啡还试图平息她身上无法被平息的，一
种爆裂的、反叛性的确信，这确信对抗着不尊重它的力量"③。死亡赋
予 J 一种反叛的生命力，她被这种力量控制时容颜反而更加年轻动人，
她甚至对医生说："如果你不杀了我，你就是个杀人犯。"④这里的 J 与
布朗肖在《文学空间》里描述的艾丽娅（Arria）一样，艾丽娅看到丈夫自
杀时的犹豫便一把夺过短剑刺进自己的胸口，再把剑抽出来递给丈夫，
说："看，这不算什么坏事！"⑤无论是艾丽娅还是 J，死亡成为她们所
等待所渴求的事件，是一种疯狂的举动，J 向医生要求主动迎向死亡，

---

① ［法］莫里斯·布朗肖. 亚米拿达［M］. 郁梦非，译. 南京：南京大学出版
社，2016：111.

② ［法］莫里斯·布朗肖. 至高者［M］. 李志明，译. 南京：南京大学出版社，
2016：201.

③ ［法］莫里斯·布朗肖. 死刑判决［M］. 汪海，译. 南京：南京大学出版社，
2014：19.

④ ［法］莫里斯·布朗肖. 死刑判决［M］. 汪海，译. 南京：南京大学出版社，
2014：21.

⑤ Blanchot, Maurice. L'espace Litteraire［M］. Paris：Gallimard，1955：124.

将死亡变成自己的一个决定，"死亡在她的强迫下变得高贵了"①。在 J 的死亡过程中，我们感受到的不是生命的萎靡，而是内在勃发的生命和斗争力量，通过死亡这种极致的被动性，她逃避了生命自身的时间性。同样，《黑暗托马》中安娜死亡的时候，"她完全就在自身里：在死亡里，满溢着生命。她像是更为沉重，更能主宰她自己"②。J 和安娜在死亡的痛苦中没有束手就擒，而是精力充沛地与这恐惧的一刻作斗争，J 迎向死亡并将死亡作为一个决定，从意识上来说，她完全享有对死亡的支配权，安娜在死亡中也更能主宰她自己。"人支配了一种死的能力，这种能力极大地，并且某种程度上无限地，超出了他在死亡中不得不进入的东西，而且，他已绝妙地懂得如何把这种死亡的过渡，变成他自己的一种权力。"③J 和安娜通过选择死亡而在一种无用的否定性中生存，与其说她们在死亡中被存在、被世界抛弃，不如说她们在死亡中让世界和存在缺场，失去了身体就与外在世界失去了联系。正如布朗肖对艾丽娅赴死的评论："艾丽娅面对死亡的泰然自若不再指向她对支配权的占有，而是朝向一种缺场，指向一种隐藏起来的消失，是某人非个人的、中性的阴影。"④在这个未完成的死亡中性里她们突破了自身的边界，实现了一种生命的飞跃，这是德勒兹所谓的生命分化运动和差异化过程。她们独一无二的死亡使其成为不可替代的个体，其中蕴涵的生命冲力（élan vital）是突破身体阻力差异化过程中的内在爆发力，她们将生命的潜在力量发挥到极致，通过死亡主动挣脱了现世的束缚和规则，并在死亡中获得完整的主体性意义以及超越自身界限的创造性力量。

布朗肖笔下的死亡回应了尼采的酒神精神，通过对真实存在的否定

---

① ［法］莫里斯·布朗肖. 死刑判决［M］. 汪海，译. 南京：南京大学出版社，2014：21.

② ［法］莫里斯·布朗肖. 黑暗托马［M］. 林长杰，译. 南京：南京大学出版社，2014：112.

③ ［法］莫里斯·布朗肖. 无尽的谈话［M］. 尉光吉，译. 南京：南京大学出版社，2016：401.

④ Blanchot, Maurice. L'espace Litteraire［M］. Paris：Gallimard, 1955：127.

而达到对生命和激情的肯定。"在我崩溃的时候（因为说到底我并不是一匹马）随之坠落的大多数同志，（恼羞成怒）把我打了个鼻青脸肿。那可真是美妙的时光。"①他虽然被打得鼻青脸肿，这种疼痛体验却让他觉得是美妙时光，这是与死亡擦肩而过的时刻，他在疯狂的边缘与一种绝对的狂喜不期而遇。在主人公崩溃之前，有着大段对律法的思考和质疑，这里的律法不只是人类社会评判公正的条文，而是卡夫卡《审判》中那种无法定义却又无处不在的法则。律法要求主体回应，但是回应又是一种不可能，此时的主体有一种对自身的厌倦和精疲力竭，有着迫切走向极限体验的愿望。疯狂已经将他抛弃，不必在一种理性的思索中来回摇摆，虽然被打得鼻青脸肿，这种痛苦让他从中体会到的是一种在生命中的极乐和满足。当他从头到脚都被寒冷包围时，这是一种临近死亡的状态，他没有感到痛苦和畏惧，反而是"在喜悦和这幸福的完满中徘徊"②。《黑暗托马》中的托马面对死亡的缺无和恐惧时，"能够将之感受为另一种感觉，惊恐感受为快感"③。他经历了死亡后紧接着就感受到春天的开始以及生命的青春和自由。疾病和死亡在此与一种完整的精神存在联系起来，表现出本真和深刻的个体存在状态，这种临近死亡的经验将他们的生命力从法则的约束下解脱出来，揭示出一种从未被瞥见的意义，使他们的生命力量得以增强。尼采用一种酒神精神将生命与痛苦联系起来，他在痛苦中看到了高昂的生命力，发现了痛苦和消极力量的意义。德勒兹肯定了尼采的痛苦-快乐相互转换的机制，"他不满足于在更高的超个人的快乐中消除痛苦，而是肯定它，把它变成人们的快乐"④，

①　Blanchot, Maurice. The Station Hill Blanchot Reader[M]. George Quasha, ed. Lydia Davis, Paul Auster & Robert Lamberton, trans. New York: Station Hill Press, 1999: 198.

②　Blanchot, Maurice. The Station Hill Blanchot Reader[M]. George Quasha, ed. Lydia Davis, Paul Auster & Robert Lamberton, trans. New York: Station Hill Press, 1999: 194.

③　[法]莫里斯·布朗肖. 黑暗托马[M]. 林长杰, 译. 南京: 南京大学出版社, 2014: 133.

④　Deleuze, Gilles. Nietzsche and Philosophy[M]. Hugh Tomlinson, trans. London: The Athlone Press, 1983: 13.

对于德勒兹来说，生命是一种充满强度的运动，它在克服障碍的过程中获得真正的喜悦。因此，我们也可以看到布朗肖笔下的疾病甚至是垂死在某种程度上都能够带来一种极乐体验，这是通过自省获得的迷狂状态，是一种超出普通人经历之外近乎某种宗教体验的神圣喜悦。主人公对痛苦的接受实际上是对快乐的无条件肯定，痛苦不是对生命的打击和否定，反而成为生命的刺激和诱饵，这种快乐来自力的混乱和失序，它们通过狄奥尼索斯在一种互不相关的联合中激荡，涌出快乐的激情，这是强力意志中肯定与否定之间的合谋关系，表现出死亡的痛苦与生命之间高贵的亲密性。

死亡是被动性的极致体验，德勒兹认为这种本能不是对生命的贬抑和否定，而是要投入虚空，完全放弃生命的根基，从而让生命走向不确定性，这是生命的一场密谋和背叛，是初生的激情形式。《死刑判决》中J临死时脸上的容貌却焕发出青春光彩，十分动人，她偶尔睁开眼睛看周围的世界，眼里充满了孩童般的惊奇。《黑暗托马》中安娜正在死去，但她真正所需要的是青春美好的事物，是生的激情，"尽管生命无所不用其极只为求人憎厌，她还是继续喜爱生命。对于死，她已做好准备，但她是在爱着花——即使是人造花——感受着自己在死亡中恐怖得像个孤儿，激情地怀念着那个永远不会是她且又丑陋、无能的安娜的同时死去"①。J与安娜的死亡并没有让她们看起来枯萎而丑陋，反而表现出异常的青春和美好，在临近死亡的深处，有某种充满强力的生命在穿透她们。在这里，死亡是一种差异化的力量，能够将J和安娜从自身中分离出来，安娜感受着自己的死亡，死去的是那个丑陋无能的她，与其说死亡降临在她们身上，不如说她们主动迎向死亡，死亡让她们进入一种差异性存在，是对自身的弃绝和分离，由一种全然的被动状态转换为激进的主动性。用德勒兹的话来说，在这种死亡中存在一种与死亡博弈的另一种生命，一种至福(béatitude complètes)的力量，"个体的生命

① [法]莫里斯·布朗肖. 黑暗托马[M]. 林长杰，译. 南京：南京大学出版社，2014：98.

已经让位于无人称，却又奇异的(singulière)一种生命，它释出一个纯粹事件，摆脱了内心生活与外部生活的事故，也就是说，从遭遇的主观性与客观性中解脱出来"①。J 和安娜经历的是一场无人称的死亡，在个体性生命被抹去的同时，死亡作为一种特异的生命事件在一个内在性平面上发生，她们身上焕发出的生命是一种被纯粹力量贯穿的潜在性，这就是德勒兹所谓的"单次生命"(une vie)。单次生命不同于传统意义上生命的延续性，它位于生死的分界线上，是一种朝向他者生成的力。这样看来，布朗肖的"死亡"所带来的全然被动性就是为了经历德勒兹这种特异性的"生命"，这是实现生命潜能的方式。蓝江认为这是一种穷竭的姿态和悲壮的选择，"在纯粹的内在性平面上，在我们生命的祭坛上，才能瞬间闪现出事件的火光或者说闪现出一个潜在生命生成的亮光"②。

　　死亡敞开了生存的深渊，但布朗肖并没有让一切都耗散在这种虚空中，而是意图在其中追寻一种绝对真理和存在。对于布朗肖来说，死亡是一种上升，他在《黑暗托马》中将托马临近死亡的体验比作拉撒路复活，是"那朝向生命最珍贵之点的上升"③。他用拉撒路的复活来表达死亡所带来的新生和力量。安娜死亡时，"已升至最高处的她有那最伟大的心灵发现其最美思想的喜悦"④。这是接近永恒的一个过程，是绝对内在平面的构建。在这种死亡经验里有一种寻找，她要寻找的是一种超越存在的与宗教合二为一的绝对真理，然而这种真理"就像所有的宗教危机一样，它仍停留于一种碎片、非连续的混乱状态"⑤。布朗肖选

---

　　①　Deleuze, Gilles. "L'immanence：une vie…" in Deux Régimes de Fous：Textes et Entretiens 1975-1995[M]. Paris：Éditions de Minuit, 2003：361.

　　②　蓝江. 穷竭与潜能：阿甘本与德勒兹论内在性[J]. 安徽大学学报(哲学社会科学版)，2017(2)：31.

　　③　[法]莫里斯·布朗肖. 黑暗托马[M]. 林长杰，译. 南京：南京大学出版社，2014：44.

　　④　[法]莫里斯·布朗肖. 黑暗托马[M]. 林长杰，译. 南京：南京大学出版社，2014：95.

　　⑤　Jaspers, Karl. Strindberg and Van Gogh[M]. Arizona：The University of Arizona Press，1977：91-92.

择用死亡这种现代的方式来体验神的存在，死亡就意味着将人重新抛入一种混乱失序的状态中，使其从传统宗教信仰形式中解离，并在一种极限的状态下直面世界的本源，体验无限。诸神的缺席变成了一种不确定的在场，而"缺席与超验在意义上非常接近"①。这种超验性是与宇宙万物相连接的体验，是创造性的原始精神活动，这样的体验和情感存在于知识理性之前，只能通过艺术体验来触及这个秘密的存在。可以说布朗肖将他的整个宗教热情、激烈的情感都转向了文学艺术创作，在他那里，信仰不是一种教条或仪式，而是灵魂深处的褶皱和变化，是上帝神秘的临现。"感谢上帝，我就要死去了，这句话并非源自某种发现，而是在我坠落的瞬间它像某个刺眼的白昼一般呼之欲出的，像某种神谕般扼杀却又激起我的力量，以一种毫不留情的宽广的震动："死亡！但为了死去，必须写作——终点！为了它，一直写到最后。"②写作是为了死亡，死亡就是将作者暴露在一种无名性的、非个人的力量之下，体验同自己的分离，书写能够回到事物的本质，使其从语言中缺席。"死亡，思想，它们在如下的程度上彼此切近：思想着，我们正在死去，假如，死着，我们准许自己不再思想——每一个思想都是致命的，每一次思想都是最后的思想。"③这种思想通过否定来描述一种与超越了现实生活的真理的关系，它在时间的摧毁中思考无限，这种本质的事物源自诗人的原初内在经验，并服从于这种非个人的力量，这是一种游牧精神活动，它们不是从真实的事物走向完全的文学意象，而是让生命的不可能性在生命与死亡的距离中不断反复，变成一种沉默的呢喃在暗夜中回响。

① Hart, Kevin. The Dark Gaze: Maurice Blanchot and the Sacred[M]. Chicago: The University of Chicago Press, 2004: 13.

② [法]莫里斯·布朗肖. 在适当时刻[M]. 吴博，译. 南京：南京大学出版社，2015: 57-58.

③ Blanchot, Maurice. The Step Not Beyond[M]. L. Nelson, trans. Albany: State University of New York Press, 1992: 7.

第二章　解辖域化的语言：情感的流动与聚块

对于德勒兹而言，文学书写是生命情感在语言中的经过，它表现为文学中一种独特的语言创造。如同画家的颜料和雕塑家的石料一样，文学语言是生命和情感流动的介质，这就意味着语言也是一种具有表现力的材质。书写与绘画、音乐一样都是情感强度的表现，它用语言来展现一种事件的强度，并由此形成了作家之间的不同风格，但风格不是僵化不变的，而是随着情感和语言变化产生的一种连续流变的过程，它是"一种非语法：在那个时刻，语言不再被其所说而限定，甚至也不被其所指向的物所限定，它只与驱使它运动、流变和爆炸的原因有关"①。语言从意义和日常世界中撤退，成为纯粹的情感聚块，回到一种自动言说的状态，这是一种只注重形式的纯文学语言，也正如布朗肖所说："诗歌语言不再是某人的语言……相反，好像是语言自身在言说自己。"②语言摆脱意识控制，进入一种中性书写的状态，这种疯狂的方法能够将语言推向边界，"摧毁所有指示、意义和翻译，但这是为了言语活动最终从界限的另一边对抗未知的生命和深奥的知识中的景象"③。我们循着德勒兹的逻辑可以发现，在布朗肖的叙事中，语言是怎样进行

①　Deleuze, Gilles & Guattari, Felix. Anti-Oedipus [M]. Robert Hurley, Mark Seem & Helen R. Lane, trans. Minneapolis: University of Minnesota Press, 1983.

②　Blanchot, Maurice. The Space of Literature [M]. Ann Smock, trans. London: University of Nebraska Press, 1982: 41.

③　[法]吉尔·德勒兹. 批评与临床 [M]. 刘云虹，曹丹红，译. 南京：南京大学出版社，2012: 40.

差异化生成并从固定和日常意义中解放出来，语言通过自身的运动形成一种新的意义，并成为一种力量和事件打开叙事空间，让故事最终能够成其为故事。

如果说布朗肖早期的文学作品还有模仿卡夫卡的痕迹，从 20 世纪 50 年代他对《黑暗托马》删减改版开始，其文学叙事开始进入实验阶段，并逐渐形成其独有的语言风格。他尝试在语言与文学叙事中构建出一个文学空间，在这里，语言不再是传统意义上对现实事物的指称，而是成为一种自足的存在，这其中隐藏着布朗肖保持文学作品的独一性和自主权的意图。对他来说书写就是因为有一个文学空间需要回荡和被听到，并且可以最大限度体现出语言的差别性特征。他将谵妄与写作结合在一起来探索一种语言的根本经验，试图将语言带到其可能性的根源之处。他让语言以某种特定的方式自我复制、分裂，通过拆解语言与现实之间的对应关系来抵抗文本意义的简化，使语言在其内部产生关联，成为一种只注重形式的纯文学语言。布朗肖用语言的实验性和纯粹虚构完成了一种朝向外部的中性书写，在最大程度上保持文本意义开放性，使其能够向外敞开，迎接一种尚未到来的意义。布朗肖的文学创作在这种中性化中触及疯狂，他寻求一种超越语言日常符码的语言运动经验，只有经历了语言的离散，这种经验才能够得以解码并产生意义。

第一节　语言的少数用法

布朗肖笔下的主人公有着与卡夫卡一样的困境，他们无法不交谈，无法用自己的母语交谈，他们尝试在语言内部来寻求一种交流的可能性，求助于语言的少数用法。语言的少数用法意味着语言对日常意义的背离和否定。在布朗肖小说创作的语言策略中，书写与语言否定性之间的关系是至关重要的，这也是布朗肖在《文学与死亡的权利》里论及的核心问题。布朗肖所谓的否定性就是将书写的语言与它所对等的事物分离，让文学叙事回到被语言赋予意义之前的原初状态，触及语言所不能达到的地方，"艺术作品的自主权在于每一份文本——因为自身语言所具有的密度——对所有针对自己的解释进行抵制，进而对所有一般性的定义进行抵制"①。在布朗肖看来，文学语言对日常语言的刻意疏离构成文本阅读的真正意义和核心。

语言的少数用法首先表现在对陌生语言的使用上，布朗肖在《死刑判决》中直接通过男女主人公对陌生语言的使用来思考语言否定性所构建的人物关系和存在状态。书中第二部分讲述巴黎遭到轰炸时，主人公与娜塔莉躲在地铁避难，他们没有使用自己的母语，而是用对方的母语结结巴巴地进行交谈。陌生的语言赋予他们前所未有的自由，尽管语言和词汇量掌握有限，这种交流方式却让娜塔莉觉得兴致盎然、充满朝气，他们的母语到了对方那里变成了一种全新陌生的语言。他们不熟练地使用对方的母语是对主流语言的解构、对惯常意义的摧毁。进入一种语言就意味着接受这种语言的使用规则和系统的内在强制性，而他们不熟练地使用对方的母语是对主流语言的解构、对惯常意义的摧毁，这是语言内部的解辖域化运动。在德勒兹看来，少数文学的核心实际上是对语言的一种特殊运用，这种语言的少数用法是突破日常使用的固定形式，从而进入一种不确定的变化状态，恢复语言的变化性和多义性，从而创造出新的语言风格和意义的可能性。词语和句法的生搬硬套让语言处在内在的连续流变之中，生成逃逸出界限限制的解域化语言。因为主人公和娜塔莉对陌生的语言掌握的词汇有限，实际上没有达到日常意义上的交流目的，相反，他们在语言中寻找一种间歇、不连续的方式，允许他们在说话中制造意义空白和沉默，使他们的母语成为异国情调的混合物。当他们结巴着生造出种种语言表达，实际上是一种向动物语言或孩童语言的靠拢，回归到语言的原初状态。对于这一点，德勒兹表示人们应当学习的不是如何言说，而是如何结巴，写作是一种语言中的结巴，是把语言推向一个极致。这也是德勒兹在布朗肖碎片化的语言中得到的启发，布朗肖将断裂看作话语的呼吸，是为了将共同意义释放出

---

① Sass, Louis A. Madness and Modernism: Insanity in The Light of Modern Art, Literature and Thought[M]. Cambridge: Harvard University Press, 1992: 23.

来，打断是为了更充分地理解。

　　语言的少数用法拉开了与现实之间的距离，这是他们对巴黎遭到轰炸的残酷现实逃离的需要，是为了"在鲜血与武器的疯狂中寻找躲避那不可躲避之物的希望"①。然而更重要的是，当主人公与娜塔莉投入这种完全陌生的语言中，似乎才找回完全话语的能力，此时，语言以一种超出日常意义的方式沟通，与日常语言逻辑断裂时形成了空缺，并在空缺中流溢出一种最大强度的实存和可能性，这种失控的话语在潜在的无限变化中也表达出了不为人知的情感和思想，榨出了"我"原本永远都说不出的东西，而这种情感"很可能既欺骗了她，也欺骗了我"②。这是一种独立于"我"和娜塔莉之外的情感，这种激情源于语言的陌异性本身，语言成为他们两人的存在状态，决定了他们之间的亲疏关系，与其说他们在交流，不如说是寻求异质思想的相遇，这些话越是奇怪，就越是真实，语言的陌生性让主人公感到一种粗暴真理的驱使，"因为它们完全新鲜、毫无前例"③。这些奇怪言辞先于主体而存在，它们不是意识逻辑化的产物，反而使其具有一种真实性，于主体意识的空白处显露某种不寻常的隐秘之物。这种"粗暴的真理"驱使"我"做出了某些异常的举动，"我"在交流中至少两次用娜塔莉的母语向她求婚，但事实是"我"十分厌恶婚姻，只是"在她的语言里我娶了她"④，而娜塔莉用了一个他不知道的词回答了他，词语在陌生性中自身的意义被抹去，于是语言的否定性取消了问题的确定答案，在娜塔莉的拒绝和接受之间留下了一个想象空间。"求婚"这个词没有把他们两人连接起来，而是表达出他们之间一种游移的情感，一种没有关系的关系，他们之间的交谈

　　① [法]莫里斯·布朗肖.死刑判决[M].江海，译.南京：南京大学出版社，2014：75.
　　② [法]莫里斯·布朗肖.死刑判决[M].汪海，译.南京：南京大学出版社，2014：76.
　　③ [法]莫里斯·布朗肖.死刑判决[M].汪海，译.南京：南京大学出版社，2014：77.
　　④ [法]莫里斯·布朗肖.死刑判决[M].汪海，译.南京：南京大学出版社，2014：76.

实际上处于一种无限延宕的状态，这种不确定性则成为彼此间的沉默等待，蔓延至无穷无尽的时间之外。主人公和娜塔莉尝试在语言内部寻求交流的可能性，这种间歇、不连续的方式允许他们在说话中制造意义空白和沉默，他们用语言作为介质来实现对意义的遮挡。这一切都是通过语言的自我疏离和否定性来完成的，其中正常的交流无法完成，但却是一种脱离了语言基础的重大交流的可能性。这种交流不是语言理性逻辑的表达，而是个体内心一种近乎纯粹的激情和欢腾。他们之间是被语言打断的共通体，"打断不是在有限中封闭个体的独一性，而是再次在它的界限上展开新的独一性"①。他们之间看似交流，实际上并没有达到日常意义上的交流目的，相反，语言的否定性赋予他们双方极大的自由，让他们在最大的程度上彼此分离，在语言之外不断生成新的关系。

此外，按照德勒兹的思路，少数语言与少数文学一样也具有革命性，它从内部颠覆这种语言，从一开始它就带有集体性和政治性，福柯也认为话语是政治事件，话语承载着政权，政权反过来又控制话语。《死刑判决》完成于 1948 年"二战"刚刚结束之时，当时法国文学界召集了一个国家作家委员会(Comité National des Ecrivains 或 CNE)，目的是查处与德国以及维希政权合作的作家和知识分子，审查他们的作品，迫使他们流亡。有的学者认为布朗肖的文章就是分析了法国大革命和恐怖统治之后，关于国家作家委员会的作家和知识分子黑名单的朦胧的寓言。② 萨特在《什么是文学》这篇文章中指出"文学的真正考验在于它的政治性，一种源于作家内心斗争和净化的理论"③。而布朗肖将战后的净化内部化，试图通过文学理论来阐明法国社会的另一种视野，他认为语言有着与恐怖一样的破坏力和冲击力，语言描述的对象在其中死亡并

---

① Nancy, Jean-Luc. The Inoperative Community[M]. Peter Connor, ed. Peter Connor, trans. Minneapolis and Oxford: University of Minnesota Press, 1991: 60.

② Watts, Phillip. Allegories of the Purge: How Literature Responded to the Postwar Trials of Writers and Intellectuals in France[M]. Stanford: Stanford University Press, 1998: 83-105.

③ Sartre, Jean-Paul. What Is Literature and Other Essays[M]. Bernard Frechtman, trans. Cambridge: Harvard University Press, 1988.

且重生。主人公与娜塔莉交谈时使用语言的异化状态表达出一种社会意识，战争中对主导意识形态以及与当权政府之间的一种距离感，这是为了破坏标准语言的统治，与意识形态进行对抗，在高压统治之下呼吸一丝自由的空气。"我结巴着生造出种种表达，虽然其含义究竟是什么连我自己都不知道，可它们却从我这里榨出了我原本永远说不出，永远想不到，永远闭口不谈的东西……通过这语言，我带着半清醒状态下的坦率与真实，表达出完全不为我所知的情感。这情感就这样不知羞耻地涌现，很可能欺骗了她，也欺骗了我。"①这种通过陌生语言释放出的不为所知的情感并不是弗洛伊德所谓的受到潜意识影响而导致动作倒错的结果，而是表现为一种理性的语言无意识活动，以一种非常规行为将语言解放出来。主人公和娜塔莉之间陌生语言的交流是对话语秩序的打破，当一切都被缩减为抽象的语言概念与符号时，语言反而成为情感表达的障碍。而语言的陌生化使用则将主人公双方都推向了语言的外部，仿佛此刻说话的是另一个"我"和她，这个过程中产生了逃逸线，实现了"语言学最隐秘的目的：摧毁母语。从一种语言到另一种语言组合之间的差异产生出将其填满的重要事件"②。这是语言的自我运动和生成，生成语言-他者，是谵妄中生成的语言的逃逸线。

语言的少数用法最终指向一种中性语言，让未知者(l'inconnu)在这种中性的语言中得以思考。这里的未知者绝不是神秘的尚未知道的东西，而是一个尚未到来的时空，语言的少数用法就是为了以拒绝认知和自我表达的这种隐藏方式让未知者在其中得以显现和揭露。主人公与娜塔莉投入一种完全陌生的语言时，似乎才找回了完全话语的能力，这种失控的话语在潜在的无限变化中表达出了不为人知的情感和思想。这种陌生的话语与行动分离，在主人公知道要表达什么之前，它自身就形成了一个通道，这些先于主体而存在的奇怪言辞反而具有一种真实性，它

---

① ［法］莫里斯·布朗肖. 死刑判决［M］. 汪海，译. 南京：南京大学出版社，2014：75-76.（译文略有修改）

② ［法］吉尔·德勒兹. 批评与临床［M］. 刘云虹，曹丹红，译. 南京：南京大学出版社，2012：21.

们不是意识逻辑化的产物，完全无据可循，于主体意识的空白处显露某种不寻常的隐秘的东西，是一种借语言逃离的需要。《在适当时刻》这本小说中，朱迪特看见克劳迪娅与主人公在一起，当克劳迪娅试图将朱迪特扶起时，朱迪特突然坐起，从记忆深处嘶喊出"Nescio Vos"（我不认识你），随后晕倒。"这些词语也是过去的回音，她也一定是从某人那里学到这些的（她几乎什么都不知道）。"①这句无意识的拉丁语将主人公、朱迪特与克劳迪娅拖向了一个共同的真相：他们彼此之间并不认识。这句连朱迪特本人都不知来由的拉丁语"Nescio Vos"并不属于任何人，它只是一句中性的语言，"Nescio Vos"构成了一个逃逸的路径，撕破了他们之间原本模糊暧昧的关系，将他们投入一种未知，而这种未知意味着"回归的狂喜"②。这是一种差异的回归，当朱迪特说出"我不认识你"，主人公也作出同样的回应，他们之间似乎达成了隐秘的共识，让他们的关系又回到原初那种陌生的状态，向彼此重新敞开，迎接新的可能性，此时，同一性被差异性所替代，他们之间不再是稳定不变的关系，而只是一个不断生成的过程，这种关系就像杜拉斯小说中男人与女人的关系，他们处于一种消解之中，既亲近相处，又不可触及，爱仿佛是缺失的，但在这种缺失中，它又醒目地在场。这句突如其来的"Nescio Vos"与其说是文学中的语言，不如说是哲学的，它要激起一种惊讶，让好奇的、观察的甚至是反叛的精神得以诞生，在"Nescio Vos"中，他们三人以一种最为偶然的方式相遇和说话，让语言的中性力量显得神奇而又危险。

布朗肖在创作时刻意通过语言的少数用法让意义缺场，在他的作品中，语言的陌生性意味着人物之间正常交流的不可完成和他们之间不确定的关系，语言围于一种绝对内在性并拒绝分享，从而构建出一个否定共通体，这种语言策略让爱变得无法言说，人物之间的情感难以辨认。

---

① ［法］莫里斯·布朗肖. 在适当时刻［M］. 吴博，译. 南京：南京大学出版社，2015：92.

② ［法］莫里斯·布朗肖. 在适当时刻［M］. 吴博，译. 南京：南京大学出版社，2015：92.

小说中展现出的是一种情感强度，是情感之力的流变和生成。对于布朗肖来说，语言的少数用法就是去否定现实世界从而获得自己的世界，构建出独一无二的文学空间。他在创作中将语言的这种否定性力量发挥到了极致，将小说连续性和统一性瓦解，他拒绝小说意义被完全占用，语言的毁灭性力量从否定性变成了某种积极肯定性的东西，宣告了文学的本质和权利，他的作品之所以能够保持这种倔强的孤独就在于语言否定性所带来的意义的缺失，抑或意义的极度过剩。

第二节　从自由间接引语到自由直接引语

在《批评与临床》中，德勒兹指出"它（文学）在于在表象人称下发掘的无人称威力，这绝非某种普遍性，而是最高程度的特异性。……文学只有当第三者出现在我们面前，剥夺了我们说我（布朗肖的"中性"）的权力时才开始"[①]。可以看出，德勒兹这个观点是在布朗肖的第三人称哲学的影响下完成的。德勒兹在这里指出布朗肖的"中性"就是"我们"丧失了说"我"的能力，从而打破主体和表达之间的一致性，个体只有通过一种中性化的方式向着外部的多种可能性敞开，才能找到属于自身的特异性。德勒兹认为这种非人称书写可以通过"自由间接引语（free indirect discourse）"来实现，在自由间接引语中，第一人称与第三人称混淆不可辨识，作者走向了他的人物角色，与此同时，人物角色也走向作者，人物与作者一起进入一种双重生成的过程，而生成正是写作的本质。早在1912年索绪尔的学生查尔斯巴利提出了"自由间接风格"[②]，后来经由福楼拜、乔伊斯、伍尔夫、普鲁斯特、纪德在文学创作中有意识地使用而成为一种文学语言风格，它介于直接引语和间接引语之间，自由间接引语使言语活动不再具有主体预设性，语言在自由间接引语中

---

①　[法]吉尔·德勒兹. 批评与临床[M]. 刘云虹，曹丹红，译. 南京：南京大学出版社，2012：5-6.

②　申丹. 叙述学与小说文体研究[M]. 北京：北京大学出版社，1998：272.

流变为无人称极端状态，将话语抛向了一个中性空间，因此，这种语言总是指向外部。法国叙述学家斯坦泽尔指出，自由间接引语不是单纯关于句法结构的语言现象，由于不受制于引导动词"说"或"想"的束缚，其"自由"性表明它拥有超出语言特征的更多内涵。① 那么，究竟什么是"自由间接引语"呢？我们可以举一个例子来简单说明一下。他心里想："我在这个世界上活着有什么乐趣呢?"引号中的部分就是直接引语，间接引语会转述成：他问自己在这个世界上活着有什么乐趣。自由间接引语则取消了转述的过程，直接表达为：他在这个世界上活着还有什么乐趣呢？这句话表面上看只有一个"他"在场，实际上背后潜藏着一个言说者，这个自由间接引语隐藏着胡塞尔所说的"双重判断"②，第一重是"他"对自己活在这个世界上的价值判断和感知，第二重是潜藏的言说主体对"他"的感知的判断，这种话语模式以问句的形式保留了人物主体的意识，又拉开了言说者与其之间的距离，产生了一种含混的效果。对于德勒兹而言，"自由间接引语"就是指说话主体的不确定，语言不受人称视角的限制，以非个人的形式处于一种自由状态中。

布朗肖虽然明确提出过中性书写和人称的使用，却没有在语言样式上给予中性书写明确界定，因此，借用德勒兹对自由间接引语的分析能够让我们对布朗肖的中性书写风格有着更为清晰的把握。布朗肖早期的作品《终言》、《田园牧歌》、《黑暗托马》(第一版)、《亚米拿达》和《至高者》中这种自由叙述的风格并不是十分突出，从 1948 创作的《死刑判决》开始，这种风格日渐明显。布朗肖在小说叙事中尝试不断让自己隐退，在作者与读者之间安置了一个不可知的第三者，从而让感知的源头变得晦暗不明，通过自由间接引语的使用在原本相互靠近的语言力量之间制造一种分离，就在这分离的一瞬间，从外部来照亮整个事件，以一种陌异性进入作品的领域。这种自由叙事的风格形成了一种潜在的复调

① Stanzel, F. K. Perspectives on Narratology[M]. New York：Lang, 1996：141-153.

② [奥]胡塞尔. 逻辑研究(第二卷)[M]. 倪梁康，译. 上海：上海译文出版社，1999：215.

性，巴赫金认为"单一的声音，什么也结束不了，什么也解决不了，两个声音才是生命的最低条件，生存的最低条件"①。布朗肖以自由间接引语和自由直接引语这种独特的方式完成了文学叙事中的对话。这种对话不是发生在两个明确主体之间，他进入无人称的叙述领域，让话语在一个自由的空间内获得自己的生命并生成新的思想，让多个潜在的陈述主体在其中获得一种对话性。

在布朗肖的作品中自由间接引语的话语模式意味着一种妄想狂机制，自由间接引语是对爱情符号解读的最主要的方式，这是一种双重化的我思。布朗肖的《在适当时刻》用自由间接引语极为精妙地展现出了主人公与克劳迪娅、朱迪特三者之间的爱情、嫉妒、背叛的复杂情感关系。朱迪特打开房门与"我"相见的那一瞬间打开了记忆的闸门，这种感觉既熟悉又陌生："这种险些触碰到我的感受于她（朱迪特）而言是如此奇怪，令她所有其他的念头都消散了：这令人始料未及，宛若她一秒钟前还未瞥见的真相。至此她开始用另外的眼光看着我。难道我是存在的？我对她来说或许是存在的！"②布朗肖所使用的自由间接引语是一种形式上的变异，他将第三人称与第一人称并用，造成一种精神分裂式的意识入侵感，"我"既是潜在的主观言说者，又是她话语中的客体，这是一种对认同的寻求，从而决定了"我"与朱迪特之间一种特有的关系建构。从拉康的镜像理论来理解，此刻的"我"在朱迪特眼中是一个异于自身的"我"，这种不一致引发了"我"这个主体中某种原初的自恋妄想结构，这种妄想狂的症状与人类自我形成的认知过程有紧密联系。拉康的镜像理论认为在自我或者主体形成过程中，人们对自己和外部世界存在着一种"误认"，误认让我们对外部世界存在一种妄想狂式的认识，导致我们不太容易接近真相，真实的自我也无法被探知。"我"作为主体被质疑是否存在，这就意味着认知永远不能被还原成一种经验的同一

---

① ［俄］巴赫金. 巴赫金全集（第5卷）［M］. 石家庄：河北教育出版社，1998：340.

② ［法］莫里斯·布朗肖. 在适当时刻［M］. 吴博，译. 南京：南京大学出版社，2015：12.

性，揭示出主体与自我的冲突。达利认为"只有通过一种纯粹的妄想狂过程，才可能获得一个双重形象，即一个客体的表象，没有解剖学活形体上的变形，同时也是另一客体的表象，同样没有显出安排痕迹的任何变形或畸形"①。也就是说，妄想狂机制实际上是一个双重化的过程，而自由间接引语正是以这种方式模糊了陈述主体和潜藏言说主体，话语在传递信息的同时也阻断了对信息的理解，这一切都指向差异化，指向爱情里未知世界的开启，"难道我是存在的？我对她来说或许是存在的！"可以理解为"我"对自己在朱迪特眼中存在的质疑。此时，朱迪特对于"我"来说就像是另一个生命，带着光芒穿透黑暗的夜晚走向"我"，在某个时刻，"我"在她那里并没有存在，她忽略了"我"，这令"我"感到悲伤，"我"试图去揣摩她的想法以确定"我"的存在感。但从句型结构来看，这也是朱迪特的所思，她在问自己"我"是否存在，这种自由间接引语中第一人称的使用让人物的感受变得不确定，将其在"我"和她之间悬置起来，产生了一种复调性，拓展了作品的空间，不断向外延展。与此同时，"我"似乎极其吊诡地转化成一股非我的力量，"我"是一个镜像化的我，被解辖域化成为另一个他者。换句话说，布朗肖的无人称书写不在于要回避人称的使用，而是使作为主体的"我"消解在他者的无限之中。《在适当时刻》以第一人称书写，"在文本开端我们还能辨识出一个拥有形体、空间和时间感的叙事主体'我'，然而随着'故事'的推进，主体的身份愈发不明，其所处的空间也不再确定"②。正是因为布朗肖作品的碎片化，其中的各个"我"也分裂错位，成为再也拼接不起来的无人称性。"我"在这些碎片中重复，但这种重复并不意味着主体的同一性，而是在事件的召唤中呈现出差异性。这种自由间接引语的使用让故事成为一个围绕着人称的不定性所建构的虚拟世界，她与"我"在其中不断向外蔓延，离散于根茎式的书写平面，成为伴随异

① 严泽胜. 拉康论自恋、侵略性与妄想狂的自我[J]. 外国文学评论, 2003 (4): 22.

② 吴博. 消解与显现——《在适当时刻》译者序[M]// [法]莫里斯·布朗肖. 在适当时刻. 吴博, 译. 南京：南京大学出版社, 2015: 15.

质事件出现、绝不连续的概念性人物。"我"存在于朱迪特的意识和感觉中，存在于"我"对她的感知中，这种分裂在自由间接引语中就成为了语言之流和意识之流，是不断变奏的语言连续体。在德勒兹那里，"我"只是一个命令语，"我"可以分解为作用于自身的自由间接表述，在"他"说、"他们"说中提取属于"我"的事物，并在这种间接表述中得到重新建构。因此，自由间接引语不是已经建构好的表述主体的简单混合，而是一种异质性的相互生成，里面包含着话语的话语，是一种自由间接的主观化，拓展了主体感受的空间。在这个空间里，叙事在一种绝无仅有的单纯性中展开，自由间接引语在此不仅拉开了作者与人物之间的距离，同时也拉开了人物与自身之间的距离。核心人物始终与他自身和所经历的事件保持着距离，他在远离自己的同时，也在不断去除作品的中心，把一种异化的语言作为言语的他者所产生的变异融入最为严格的叙事。

　　布朗肖在这种分裂式的自由间接引语中插入一个没有任何指称的问句，能够让我们探寻话语意义混合的可能性。这个问句语法上看似独立完整，从整个话语逻辑来看，实际上是一个碎裂的符号体统，其中充溢着非主观的情感。它将所有的逻辑和意义都投入一种强大的不确定性中，使情感成为一种抽象，具有某种普遍而又具体的特异性。在作品中，"我"与朱迪特、克劳迪娅的同时相遇让关系变得微妙起来，她们向"我"展示了一道神秘化的风景，克劳迪娅蕴藏着海浪的汹涌，而朱迪特则是一种近乎透明的冷漠和镇定。"我"与克劳迪娅在走廊上第一次相遇时感受到了她狂热的气息，布朗肖借助"她"这种非人格的个体化，呈现了一系列建构与解构、嫉妒与爱情之间的复杂问题。"她先前有所恐惧，所以试探着靠近，尽管如此顽强固执，她也曾害怕去把握：是的，她已经下了注，缓慢地，目光不曾离我，好像为了如果风险变得太大时将其收回。这算什么呢？我承认她令我措手不及。"①克劳迪娅

①　[法]莫里斯·布朗肖. 在适当时刻[M]. 吴博，译. 南京：南京大学出版社，2015：21.

从朱迪特那里有限地了解过"我"，但正因为有限，"我"在她那里变得具有某种无限性，现在她克服了先前的恐惧，决定向"我"走来，"这算什么呢？"这个问句所具有的双重性将"我"与克劳迪娅之间的难题抛向了外部，这不是真正要获得一种关于我们关系的是非判断，而是将这个判断悬置起来，问题本身变得比答案更为重要，从中可以辨别出一种超越表象的与某种纯粹强度相互呼应的权威性。克劳迪娅让"我"措手不及，这种情感对克劳迪娅和"我"来说都是一种瞬间的穿透，来不及闪避，"这算什么呢？"这个没有答案的问题对于他们双方来说是在难题中的一种迂回和停顿。"但就在我刚要转身，她一把抓住我，以一种难以置信的紧张的力量将我固定在她身旁。这是因为恐惧？一种生命的苏醒？"①究竟是恐惧还是生命的苏醒，这两个问句将情感的力量抛到人称之外，在"我"和她之间创造出一个模糊的领域和交互的情感，既是她的感觉，也是"我"对她感觉的感觉。这种情感超出了"我"和她的视阈，成为复数的我们，使得日常被忽略的情感在其中成为可见。在布朗肖的笔下，恐惧总是与欢愉同时存在，恐惧伴随着生命的苏醒，这种恐惧和生命的力量从意义和逻辑的重压下解脱出来，实现了其独立存在的审美特异性。这也是德勒兹在感觉的美学中所说的要在情感中提取感受。为了不让这种恐惧和生命的力量落入叙事的俗套，布朗肖用非人称的方式将其隔离在丰富的经验世界之外，让这种情感独立出来成为通向外部世界的一个入口。同时，这种恐惧让"她"具有了某种独特性，从而使"她"成为一个外在于自身特异性的他者。这种力量暗示着一个不同寻常的外部世界的出现，在这一瞬间，恐惧使她脱离了既定的生活世界，她与恐惧都从外界而来，让人无法触及，也无从知晓，她身上的隐蔽性出现在这种突如其来的紧张力量中，来自肉体与灵魂产生的对抗和威胁。

对于布朗肖来说，自由间接引语建立了同未知之间的关系，让这种处于中间的语言成为不在场之物的替代，悬置在主体和客体之间，它是

---

① ［法］莫里斯·布朗肖. 在适当时刻［M］. 吴博，译. 南京：南京大学出版社，2015：31.

力量的根源，是语言的本质状态。如果说克劳迪娅让"我"着迷的是她身上蕴藏的欲望的力量，"我"的旧时情人朱迪特让人无法忘怀的是她身上的那片虚空和一种透明的不实感，"征服我？她不想；让人指引？她不能；触碰我？是的；她把这种接触称作世界，一瞬间的世界，时间在这一时刻前驻立"①。这种语言来自"我"和她之外的第三个声音，仿佛是一个空洞在言说，对"我"和朱迪特之间的关系既没有遮掩，也没有明示。朱迪特无意征服我，也不能让人指引，在感情中她就像某种晦暗不明之物，需要在中性的语言中获得回响。她与"我"只能是瞬间的触碰，这就是适当的时刻，是遗忘开始和记忆结束的时刻。这里的话语背后始终有一个不可理解、不可阅读的中心，将朱迪特庇护在空无和黑暗中，看似喋喋不休，却以极为有限的言辞最大限度地接近沉默。"我"与克劳迪娅在一起时，朱迪特总是显得平静而自制，这种冷淡将她置于一种无从介入的封闭性的在场，她没有因为沉默而隐退，反而在未知中汲取了一种强大的力量让她显现，"她始终在变得更明显这个事实恰恰是她的辉煌所在，也是对其自身的威胁，同时也宣告着她的存在"②。这种中性语言将我们带到关于朱迪特的一种根本经验面前，她成为全然的他者，一个陌异者，与我们之间有一段无限的距离。言说转离了一切可见与不可见，朱迪特不是在光和视觉中变得明显，而是在中性语言中的一种显露。她变得明显是她的辉煌，因为此刻她建立了同神圣超验性之间的关系，而对自身的威胁是因为她的辉煌必须是以自身的回撤为代价，她只有离开自身才能成就她的辉煌。自由间接引语的使用是追逐和靠近未知的另一条迂回的线路，朱迪特本质地外在于"我"，这是凭借语言对她的陌异性和未知性的靠近。

　　由于自由间接引语中不存在陈述与转述的主体，将某种感知以第三人称的方式悬置在叙述者和倾听者之间，取消了这种感知的起点，并最

———————

　　①　[法]莫里斯·布朗肖.在适当时刻[M].吴博，译.南京：南京大学出版社，2015：101.

　　②　[法]莫里斯·布朗肖.在适当时刻[M].吴博，译.南京：南京大学出版社，2015：100.

终指向一种集体表述行为。也就是说，个人的言说活动实际上是来自社会不同个体之间彼此联结、相互影响的结果，是表述行为的"集体装配"。"这恰恰就是间接话语（尤其是'自由的'间接话语）的典型价值：不存在清晰勾勒的轮廓，首先存在的不是被差异性地个体化的陈述的介入，也不是多样性的陈述主体的结合，而是一种集体性的配置，它将产生并规定相关的主体化的过程、个体性的分配及其在话语之中的动态分布。"①自由间接引语摆脱人称性就是让语言处于一种强大的不确定性中，使叙述主体暧昧地介于他者和某种不定性之间，向多样性和差异性敞开，迎接穿透自身的强度，在去人称化的过程中获得最高的特异性，这是话语的运动，这个运动想要成为一切，成为全体的激情。布朗肖的《最后之人》以自由间接引语的叙述方式生产出一种集体陈述，他"让叙述者从外部描述了一个谜一般的最后之人"②。整部作品没有清晰可循的故事情节，而是关于他、她和"我"的断片。这里面人称的划分并没有特殊所指，"她就是我，而且是如同一个被弃置的我，一个开放而不回忆任何人的我"③。他、她与"我"之间的界限消除了，"我"成为一个无穷的能指。此时，小说中的人称只是从集体性配置中抽取出来的一个暂时的、所谓的稳固的点而已，在自由间接引语中，这个配置就是某一声音中存在着的所有声音。"他是什么？何种强力将他推到这里？他站在哪一边？别人能为他做些什么？"④这种自由间接引语式的问句让我们在思考"他是什么"的同时远离了自身，他与"我"这个潜在叙述者之间的界限变得模糊交叠。布朗肖笔下的最后之人既是一个特异性的他，也是一个集体性的他，这是表面人称之下的非个人的力量，"他是什么？"

① [法]吉尔·德勒兹，费力克斯·加塔利. 资本主义与精神分裂：千高原[M]. 姜宇辉，译. 上海：上海书店出版社，2010：107-108.

② Anne, Leslie Boldt-irons. Blanchot and Bataille on the Last Man[J]. Journal of the Theoretical Humanities, 2006, 2(2)：3.

③ [法]莫里斯·布朗肖. 最后之人[M]. 林长杰，译. 南京：南京大学出版社，2014：22.

④ [法]莫里斯·布朗肖. 最后之人[M]. 林长杰，译. 南京：南京大学出版社，2014：24.

他是已死之人，也是垂死之人，他身上极致的单纯、柔弱和被动性将他的个体特征凸显出来，"非个人的绝不是一般性，而是最高程度的单一性"①。他存在于我们身上，同时又外在于我们，这些无限开放的问题让每个人都可以从他身上获得自己所期待的特质。这是某种情感的内在性交流，既不是寻求主体同主体之间的关系，也不是主体同客体之间的关系，以这种方式，他与周围的人编织了一张不断生成的关系之网，人们与他建立起了临近区域并最终成为一种集体性配置。他身上的弱质性和被动性仿佛一个巨大的空洞，能够让人们从中抽取出让自身跃升的力量，"也许正是对比于他微弱的生气，我们才感觉到自己像被赋予了跃升的存在，被我们自己所能成为者所增强，是的，成为那更强壮、更危险、更凶恶且与一极限强力之梦境相邻接者"②。自由间接引语为集体性配置提供了一条迂回的线路，通过模糊化叙述主体和感知者的界限，在他与我们之间建立了一个临近区域，他就是作为言语向我们而来的东西，"他的用字用词融混于其他众多字词之中，只说那我们所说的，披覆着这样一种将我们保全的双重无知，加以一种极轻微的探触致使他的在场如此确定，如此可疑：也许他只是在对我重复我自己……"③在自由间接引语这种表述形式中，他说出了我们所说的，而我们在他所说的话语中找寻到了自身想说的，言语保存了他与我们之间的双重无知，这种无知来自一种根本的分离和间距，他与我们在这种双重无知中得以保全。他作为最后之人左右着周围人的在场，在同他的关系中，人们得到了一种原本不可企及的关系和感受。"最令人焦虑的念头：他不能死，因为欠缺未来。"④我们无法判断这个念头究竟是谁的，但"这念头立刻

---

①　[法]吉尔·德勒兹. 批评与临床[M]. 刘云虹，曹丹红，译. 南京：南京大学出版社，2012：5.（译文略有修改）

②　[法]莫里斯·布朗肖. 最后之人[M]. 林长杰，译. 南京：南京大学出版社，2014：31.

③　[法]莫里斯·布朗肖. 最后之人[M]. 林长杰，译. 南京：南京大学出版社，2014：39.

④　[法]莫里斯·布朗肖. 最后之人[M]. 林长杰，译. 南京：南京大学出版社，2014：42-43.

让我领会到它直接与我有关"①，他让我们感受到死亡的不可能性和未来的欠缺，垂死中的时间无法终结，而是不断忍受痛苦的无休止的现在，这是一种绝对的孤独和对自我的一种原初体验，这种孤独来自垂死状态中与自我的分离，里面隐藏着难以感知的恐惧和痛苦，这种感受不再朝向特定的人和事，而是体现了一种普遍性的情感体验。

德勒兹在《千高原》中指出，人类整个语言活动都是间接性的，"间接引语"是语言的首要规定。② 一切语言都是引自他人的"间接引语"，人类语言的特性不是表达直接看到的事物，而是在传达间接听到的事物，我们的陈述来自间接引用他人的陈述，而他人的陈述同样也是间接引用他人的陈述。在这里，德勒兹借助克里斯蒂娃的互文性理论突破了间接引语的规定性，指向的是语言超过结构本身界限的意义，克里斯蒂娃将任何语篇都看作对其他语篇的吸收和改造。按照德勒兹的这种思路，直接引语实际上也是对典型话语的提取，它不是人物语言的忠实记录，而只是一种典型话语的再现，一种意义的再现，因此，从内容上看，直接引语也属于间接引语。布朗肖在文学创作中对直接引语的间接性有着清醒的认识，如果说自由间接引语还有一个第三人称"他"的存在，布朗肖则在直接引语中完全抹去话语主体，进入一种完全自由的书写状态。自由直接引语的使用满足了布朗肖对叙事本真性的要求——一个自由主体的存在③，将话语完全抛向了一种不确定性。赵毅衡在《当说者被说的时候：比较叙述学导论》中总结了直接引语、间接引语、自由直接引语、自由间接引语四大文本转述话语的双声主体强度④，自由间接引语是人物意识与叙述者意识之间的抗衡和竞争，而自由直接引语

① [法]莫里斯·布朗肖. 最后之人[M]. 林长杰，译. 南京：南京大学出版社，2014：42.

② Deleuze, Gilles & Guattari, Felix. A Thousand Plateaus[M]. Brian Massumi, trans. Minneapolis：University of Minnesota Press，1987：76-77.

③ [法]莫里斯·布朗肖. 无尽的谈话[M]. 尉光吉，译. 南京：南京大学出版社，2016：741.

④ 赵毅衡. 当说者被说的时候：比较叙述学导论[M]. 北京：中国人民大学出版社，1998：157.

是人物主体的强度最大化，叙述主体则完全放弃自己的干预权。在《叙述学辞典》中，自由直接引语被定义为将标志直接引语特征性的引号或引述句去掉的叙述形式①。自由直接引语省掉了引导词及引号，是人物的语言和内心独白，它表明作者完全隐退，全面呈现人物的特色话语。《等待，遗忘》中的主人公"他"与"她"没有具体所指，文本段落之间由项目符号分隔开，因此拉开了意义间距。尽管他们之间的对话以引号中的直接引语形式存在，由于缺乏引述主体，在碎片化的文本中，"他"与"她"的对话完全模糊化，以至于完全无法分清究竟是谁在说话，剩下的只有话语本身。正如布朗肖在文中所说："两句话紧紧地挤在一起，仿佛两个鲜活的身体，却徘徊在模糊的边界。"②这是一种真正精神分裂式的对话，这种叙述不同于单纯的内心独白，与自由间接引语一样，它也具有话语的复调性，我们已经无法辨别究竟是一个人在说话，还是两个人之间的对话，让对话走向无限。"我希望您只是通过您身上那无动于衷与无法感知的东西来爱我。"③这句话在小说中以一个单独的段落出现，与上下文之间没有必然的逻辑联系，虽然这是一个带有引号的直接引语，但却无从得知谁说了这句话，这里面的"我"可以是任何一个人，是一个没有面孔的人。这种直接引语从根本上来说就不是直接的，而是一种话语的高度凝缩和提取。这句话独立成段、没有下文，也就意味着这句话没有听众，它就是一句赤裸的话语，在与世隔绝的空间里召唤着它的听众。从这句话的表述来看，它已经脱离了通俗意义上的日常语言范畴，日常语言在表达爱情时一般会说"我希望您爱我"，而这句话中却强调了通过"身上那无动于衷与无法感知的东西来爱"，将爱这种情感从自身分离出去，成为无法感知的力量之流。这种爱情不是

---

①　Prince, Gerald. A Dictionary of Narratology(Revised Edition)[M]. Lincoln & London：University of Nebraska Press, 2003：34.

②　[法]莫里斯·布朗肖. 等待，遗忘[M]. 骜龙，译. 南京：南京大学出版社，2015：27.

③　[法]莫里斯·布朗肖. 等待，遗忘[M]. 骜龙，译. 南京：南京大学出版社，2015：26.

建立在相互理解和感知的基础上，而是一种根本的拒斥与分离，这句话构建了一次独一无二的事件，我们每个人都可以在其中穿行而过，却无法充分把握和规定它。这种形式的直接引语也以正常对话形式出现在文本中："我们还没有开始等待，不是吗？""您想说什么？""我想说，如果我们能让它开始，我们也能用等待将它结束。""我们这么希望它结束吗？""是啊，我们希望它结束，我们只希望它结束。"①布朗肖用"我们"来进一步模糊话语的源头，无关某个具体的"他"或者"她"，而是来自外部无限的他者，"他"与"她"这段对话没有开端，没有背景，看似对话，实则没有真正的对话，在话语中，这些话语只是为了维持他们之间的某种联系，他们在等待着等待，这种话语展现了一个没有时间、循环往复的世界，将话语投入了一种神秘的虚无中，当话语的中心缺失时，这种神秘就是注意力的中心。在这个中心外散布着视角、视线，以及从内部和外部观察的秩序，这是一种空，是对自我的完全打开，迎接不被关注的事物，让话语在运动中自由碰撞，让一切在这种自由中自然相遇、自主发生。同样，《在适当时刻》中的朱迪特与克劳迪娅在日常生活琐事上遵循着一种漫无目的的连续性，她们带有某种不稳定性。"什么时候它才会被发现？"有时她走进来，看着她的双手："那么我在找什么呢？"②她们之间的对话没有明确的主体，从"她看着她的双手"这句话我们也无法分辨出她究竟是指朱迪特还是克劳迪娅，人称的意义被彻底消解了，这是对日常话语的解构，取消了话语的前置意义，让其自由弥散。同时，我们必须注意到她们之间的对话实际上是处在主人公的视角范围内，他作为一个激情的旁观者看着她们在房间里做着各自的事情，听她们之间的对话，此刻说话的主体在他那里已经模糊了。朱迪特和克劳迪娅之间有着某种不确定的界限，她们之间难以区分的状态表明他介于她们两人之间的复杂情感，他甚至在想醒来的时

---

① ［法］莫里斯·布朗肖. 等待，遗忘［M］. 鹜龙，译. 南京：南京大学出版社，2015：30.

② ［法］莫里斯·布朗肖. 在适当时刻［M］. 吴博，译. 南京：南京大学出版社，2015：48.

候如果"发现某人在他身旁，这必然是开始的时刻特有的魅力的一部分"①。这个过程的魅力在于事件发生的纯粹偶然性，他想早晨醒来的时候发现某个人在身边，他并没有期待她们之间具体哪一个人，而是一个不确定的"某人"。朱迪特和克劳迪娅之间含混的对话将他卷入了这个危险的游戏中，以至于他想直接进入事物的内部去拥抱这种纯粹的偶然性，这是一个特定时刻的不确定性的发生，是骰子一掷的那一刻，完全在意料之外，生命时刻都在生成变化，也是差异性的诞生过程。

第三节　作为事件的语言

德勒兹认为语言实际上是一种行为方式，是一部抽象的机器。这种机器掌控着语言运动力的流动和方向，在语言的运动中解辖域，语言符号的配置调节着内容与表达之间的关联。"机器性的配置既位于每个层之上的内容和表达的交叉之处，又同时位于所有层与容贯平面的交叉之处。它确实朝向各个方向，恰似灯塔。"②因此，语言并不单纯是信息性的或沟通性的，我们应该从一种语言动力学的角度来思考语言。话语的基本形式不在于判断陈述或是情感表达，而是命令和表示服从，从这个意义上，德勒兹突出了奥斯丁的言说-行动中的行动一面，他在《资本主义与精神分裂：千高原》中写道："语言的基本单位——陈述——就是口令。语言不是用来被相信的，而是用来被服从和使服从。"③也就是说，语言实际上是一个事件，在于命令的传递，言说是一种行动。在卡夫卡的《判决》中，格奥尔格的父亲认定自己的儿子是个没有人性的人，判决他投河淹死，儿子居然跃出大门，穿过马路向河边跑去，他抓住桥

---

① ［法］莫里斯·布朗肖. 在适当时刻［M］. 吴博，译. 南京：南京大学出版社，2015：48-49.

② ［法］吉尔·德勒兹，费力克斯·加塔利. 资本主义与精神分裂：千高原［M］. 姜宇辉，译. 上海：上海书店出版社，2010：98.

③ ［法］吉尔·德勒兹，费力克斯·加塔利. 资本主义与精神分裂：千高原［M］. 姜宇辉，译. 上海：上海书店出版社，2010：101-102.

上的栏杆，松手让自己落下水去。显然，父亲的判决规定了儿子的存在方式，是对生命存在的强行介入。"口令就是一种死亡判决……口令将赋予那个接受命令者以直接的死亡，或一种潜在的死亡——如果他不服从的话，或一种他必须加之于其自身、带往别处的死亡。"①语言的每一次表达都会具有不同语义，并产生一种非身体性的变化，这种对生命下命令的力量，是基于集体装配所形成的语言的常用形式。如果生命可以接受语言的死刑判决，同样也可以选择逃亡，让生命处于一种流动变异状态，反过来带动语言进入极限状态。德勒兹让语言摆脱了抽象封闭的符号系统与规则结构，成为穿越不同情景场合、不断发生变化的事件之流，布朗肖在他的文学创作中体现出了语言这种行动性的力量。在《死刑判决》中，娜塔莉曾经历婚姻的破裂，有着离婚时的痛苦记忆，之后她一直过着自由不羁的生活。当主人公用母语向娜塔莉求婚，她少有地用自己的母语回答他，显然，娜塔莉对待他求婚这个似假似真的态度，用他听不懂的语言来回应他，将这个她不愿意面对的问题挡在了语言之外，让语言成为隔在这个困境中的一道墙，从语言的力量中逃亡。他们在地铁避难的那天，他对娜塔莉说出了一些想象不出的疯言疯语，"这些话带着疯狂的力量向她猛扑过去，刚触碰到她的身体，我就能真切地感觉到有什么东西破碎了"②。我们无法揣测他说了什么，但那次事情之后，娜塔莉就消失了一段时间，显然，他触痛了她，话语成为一种可见的存在，变成一种武器和力量与身体产生直接关系，这种强力的语言流穿过身体，是对存在的介入，但这不是身体层面的行动，而是一个纯粹的语言事件。他不再依靠陌生语言的脆弱支持，使用陌生的语言是一种有意识对原有话语表达体系的解辖域行为，而此时他开始说起自己的母语法语，他所熟悉的语言也逃离了他的掌控，他说出的这些想象不出来的疯言疯语则获得了话语自身主体化的力量，以自己的方式进行意义

---

① ［法］吉尔·德勒兹，费力克斯·加塔利. 资本主义与精神分裂：千高原［M］. 姜宇辉，译. 上海：上海书店出版社，2010：146.

② ［法］莫里斯·布朗肖. 死刑判决［M］. 汪海，译. 南京：南京大学出版社，2014：78.

运动。它们与说话的主体已经没有关系，不是再现，也不是指称，却具有一种异乎寻常的真实感，它们是一种脱离主体的疯狂力量穿透和介入。这种作为语言事件的话语有一种残酷性，它是介于生命与死亡之间的涌流，这些话语在娜塔莉身上发生了一种直接的、瞬间的、非物质性的作用，击碎了她身体中某种完整的东西。

命令词语表明了一种权力形式和权力关系的建立，因为每一个命令都包含着期待回答的权力性声明。"在成为一种句法的标记之前，一条语法规则就是一种权力的标记。"①《那没有伴着我的一个》中与主人公絮絮叨叨对话的"他"实际上只是主人公在写作的时刻构想出来的人物，"他没有继续被紧扣在话语的链条上——这根链条很长，长到他可以看起来自由地走遍每个空间——而是不断地砸碎链条，甚至，链条根本就不存在，他只是偶尔会恰好出现在我所在的地方，而不会出现在其他任何地方"②。他命令主人公"待在原地，不要动"，这句话不是在现实中发号施令，而是在文学空间里要求主人公的写作"停留在这个描述的时刻，不惜一切代价使它保持虚空的状态，维系它，阻止它朝注定发生的事情发展"③。也就是说，这个命令是一种权力的标记，但却与现实世界中的意义无关，它表明文学语言自身的权力。停留在这个虚空的描述状态是对语言权力的守护，这样就能避免注定的死亡，在其中维持一个不断生成的无限的文学空间。当主人公要求"给我一杯水"，他却清晰地回答："我不能给您。您知道的，我什么也做不了。"④这是语言对命令的明确拒绝，也是对自身权力的坚持，它不再受制于现实中的意义，从而获得了一种独立于作者和现实语境的自由。"给我一杯水"这个命

---

①　[法]吉尔·德勒兹，费力克斯·加塔利. 资本主义与精神分裂：千高原[M]. 姜宇辉，译. 上海：上海书店出版社，2010：102.

②　[法]莫里斯·布朗肖. 那没有伴着我的一个[M]. 胡蝶，译. 南京：南京大学出版社，2015：109.

③　[法]莫里斯·布朗肖. 那没有伴着我的一个[M]. 胡蝶，译. 南京：南京大学出版社，2015：37-38.

④　[法]莫里斯·布朗肖. 那没有伴着我的一个[M]. 胡蝶，译. 南京：南京大学出版社，2015：65.

令始终指向外部和他者，这样的言语却让他感到一种可怕的冰冷，正如布朗肖在《等待，遗忘》中所说，"把这个给我"这样的句子，"不像是祈求的话语，也并不像一道命令，而是中立的、空白的语言，他绝望地发现自己不能抵抗这样的语言"①。这种命令像是对一个陌生而又外在于"我"的他者发出，但其实"真实的生命并不在场，但我们却活在其中"②。这是无人称的命令，没有称呼，没有"你"，似乎在对一个并不存在的绝对他者言说，它的冰冷是因为它指向了一种不确定的在场，"给"这个词建立起"我"和他者之间的关系，但这个命令不能要求我们去问给予的主体是谁，"我"虽然在召唤，在发出命令，却无法真正抵达他者的彼岸，这个口令是自我与他者一种不对称的无尽的伦理关系，一种对他者不断的召唤与回应。"我"要求一杯水，克劳迪娅举起半满的杯子问"我"需不需要加点别的什么东西，"一杯水"表现出的是语言的裂缝和空白，她无法洞穿一杯水的背后是怎样程度的焦渴和欲望，"我"一边喝一边感觉到自己的口渴，"我"和克劳迪娅之间在这个命令的召唤和服从中实际上是断裂的，这个冰冷的命令表达出的是一种没有关系的关系，他们对于对方都是完全异质的存在，虽然同处一个狭小的空间，之间却隔着无法跨越的距离。

"口令的另外一个方面，即逃逸而非死亡，那么，看起来变量在其中进入了一种新的状态，即连续流变的状态。"③在《死刑判决》中，当他再次找到娜塔莉时，他拥抱着她，她一动不动，他对她说"来"，她就顺从地同行，他让她躺下，并对她说"看着我"。"来"和"看着我"是他对娜塔莉所下的口令，口令在与肉体的关联中赋予其自身一种流变的力量。"来"是他对娜塔莉的召唤，这并不单纯指娜塔莉的肉身到他的

① ［法］莫里斯·布朗肖. 等待，遗忘［M］. 鹜龙，译. 南京：南京大学出版社，2015：17.

② Levinas, Emmanuel. Totality and Infinity：An Essay on Exteriority［M］. Pittsburgh：Duquesne，1969：33.

③ ［法］吉尔·德勒兹，费力克斯·加塔利. 资本主义与精神分裂：千高原［M］. 姜宇辉，译. 上海：上海书店出版社，2010：149.

身边，而是要求一种回应和对话。对于他来说，娜塔莉具有绝对的外在性，她指向某种不可见的东西，这种不可见就是娜塔莉作为他者的无限性。这个"来"在他们喋喋不休的闲聊中，似乎存在着一种重力，与她在一起时，他不停说话迫使她走出沉默，"赋予她一种确实性，物理上的实在性，否则这些都不存在"①。这种幼稚是为了"迫使已经消失的东西重新出现在那儿"②。这里的"来"是一种责任伦理的呼唤，他让娜塔莉"来"，这样他们之间就可以展开一场相遇，从而使他这个主体的建构得以实现。黑格尔认为"自我意识只有在一个别的自我意识里才获得它的满足"③。也就是说，自我主体的确认和圆满需要他者的在场，这里能够清楚地看到列维纳斯对布朗肖的影响。列维纳斯强调主体的为他性，他者不是与主体相对，而是主体得以建构的条件，"虽然她的每一步都是自由的……但她的自由总要通过我的自由……"④娜塔莉"来"显出了自由的虚幻性，这里的自由是以对娜塔莉的责任为基础的。当娜塔莉看着他的时候，眼睛里闪烁着死寂而空洞的光芒，尽管她也在看，但这个"看"与日常关注表象的"看"不同，她看的不是他此刻的样子和状态，而是他身后无限远的地方。娜塔莉从口令中逃逸，她的"看"进入了一种新的状态，虽然仍从属于肉体，却发生了非肉体性的转化，这种连续流变的状态将语言推向自身的极限，与此同时，她所看的对象"我"也被带入了超越自身形象的绵延运动之中，她眼中死寂而空洞的光芒反倒是所看对象的丰盈和再生。

语言中的事件能够凸显出事件隐秘的一面或者说是语言的另一面。语言总是随着语境的不同而变化，语言的指示和表现功能建立起了命题、言说者、事态三个维度之间的关系。《死刑判决》中，娜塔莉告诉

① ［法］莫里斯·布朗肖. 死刑判决［M］. 汪海，译. 南京：南京大学出版社，2014：90.

② ［法］莫里斯·布朗肖. 死刑判决［M］. 汪海，译. 南京：南京大学出版社，2014：90.

③ ［德］黑格尔. 精神现象学（上卷）［M］. 北京：商务印书馆，1979：121.

④ ［法］莫里斯·布朗肖. 死刑判决［M］. 汪海，译. 南京：南京大学出版社，2014：89.

"我"她给雕塑师打了电话，让他为她的头和双手做个模型，这句话立即激起了"我"的恐惧和妒忌。"我给 X（雕塑师）打了个电话"不仅仅是停留在对日常行为的陈述和再现，而是一个巨大的无法填满的空间。这个行为背后是娜塔莉与雕塑师之间模糊不清的关系，做模型让"我"想到的是在活人身上进行的那种工序，那种奇怪的、危险的感觉。娜塔莉的话语具有一种不确定性，能够被无限地投射和折叠，与不在场形成了一种密谋，"我"带着偏执狂的专制接近这句话所指向的外部，带着愤怒和嫉妒急于去阐明娜塔莉这句话里隐匿的符号和未知。这句话侵蚀着"我"，让"我"感到痛苦，当"我"要求她打消这个念头的时候，她却悲伤地说她不能。"我"期待她的解释，"但巨大的忧伤布满她的双眼，那忧伤如此凝固而冰冷，于是我的疑问就悬置在我们中间"[1]，娜塔莉此刻的沉默和忧伤无法用言语解读或言说，"说到底，不再有什么需要被解释的东西，但这是因为最好的解释——最有分量的、最根本的解释——正是具有极高表意性的沉默"[2]。沉默让这个行动处在"我"所认知的范围之外，朝向外部，沉默里既容纳了一切可能性，同时也意味着理解的不可能性，这是语言的逃逸，也是对事件继续发展的召唤。

第四节　语言的口吃

在德勒兹看来，伟大的作家从来都不会好好说话，在他们那里，语言获得了自主性和自身深度，它们遵循只属于自己的一种法则和客观性，在强烈情感的驱动下产生一种新奇的语式、一种独特陌生的语言。德勒兹试图以符号症候学取代语言学，在他看来，符号反映了一种生命和存在的可能性，是生命力的征兆。他认为这种非常规性的句法特征表现为语言的口吃，正是这种语言的口吃形成了作家独特的风格。在《反

---

①　[法]莫里斯·布朗肖. 死刑判决[M]. 汪海，译. 南京：南京大学出版社，2014：92.

②　[法]吉尔·德勒兹，费力克斯·加塔利. 资本主义与精神分裂：千高原[M]. 姜宇辉，译. 上海：上海书店出版社，2010：157.

俄狄浦斯》中，德勒兹和瓜塔里这样定义了风格，即风格是"一种非语法：在那一刻，语言不再被其所说所限定，甚至也几乎不被其所指向的事物所限定，它只与驱使它运动、流变和爆炸的原因有关"①。德勒兹在《批评与临床》中特别提到了麦尔维尔小说《代笔者巴特比》中巴特比经常重复的一个句型"我愿不去……"（I would perfer not to），"一个瘦削、苍白的男人说出了这句话，让所有人都发疯"②。这个句型的奇特之处就在于它既是一种意愿的表达，又是一种否定，与惯用的 I would prefer to 不同，这个结构尾部所带有的 not to 打开了原有句型的封闭性，冲击了传统的语言习惯和使用规则，"被一个柔和、耐心、迟缓的声音喃喃道出，它形成了一团含混不清的团块，一股独一无二的气息，达到了一种不可避免的境地。从这个角度上说，它与一个不合语法的句式拥有同样的角色和力量"③。在巴特比的这个表达中，语言断裂并出现了口吃，这是一种脱离了言说主体的语言，一种情感的、强度的语言，在作品中产生一种独特的氛围，它失去了交流和再现的功能，而是在一个平滑空间里无尽地折叠、生成。德勒兹认为："一个概念有时需要在一个新的世界中来表达，在日常生活世界的语言里，它有时获得了一种仅仅此时此地的唯一性感觉。"④这种在某种特殊情景下对语言结构的独一无二的使用正是德勒兹所谓的语言的"口吃"或结巴，借助这种异常的表达方式，语言的传统用法和意义被剥离，在这种断裂中引发了新的联系从而生产出新的意义。在这种情况下，语言的应用不再是复刻和再现的机器，相反，语言的口吃产生言语活动的"逃逸线"，它源于人们理性之中的谵妄和迷狂，是一种激烈的生命体验所产生的语言的小众用

---

① Deleuze, Gilles & Guattari, Felix. Anti-Oedipus [M]. Robert Hurley, Mark Seem & Helen R. Lane, trans. Minneapolis: University of Minnesota Press, 2000: 133.

② ［法］吉尔·德勒兹. 批评与临床［M］. 刘云虹，曹丹红，译. 南京：南京大学出版社，2012：140.（译文稍有修改）

③ ［法］吉尔·德勒兹. 批评与临床［M］. 刘云虹，曹丹红，译. 南京：南京大学出版社，2012：140.（译文稍有修改）

④ Deleuze, Gilles. Negotiations: 1972-1990 [M]. Martin Joughin, trans. New York: Columbia University Press, 1995: 32.

法。在这个口吃的过程中，语言生产出新的连接，从而也生产出新的意义，形成作家独有的语言风格。风格被德勒兹寄予厚望，他认为风格能够帮助我们发现秩序化语言之下隐藏的密码，而在风格化的语言的干预下，传统的秩序化的语言牢不可破的组织终于变得支离破碎。在这里，语言不再是那种钳制人们生命力的辖域化的语言，而是带有创生的可能性。少数人的语言的风格化，促使多数人的语言"口吃"，最终脱离了多数人语言的藩篱，这样语言不仅仅是辖域化的用于表达的语言，而是一种面对不均质空间的游牧性，它让少数人脱离了社会秩序的分子线，在内在性的潜在层面上对所有的差异真正开放。

布朗肖在小说中进行着一场大胆实验性的书写游戏，他让句子处在一种极端的张力中，就是因为不满足于对文本意义的单一解读，他作品中的语言表达出一种回环矛盾的风格，既重复，又否定，这种风格将写作置于变化之中，不断地让语言脱离稳固的秩序化的语言。那么，问题是如果文字不指涉现实，是否就意味着文学创作就是毫无规定性的胡说八道呢？当语言不再只是信息的载体时，它的目标又是什么？布朗肖给出的答案是语言的物质性，"我的希望在于语言的物质性，在于语言也是物，也是种自然物这一事实。……语言，抛却了意义——这意义是它曾经唯一想要成为的——而试图变成无意义。所有物质性的东西占据了首位：韵律、重量、数目、形状，然后是书写于其上的纸张、墨的痕迹，以及书。是的，幸好语言是一种物：一种写下的物"①。语言的物质性就意味着文字不与外部意义或者现实产生关联，而是与其他文字产生关联，形成新的语言样式和风格，成为一种只注重形式的纯文学语言，这种语言在意的并不是文字所传达的意义，而是它们表现出的某种质感，那些无法被还原成信息的韵律、节奏与风格。因此，布朗肖将语言从现实的承载中解放出来，成为一种风格创造。他在叙事中结巴碎片化的语言是为了逃离被赋予意义，让语言在断裂瞬间产生的意义超出人

---

① Blanchot, Maurice. The Work of Fire [M]. California：Stanford University Press, 1995：327-328.

们日常所能判断的极限，是为了向外部逃逸。他在小说创作中的刻意表现出明显的语言前后矛盾，显得语病连篇，这并不是因为逻辑缺乏而导致的前后不一致，而是新话语逻辑的诞生。他要用这种分裂的语言让人们去注意到这种语言本身，让语言在断裂瞬间产生的意义超出人们日常所能判断的极限，让语言走向外部，从对世界的表象认识走向一种内在体验。一个好的作家总是要打破常规的语法模式，布朗肖的语言就像是杰克逊·波洛克的画，杰克逊·波洛克在帆布上随意泼洒出流畅、层叠的线条，其自由不羁的画风虽然没有再现任何真实，却是强烈的情感凝聚。布朗肖的作品是语言自身的堆积，语言在男女主人公絮絮叨叨的对话中相互缠绕、游离。布朗肖完全无视语言自身的结构和规律，在他这里一切语言中的矛盾都是合理的存在，在几乎贫瘠的背景上布满了结构各异的语言。情感是推动这些语言变化、生成的动力，语言此时拥有了自己的生命，布朗肖所做的是让它自然呈现。语言是欲望的流动，最终不能归于任何一种既定的语法规则，在此，语言生成于无器官身体，它先于个体而存在，既不内在于主体，也不趋向于任何客体，它自身处在一个内在性平面上，不断向外流溢、变化、生成。

布朗肖小说中语言的口吃表现为对主体自身的质疑。语言的口吃让主体变得模糊，令它成为一种根本的不确定性，事情只有在这时才变得更加丰富有趣，主体已经在语言中消解，它的生成让位于一种新的未知，其中隐藏着某种隐晦的力量。"事实上，你是谁呢？你不可能是你，但你是某个人。是谁呢？""不要怀疑，我选择做遇到我的那个人。"[①]（"Qui es-tu, en réalité？Tu ne peux pas étre toi，mais tu es quelqu'un. Qui？""Ne doute pas，dit-il doucement. Je choisis d'etre ce qui me trouve."[②]）这时主体被体验为消失，它呈现出来的时刻，是它自身的缺失，这是一种"主体悖论"，道出了一种"自身"内在的不可能性，

___

① ［法］莫里斯·布朗肖. 等待，遗忘［M］. 骜龙，译. 南京：南京大学出版社，2015：43.

② Blanchot，Maurice. L'Attente L'Oubli［M］. Paris：Gillimard，1963：58.

处在感官经验之外，它通向可能性的极限，是一种不可能性、一个不可命名的世界。"你应该到楼下看看你在不在那儿。"①（"Tu dois voir en bas si tu y es."②）这句不规则的表达产生了形式的流变，让语言脱离了其常量的状态，这句表达中有两个关键常量，一个是人称代词"你"，另一个是表示空间的"楼下"，不规则的表达构成了语言的一个解域点，使语言趋向形式或概念的极限。这是一种超越语言的状态，通过对语言代词的反常应用将主体在这种情景中一分为二，这句话至少存在两个语言上的偏差，如果没有空间的界定，主体可以看看自己，然而一旦加上了空间位置的常量，整个语言表达的氛围就产生了绝对的变化，主体逃离自身到了一个异于主体所在的空间，打破了空间的连续性。主体"我"以及与"我"对话的"他"都是那没有伴着"我"的一个，当"我"要求他"给我一杯水"，他回答说："我不能给您。您知道的，我什么也做不了。"③（"Donnez-moi un verre d'eau." "Je ne puis vous le donner. Vous le savez, je ne puis rien faire."④）"我"与自身、与他都无限分离，主体外在于自己，这是主体自身不充分性的体验，只有与自身分离，处在一种空无之中，才能够通达生存的一切形式。首先，布朗肖笔下的主人公经历的是一种自我的瓦解，他们的内部世界与外部世界之间的间隔感消失了，连作为个体存在的人的实在性也摇摇欲坠。其次，这种分裂的语言表明了小说中的人物之间是一种背离正常的互动关系模式，我们甚至可以怀疑在小说中是否有除了"我"之外的另一个人的出现，这种语言阻断了主体与真实世界的意义联系，布朗肖用语言的断裂表现出对主体自身的质疑，这种与自我疏离的语言表现形式是一种现代性的后果，"在

---

①　[法]莫里斯·布朗肖. 那没有伴着我的一个[M]. 胡蝶，译. 南京：南京大学出版社，2015：35.

②　Blanchot, Maurice. Celui Qui Ne M'accompagnait Pas[M]. Paris：Gillimard, 1953：55.

③　[法]莫里斯·布朗肖. 那没有伴着我的一个[M]. 胡蝶，译. 南京：南京大学出版社，2015：65.

④　Blanchot, Maurice. Celui Qui Ne M'accompagnait Pas[M]. Paris：Gillimard, 1953：96.

现代主义和后现代主义中充斥着犹疑和疏离，自我由此与正常介入自然和社会的形式相分离，而在这里，自我常常以其自身或自身的经验作为对象"①。小说语言的这种断裂和反常性标志着他者的僭越，这个他者在作品中是一种缺席，必须在词语、行动、意图抑或主体之外得以建构，是断裂之处的中性之声。在此，布朗肖勾勒出了他所谓的"第三类关系"，这种关系"绝不把我和我自己，和另一个自我联系起来"，而是"得到一种同我根本不可企及的东西的关系"。②

　　布朗肖的语言是结巴的、敏感的、呢喃的、断裂的，它们相互缠绕、自我撕裂，仿佛处于一股强力的旋涡之中，这股力量粉碎了理性，直指某个未知与不可能疆域的最深处。《死刑判决》中的娜塔莉与雕塑师之间经历了暧昧不明的关系后，主人公试图阻止她的计划，当她问："Est-ce que je n'aurais pas du le faire?（我是不是不该做?）"③他呢喃道："C'est que probablement il le fallait, murmurai-je.（或许必须如此。）"④他的回答将无人称句型"Il faut que…（必须）"与"probablement（或许）"并置，这种古怪的用法并不是他完全理智清晰的表达，而是一种呢喃，这是对限定语言空间的突破，在这个层面上，他口吃了。对于娜塔莉去找雕塑师的行为，他一开始怒火中烧，现在却犹豫不决，当娜塔莉将这个处境的判断交给他的时候，他的这句呢喃是对事情价值的质疑和悬置，其中留下了一个无法辨识的空间。在话语的撤退中不经意地暴露了一个真相，他对娜塔莉的完全占有欲在对人性的理解面前让步了，他承认她的行为举止是充满人性的，这不完全是她的错，与此同时，他无法不感觉到痛苦。就在这句话中，事情的局面获得了惊人的逆转，娜塔莉在他的语言里找到的认可反而让她拥有了一种生命的骄傲力量，足以让她

---

　　① Sass, Louis A. Madness and Modernism: Insanity in The Light of Modern Art, Literature and Thought[M]. Cambridge: Harvard University Press, 1992: 102.

　　② [法]莫里斯·布朗肖. 无尽的谈话[M]. 尉光吉，译. 南京：南京大学出版社，2016: 128.

　　③ Blanchot, Maurice. L'arret de Mort[M]. Paris: Gillimard, 1948: 123.

　　④ Blanchot, Maurice. L'arret de Mort[M]. Paris: Gillimard, 1948: 124.

"用妒忌的手撕碎这些表象"①。这句话的无人称表述避免直接对娜塔莉本人做出判断，无论他直接回答"是"或者"不是"，都会将他与娜塔莉之间的关系置于一种困难的境地。这种语言通过自己创造的思想而具有价值，使得故事在语言的外部得以完成，这个句子保留了与娜塔莉之间恰到好处的距离，不至于太远而失去维系抑或靠得太近而被嫉妒焚毁，它指向一种未被显现出的潜在，在骰子一掷却还未落地的那一刻，保持住了事物的真相和完整性。"对于伟大的小说家来说，重要的是事物保留它们谜样然而并不随意的性质：总而言之，是一种新逻辑，确确实实是一种逻辑，但不会引领我们走向理性，而是能够抓住生命和死亡之间的亲密关系。"②这也是布朗肖的语言实践，他不是通过创作主体去辨认情感力量所决定的出路，而是依靠语言自身的力量用一种非人称的视野去执行对情感价值的拷问，布朗肖用这种相互拒斥语言制造出一种独特的效果，这是"外部语言，是去除了疆界的语言"③，这种结巴的语言成为一种形式质料，它不能简化成任何象征或意象，而是语言的自在存在。这种奇特的风格将"他"与"她"的关系推向一个既联系又分离的限度，制造出了一种不确定的诱惑，里面充满强度的张力和令人无法把控的自由感，在关系的耗尽中去逾越传统的限制，从而更加接近一种极限的内在经验。

对于布朗肖来说，问句是一种敞开，也是一种结巴，有着脱离日常语法的迷惑性。问句的使用是为了避免与真相直接相遇，在其中能够形成一种迂回。他的问句不是为了与现实建立某种关联，探寻事实真相，而是一种意义的逃离和语言的自由敞开。布朗肖将问句产生的这种结巴在《等待，遗忘》这部作品中发挥到了极致，小说没有明确的叙事线索，

---

① ［法］莫里斯·布朗肖. 死刑判决［M］. 汪海，译. 南京：南京大学出版社，2014：98.

② ［法］吉尔·德勒兹. 批评与临床［M］. 刘云虹，曹丹红，译. 南京：南京大学出版社，2012：172.

③ ［法］吉尔·德勒兹. 批评与临床［M］. 刘云虹，曹丹红，译. 南京：南京大学出版社，2012：148.

整本书以小片段碎片化呈现，其间出现的整段问句并非来自人物的对话，而是以一种只问不答的方式让小说的叙事方向朝着未知打开。"您想与我分开吗？但您怎么开始呢？您要去哪里？在哪里您不是和我分开的呢？"①这段问句出现在"他"与"她"在桌边的对话之后，没有引号，也无法判断这个问题是谁问的，它迫使我们重新思考他们之间的关系，在叙事期待之外等待问题的答案。这种没有答案没有引号的问句在叙事中多次出现，这里的问句是一种运动和追寻，以敞开和自由运动为特征，问题等待回答，却不以回答为终结，也不被回答它的东西而穷尽，没有回答的问句将叙事打断，同时也向未知和不确定性敞开，使其与某种没有尽头的东西产生了关联。此外，小说中"他"与"她"的对话大部分以问答形式展开，然而他们之间每一次追问和回答都是一场逃离，形成一种意义上的迂回或敞开，"他"的问题等待着"她"的回答，而"她"的回答无法让问题平息，在他们的问与答之间形成了一种充满陌生关系的对抗，问句这种否定的语言形式将他们之间的关系投入一种潜在，以至于"他与她的关系，只不过是一场永久的谎言"②。他们同处一个狭长的房间，却并没有因此而亲密无间。在这种结巴中，主人公似乎进入了与另一种语言的交流，"Sommes-nous ensemble？Pas tout à fait，n'est-ce pas？Seulement，si nous pouvions être séparés.（我们在一起吗？并不是这样，不是吗？只是，我们能够彼此分开该多好。）"③这个问句消除了主客体界限，站在主体自身之外来反思他们之间的关系，他首先否认了他们在一起的事实，但这是一个反问句，而不是纯粹的否定，让事物状态无法实现直接返还，"n'est-ce pas？"用一种话语的滑动性保持了答案的开放性，接着又说要是他们能彼此分开该多好，显然，从小说中我们可

---

① ［法］莫里斯·布朗肖. 等待，遗忘［M］. 鹜龙，译. 南京：南京大学出版社，2015：20.

② ［法］莫里斯·布朗肖. 等待，遗忘［M］. 鹜龙，译. 南京：南京大学出版社，2015：9.

③ Blanchot, Maurice. L'Attente L'Oubli［M］. Paris：Gillimard，1963：41-42. 中文见：［法］莫里斯·布朗肖. 等待，遗忘［M］. 鹜龙，译. 南京：南京大学出版社，2015：29-30.

以知道他们同处一室，那么，这个问句并不是为了寻找他们是否在一起这个答案，其核心在于问题本身以及问题所指向的那个存在，问句用自身取代了在场的一切，"他"和"她"是否在一起这个问题在问句的迂回中彻底逃逸了，这个问句消解了"在一起"作为日常语言的可理解性，拉开了与现实之间的距离，让他们之间的关系不断移位并生成新的样态。她也会突然问他："事实上，你是谁呢？你不可能是你，但你是某个人。是谁呢？"①("Qui es-tu, en realite? Tu ne peux pas etre toi, mais tu es quelqu'un. Qui?"②) "如果您成为了他，那您又是谁？"③("Et qui se-ries-vous, si vous l'étiez?"④) "您是谁？" 这个问题也不是为了寻求某种身份，而是在问句中消解了"你"，使其变成一种无人称的多样性，成为一个囊括了一切可能性的内在平面，这里的"你"无法被简化为任何一个谁，只能在内在平面上不断生成建构。他们之间的问与答让存在遭受质疑，虽然同处一个房间，却让他们彼此无限分离，在语言的口吃中诞生了一种距离，以至于"他"和"她"都不是眼前的真实存在，而是一个不可被还原的差异性的匿名他者，在这段陌异关系中以分离的方式重新相遇。语言的口吃让回答前后矛盾，这生成了一种新的逻辑。在这个逻辑中，语言理性只是以碎片的形式存在，这种悖论是解释的不可能性，是为了逃离在理解性思想权威下的言说，"他"与"她"之间这种问答的对话维持的是一种思想的亲密性，是不允许自身被抵达或被思考的尺度。在这里，"您成为了他"将主体解辖域化，投入了一个分子化生成的空间，"他"没有具体所指，是一个无人称的"他"，一个异于主体的无限他者。德勒兹的他者概念源于莱布尼茨的单子哲学，每个单子的世界都表达出独一无二的差异性，在这个层面上，每个单子都是他者，

---

① [法]莫里斯·布朗肖. 等待，遗忘[M]. 鹜龙，译. 南京：南京大学出版社，2015：43.

② Blanchot, Maurice. L'Attente L'Oubli[M]. Paris：Gillimard, 1963：58.

③ [法]莫里斯·布朗肖. 等待，遗忘[M]. 鹜龙，译. 南京：南京大学出版社，2015：43.

④ Blanchot, Maurice. L'Attente L'Oubli[M]. Paris：Gillimard, 1963：57.

成为"他"意味着进入一个无法重复的单子世界，"那您又是谁?"这个开放性的问题在迂回远离中又悄悄向主体靠近，"您"是他者的集合，成为一个囊括了一切可能性的内在平面，德勒兹在《内在性：一个生命……》中写道："纯粹的内在性并不是别的什么，它是一种'大写'的生命。它并不内在于生命，这种内在性即生命自身。"①在这个大写的生命里，只有情感的强度、快慢，"您"无法被简化为任何一个谁，只能在内在平面上不断生成建构。

布朗肖作品中语言的口吃还表现为话语的枯竭和重复。话语的枯竭是将表意的信息限制在必要的最低限度之内，与此同时实现了一种向儿童原初语言回返，用简单的词汇来代替表达完整的含义。孩童的语言简单朴素，但却具有整体性和生命性，他们不具备完整的语言词汇，时常用"这"或者"那"来指代他们眼中的事物。这种指示代词的使用一般建立在交谈者共同熟悉的语境或同处的某一特定时空中，代指某个确定的人或物，而布朗肖在作品的对话中借助这种回返消解了指示代词的指示性，从而将对话者所处的共同语境悬置起来。"我会继续从这边走，绝不从另一边走。"②文中缺乏对这句话语境的建构，当他感觉到虚空、无所依靠，这句话突如其来，"这边"和"另一边"并无实际所指，他这样的表达是为了与无限作斗争，既渴望能够融入这种无限，又靠着这仅有的词汇来保持与自身的联系，不至于在这虚空中丧失方向感而感到慌乱。交谈语境的缺乏消解了指示代词的指示性。布朗肖以这种方式将语言的表意性降到最低，从而悬置了对话者所处的共同语境，让对话朝向无限敞开。对于他而言，"从这边"意味着无止境的一边，那里是不确定、无意义的集合，"这边"和"另一边"之间的选择是一个分离的时刻，他响应无限的召唤，走向没有伴着他的那一个。这是布朗肖的结巴和呢喃，他要借助这种语言走到文学空间的极限，在枯竭如死一般平静的背后，是疯狂的自我撕裂和意义的反复痉挛。《那没有伴着我的一个》整

---

① Deleuze, Gilles. L'Immanence：Une Vie［M］. Anne Boyman, trans. New York：Zone Books, 2001：27.

② ［法］莫里斯·布朗肖. 那没有伴着我的一个［M］. 胡蝶，译. 南京：南京大学出版社，2015：51.

部作品围绕着"我"和"他"之间的关系展开，一个空荡荡的房间，一张书桌，他们之间寥寥几句没有前因后果的对白，我们难以捕捉到明显的叙事线索和人物之间的确切关系。布朗肖将表意信息限制在必要的最低限度之内，用极为简单的词汇取消了具体所指，以此唤起一种关于文学创作的内在性体验，借助主人公与一个莫须有的"他"的谈话在可能性与不可能性之间开拓语言和存在的边界。小说开篇交代主人公试图与某个"他"攀谈，让"他"知道自己已经竭尽所能到达了尽头，主人公在一次次的书写体验中向"他"逼近，而"他"貌似在身边、在桌旁，却又始终处在一个安静和遥远的中心，我们无法从布朗肖的文本中看到这个"他"的模样，也找不到这个所谓的"尽头"在哪里。布朗肖用枯竭的语言表现出一种根植于孤独的疯狂和眩晕，"我"与一个不知道究竟是否存在的"他"在攀谈，造成了小说叙事谜一样的氛围。布朗肖让小说根植于这样一种语言，其中思想的激情在奋力燃烧，将一切都在这种枯竭中焚毁，纵深跃进未知与无限。在书中，"这一次""任何事""您说，快到天了吧？""这段时间""一天又过去了，是吧？"都在某种固定的意义中塌陷了，这些看似平淡无奇的日常语言对于主人公来说像是从话语中穿过，经历了一个又一个的世界，枯竭的话语背后是过多的事物，他感到震惊，这些词像利刃一样刺向他。主人公与"他"之间的每一次对话都是对日常语言的逃离，包含着对潜在事件的期待，此时的语言不是为了分享一种真实的意义和在场，而是在枯竭的话语中制造空无，让这种缺席来承担无尽的意指。话语与任何在场都没有关系，指向人与人之间交流的不可能性。这些语言的断片是不连续内心体验的表现，它并非一种狭小封闭的体系，也不是一个流畅和谐的结构系统，而是一种敞开，其中始终潜藏着另一种朝向外部的语言。可以说，布朗肖在小说中并不关注叙事的有效性和整体性，而是通过这种枯竭的语言来探寻他所谓的"第三类关系"，"这种关系不是虚构的，也不是假想的……只要人说话并相遇，它就总在运作了"①。主人公与"他"之间的每一次对话都存在

---

① [法]莫里斯·布朗肖. 无尽的谈话[M]. 尉光吉，译. 南京：南京大学出版社，2016：125.

逃离的可能性，包含着对即将发生事件的期待，"我"与"他"之间的交谈实际上是对彼此的拒绝和远离，他们之间的关系是多重的，总在移位，不是统一化的关系，"逃离成了理解的基础……距离越大，话语就越深刻、越真实，所有来自远方的东西都是如此"①。他们之间不是通过话语来分享一种真实在场，而是在话语取消现实所留下的空白中找到一种共有的内在体验，这些枯竭平静的话语背后，是他们对"这一次""那一天""这边"和"另一边"这些词的密谋和共契，与其将这些词看作枯竭的语言，不如说它们是密码和符号，在"我"与"他"的交流中制造一种差异，这些词语存在的意义在于这种不可交流性本身，在"我"与"他"这个否定共通体的裂缝里产生无穷的回响。

　　语言的枯竭导致句型结构的变异，在有限的词汇中开拓出新的语义，将书写与生命的关联转化为一种逼近语言界限的纯粹流变。"Si je vous oublie, est-ce que vous vous souviendrez de vous?" "De moi, dans votre oubli de moi." "Mais est-ce moi qui vous oublierai, est-ce vous qui vous souviendrez?" "Non pas vous, non pas moi: l'oubli m'oubliera en vous…"②("如果我忘记了您，您会想起您自己吗?""在您对我的遗忘中，想起我自己。""是我把您忘记，是您想起了您吗?""不是您，不是我：遗忘在您心中忘记了我……"③)这种结巴让对话陷入了一个自我循环的怪圈，不断远离的同时又在朝某个点秘密地靠近。这段对话中有效性的表意词语只有"je""vous""oublie""souviendrez"，这几个词在对话的不断缠绕和重复中完成了词语自身的差异化，每个词都脱离其日常意义，变得不可辨认，通过一种枯竭而完成了语言，让字里行间的虚空变成了一种充盈。在这段对话中，"我"和"您"已经失去了主体的固定特性，在语言的分裂中从故有的彤象中脱离出来，在遗忘中成为一个

---

　　① ［法］莫里斯·布朗肖.不可言明的共通体［M］.夏可君，尉光吉，译.重庆：重庆大学出版社，2016：27.

　　② Blanchot, Maurice. L'Attente L'Oubli［M］. Paris：Gillimard, 1963：75-76.

　　③ ［法］莫里斯·布朗肖.等待，遗忘［M］.驽龙，译.南京：南京大学出版社，2015：58-59.

虚空的点，不断地扩散蔓延，他们在彼此遗忘之间迷失自己，遇见自我之外的一种他异性，这是一种全新敞开的关系，逐渐走向一种无人称所带来的亲密性。这段话中"遗忘"一词在动词与名词之间切换，让意义变得越来越模糊，到底是谁把谁遗忘，谁又想起了谁，在这四个词的重复变换组合中，语言成为一个无法辨认的感觉团块，到了最后一句话"遗忘在您心中忘记了我"，整个句子完全错位，"遗忘 oubli"既是动词oubliera 也是名词 l'oubli，"遗忘"忘记了"我"，"遗忘"一词获得了全然的主动性，在这里遗忘并不是空无，而是守护记忆的力量，因为遗忘，"我"和"您"的完整性得以保存。"L'oubli, l'acquiescement à l'oubli dans le souvenir qui n'oublie rien."①（"遗忘，在毫无遗忘的回忆中接受遗忘。"②）这句话中出现了三处"oubli"，这个词在不断重复自身的同时获得了差异性的含义，完成了从日常意义到变异意义的一种螺旋上升，"n'oublie rien"中的 oublie 是我们通常所说的与记忆相对的遗忘，毫无遗忘的回忆是一种深度的记忆，就像空间里的一个黑洞，包含着人类起源最深刻的奥秘，这是无人的记忆。我们只有通过遗忘才能获得这种记忆的存在，每一个探索人类灵魂的艺术家，只有当他成为一个无人称的人、一个集体的人，才能在遗忘中真正窥见人类最本质的内在律动。句子中所说的 l'acquiescement à l'oubli，这里的遗忘是消解记忆和抹除主体自身的过程，为了主动迎向遗忘。布朗肖的这种重复和枯竭是为了唤起对原始词语的某种共鸣，一种回归的力量。"他"与"她"一起遗忘，一起等待，"Ensemble, attendant et sans attendre."③（"在一起，等待，无所期待。"④）从常规语法角度，et 连接的前后两部分一般是同时发生的动作，或是同时存在的属性，而在这句话中，et 连接了两个 attdendre，

① Blanchot, Maurice. L'Attente L'Oubli[M]. Paris：Gillimard, 1963：67.

② ［法］莫里斯·布朗肖. 等待，遗忘[M]. 鸷龙，译. 南京：南京大学出版社, 2015：51.

③ Blanchot, Maurice. L'Attente L'Oubli[M]. Paris：Gillimard, 1963：43.

④ ［法］莫里斯·布朗肖. 等待，遗忘[M]. 鸷龙，译. 南京：南京大学出版社, 2015：30.（译文稍有修改）

第一个用的是现在分词，表示正在进行的动作，第二个动词原形与否定词 sans 连用。这种语法结构的变异将两个不同质的时间和空间并置，从当下的等待到无所期待之间，时间被取消后留下的是等待的无限性，等待造成了一种既连接又分离、既混淆又拒斥的文学空间。当他说："会有人陪伴您的。"①回答是："Un autre et aucun autre."②（"另一个人，没有另一个人。"③）"aucun"在法语中不与否定词"ne"连用的时候表示"任何一个"，"ne"或者"sans"后连用"aucun"则表示"没有任何的，一点没有的"，这句话中前半句已经用了不定冠词"un"，按照布朗肖的语言思路，"et"此时与上文所举的例子一样，应该标志着一个分裂的点，让思想在肯定与否定自身的循环中走向永恒轮回，有没有另一个人陪伴成为一个没有意义和方向的问题。"et"意味着逻各斯的终结，通过否定自身让语言进入一种疯狂的重复，不断在否定中产生与"另一个人"相异的形象。"另一个人"是在先验内在性平面上生产出来的一次事件，是一种潜藏的存在，语言在有与无的分裂中产生与"另一个人"相异的形象，这个形象与他本身相互分离，是此刻与他们处于无限距离之中的未知者。此时，在有与无之间存在着一个思想的拟像，陪伴的另一个人是在先验内在性平面上生产出来的一次事件，是一种潜藏的存在，在有无之间摇摆，在离散中汇聚，在汇聚中又趋向离散，处在不停的变动中。对这些并列词项的"不规则运用"是语言内部的"结巴"，"et"的并列使用是对以系词"是"为代表的"存在"逻辑的挑战。"与其说 et 是一个连词，还不如说它更多的是所有可能的连词的不规则表达——它将这些连词置于连续流变之中。"④布朗肖用"et"连接起两个完全相反的意义，这个连词不规则使用产生了一条不可见的意义逃逸线和语言的解域

---

① ［法］莫里斯·布朗肖. 等待，遗忘［M］. 骜龙，译. 南京：南京大学出版社，2015：61.

② Blanchot, Maurice. L'Attente L'Oubli［M］. Paris：Gillimard，1963：78.

③ ［法］莫里斯·布朗肖. 等待，遗忘［M］. 骜龙，译. 南京：南京大学出版社，2015：61.

④ ［法］吉尔·德勒兹，费力克斯·加塔利. 资本主义与精神分裂：千高原［M］. 姜宇辉，译. 上海：上海书店出版社，2010：135-136.

点，让语言不断产生新的流变和意义生成。

　　这种句型结构的变异表现出话语明显的前后矛盾，这并不是因为逻辑缺乏而导致的前后不一致，相反，在布朗肖的语言中这种矛盾本身就是一种新的话语逻辑，这是一种分裂的语言。话语之间的距离排除了连续性，通过分离来寻找言语所承担的不可见之物。"Oui, il restait presque tout le temps avec moi."①（"是啊，他几乎时时都在我的身边。"②）"tout（时时）"代表着永恒的在场，而"presque（几乎）"却有偶尔的缺场，这形成了一种不对称性。这里的"他"实际上是一种不被限制的他异性，他的在场正是因为他从他的在场中缺失，偶尔的缺场让他从他的固有形象中逃离，是一个面孔后面的无限生成。这种分裂的语言让《等待，遗忘》中的"他"与"她"之间上演了一出俄耳浦斯与欧律狄刻的神话，从冥府返回人间的路上，欧律狄刻就跟在俄耳浦斯身后，他却不能回头，这种无法接近的在场蕴涵了话语间距的全部秘密。"几乎"这个词将"他时时都在身边"这个事实投入了不确定性中，言语以其自有的方式为我们开辟了一条道路，从确定的可见转向了幽深的晦暗之处，"您看到我了吗？""当然，我看到您，我只看到您——却还没看见。"③"他"看到"她"，却又还没看到，第一个看到是视觉对物体的直接把握，第二个看到则是观看的超验方式，这个看到是为了抵达一种显现，在事物既不遮蔽也不揭露的状态中获得一种启示。在看到与没看见之间隔着杜尚的 *Etant Donnes* 作品中的那扇门，在巨大的平静中形成满弓射箭时的张力，动与静、快与慢仅有一时之隔，这个距离不是分隔，而是一个持守的自由空间。在看到与没看见之间让"他"进入一种潜在状态，成为迂回的在场，"他""看到""她"，却因为"没看见"而与"她"相互分离，"她"对于"他"而言，成为一个完全陌异性的在场，如此"她"避开了一切同

　　①　Blanchot, Maurice. L'Attente L'Oubli[M]. Paris：Gillimard, 1963：41.
　　②　[法]莫里斯·布朗肖. 等待，遗忘[M]. 骜龙，译. 南京：南京大学出版社，2015：29.
　　③　[法]莫里斯·布朗肖. 等待，遗忘[M]. 骜龙，译. 南京：南京大学出版社，2015：56.

一化，成为在"他"身边却无法被"看见"的未知者，一个绝对他者。书中多处出现了这样断裂的话语，"Toujours, toujours, mais pas encore.（一直如此，一直如此，却仍没到来）"①，"Si tu peux dire nous, nous sommes oubliés.（如果你还能说出我们，那我们就是被遗忘了）"②，"Tu rends l'impossible inévitable.（你把不可能的变成了无法避免的）"③。这些话语进程以一种奇特的方式展开，从字面意义上来看，每一个句子被肯定的同时又被彻底否定，我们很难把握这些句子是要将我们推向何方，在肯定与否定的往返运动中感到一种令人眩晕的越界，并最终指向无法言明的晦暗深处。同样的语言也出现在《黑暗托马》中对安娜之死的描写，她的死亡充满生命的激情，"在那已经合封、已经死亡的她的内中深处，最深刻的激情形成了。"她是无法再现的存在，"非活物的苏醒"，"在死亡里，满溢着生命"。④ 安娜之死才真正彰显了安娜的存在，让垂死中的她变得格外动人。死亡作为否定性力量让安娜超越了她本身的真实性，在语言之外获得了永恒的存在。分裂话语之间的距离排除了连续性和理性逻辑，布朗肖通过分离来寻找言语所承担的不可见之物，这需要以一种悖谬的形式得以完成，他让语言自身遭受质疑，从而对其进行深刻的反思。这里面存在一个哲学使命，他要用这种纯文学的语言来探索同未知的关系，以及文学与死亡的亲密性，此刻，语言指向一种事物和概念的双重缺场，以至于无法被归类到人类理性可思考的范围之内。

布朗肖作品中人物之间的交谈有一种表面上的漫不经心，交流的那根线似隐似现，言语在逻辑的丢失中获得了一种解放。这是黎曼空间上的书写和对话，让话语之间由直接的逻辑关系变成一种折叠的、无序的连接，从而获得意义上新的阐明。布朗肖和德勒兹都对"黎曼空间（Rie-

---

① Blanchot, Maurice. L'Attente L'Oubli[M]. Paris：Gillimard, 1963：74.

② Blanchot, Maurice. L'Attente L'Oubli[M]. Paris：Gillimard, 1963：78.

③ Blanchot, Maurice. L'Attente L'Oubli[M]. Paris：Gillimard, 1963：83.

④ ［法］莫里斯·布朗肖. 黑暗托马[M]. 林长杰，译. 南京：南京大学出版社，2014：101-103.

mann space）”这个概念十分着迷，布朗肖从瓦莱里那里接过黎曼曲面上书写的灵感，他认为从欧几里得几何到黎曼几何书写的转变“使得言说（书写）不再只从统一的视角思考，并把言语的关系变成一个由不连续性所支配的在本质上不对称的场域……在那里，一个人不仅能够以一种间歇的方式表达自己，而且能够把一种言语赋予间歇本身……—一种不指涉统一的言语”①。德勒兹则对这个概念进行了游牧式的拓展并将其运用到艺术创作批评、现代电影研究和哲学概念发展，在文学语言的表现上，他用话语的结巴构建了一个语言上的黎曼空间，与布朗肖的思想一脉相承。在《那没有伴着我的一个》中，他十分突然地问道：“您为什么笑？”“因为我并不孤单。”“因为您不在这儿？”“您想知道我在哪儿吗？”②他突然问“您为什么笑？”，而实际上“我”并没有笑。这个问话似乎是从外部传来的，与“我”的状态根本分离，他的问话让“我”陷入了沉默和深思，连贯性中断让交谈结巴。沉默看似阻断了对话，实际上它参与了话语，减缓了话语流动的速度，让话语在这个断点的空间里逃逸，朝着一个无序散乱的黎曼空间里蔓延。交谈的结巴瓦解了交流的基础和理解的统一性，这里“您为什么笑？”指向的是一个外部平面，将本来并没有笑的“我”带离了在场，以一种出乎意料的方式接近“我”，“我”在沉默中找到了“不孤单”这个答案，与前面的问题貌似一种奇怪的脱节，当他以自己的方式解释说“因为您不在这儿？”，他们的交流在这个弯曲的黎曼平面上达到了微妙的平衡，对话循着裂缝，在并置共陈、彼此不相依附的残瓦断片之间，得到闪电式的阐明。这是一种分裂性的思维逻辑，里面存在一种间距，其中产生了语言的逃逸线，允许对话在一个新的平面上交换，这也是布朗肖所说的“话语的呼吸”③。他看到了我的

① [法]莫里斯·布朗肖. 无尽的谈话[M]. 尉光吉，译. 南京：南京大学出版社，2016：144.
② [法]莫里斯·布朗肖. 那没有伴着我的一个[M]. 胡蝶，译. 南京：南京大学出版社，2015：55.
③ [法]莫里斯·布朗肖. 无尽的谈话[M]. 尉光吉，译. 南京：南京大学出版社，2016：141.

不在场，尽管"我"表面上没有笑，"我"的笑意来自在这种不孤单中享受到的愉悦。"我"告诉他我此时正看着窗外的一个美丽的小花园，触摸到最深处的记忆，结结巴巴的交流拉长了时间的距离，"我"与他此刻无限分离，彼此接近的是对方的陌异性。这种距离阻碍了交流的直接性，同时穿透了表象，抵达现实中无法触及的真相。这里的对话指向超出对话主体的自主性运作而带有疯狂或精神分裂的意味。语言和现实之间始终存有的空白指向一种外部，这种毫无逻辑断裂的对话方式就像是两个互不相关的人之间的偶然互动，中性语言的距离阻碍了交流的直接性，试图在语言内部抵达现实中无法触及的未知，这种未知就是潜藏在一张平静的脸之下的笑容和站在他身边的却没有伴着他的那一个。布朗肖试图用中性语言冲破一个由"我-你"相互关系主导的二元社会，在中性里召唤绝对他者的出现，这个他者远远超出了我们对他的认识，他以缺席的方式占据了在场的中心。无论是《那没有伴着我的一个》中的主人公与他，还是《在适当时刻》中三人之间的暧昧关系，抑或《等待，遗忘》中的"他"与"她"，《黑暗托马》中的托马与安娜，布朗肖让中性的他出场来搅动这些现实中的关系，从而将这些人物投入一种不确定性中。人物现实中的关系被悬置起来，中性的语言表明了逃出自身、凝望他者的欲望与冲动，"我"对面的这个他或者她不再是曾经认识能够稳定把握其本质的那个人，而是在他们眼前不断与之分离，成为一个陌异于当下存在的他者，从而让他们之间产生全新的联系。

　　布朗肖让语言在文字内部自我繁衍，在文字的堆叠和变异中形成了一种全新风格的语言，在其文学创作以及阅读过程中具有某种本质性，它是生命和情感流动的介质，是情感强度的表现。此时的语言不是将意义聚拢在一起，而是制造分离，是肯定与否定之间的双重扭曲，他将语言从其传统用法和意义中解放出来，语言不与意义直接产生关联，甚至不与说话主体产生关联，而是作为一种纯文学语言在文字结构的分裂和不稳定性中寻求一种隐秘的思想，召唤绝对他者的到来。我们可以借用汪民安评论巴塔耶的一句话来概括，这种语言"是布朗肖式的反省，它最终以一种压抑了的急迫、一种不过于爆发的敏感、一种病态的痉挛方式导向虚空"①。这里的虚空并不是空白或一无所有，而是一种潜在和敞开，以迷一样的方式承担了小说中人物关系的诸多可能性。布朗肖用话语中的结巴、距离揭示出秩序化语言之下隐藏的密码，用这种特定的语言表现形式瓦解传统稳固的语言规则，将写作置于变化之中，让语言走向外部，化作一种中性的语言。布朗肖在《无尽的谈话》中指出中性的言说就是隔着一段距离言说，它既不揭示也不隐藏，介于肯定与否定之间，悬置同存在的关系，在这种间距中未知者才得以保存和思考。②语言的中性化包含了布朗肖对文学创作的一种至高的野心，他要让那最根本非世界的东西能够被言说并被完成，而未知者只能用不属于任何可能性范畴的中性语言来思考和言说，这种语言包含了某种野蛮原始的东西，能够撼动秩序化的表面，从而保持文学的一种彻底开放性，使其定位在所有的批评和阐释之外，表现为一种文学的本质的孤独。这或许就是布朗肖作品的当代性，他的语言与时代小心翼翼地保持着距离，不属于既定的社会框架，也无法被束缚，总是在作品内部勾画出独有的逃逸路径，在一个开放的空间内自我蔓延、生成。

第五节　声音及其意义

声音是语言活动的介质，在文学创作中，作家可以想象人物的语言活动，听见他们的说话声音。"文学家运用语言的声音表象进行思维的一个基本特点，即语言的声音表象和人物形象的活动是紧密地、不可分割地结合在一起的。"③而到了后结构主义这里，恰恰是要颠覆这种固有的关联，将声音从各种指涉和关联中抽离出来，恢复其本质存在。"语言少数用法中的关键是它将声音解辖域化，将声音与所指对象'分离'，

---

① 汪民安. 色情、耗费与普遍经济：乔治·巴塔耶文选[M]. 长春：吉林人民出版社，2003：3.

② [法]莫里斯·布朗肖. 无尽的谈话[M]. 尉光吉，译. 南京：南京大学出版社，2016：582，747.

③ 陈池瑜. 现代艺术学导论[M]. 北京：清华大学出版社，2005：247.

从而使意义中性化。词语失去了意义，变成了随意的声波振动。"①德勒兹在电影分析中将声音与影像置于同等重要的位置，在他看来，声音如同语言、影像一样都是可读取的符号。换句话说，声音并不只是声源主体的附属物或语言抽象意义的媒介，而是一种可以被感知的物质形态。"声音，作为某种完全不同于发音的东西，属于语言，恰恰因为它既先于语言，又以某种方式外在于语言。它就像语言的一个亲密的，但又外于语言本身的前奏。"②德勒兹和南希都把声音作为言语既分离又共振的一面，声音是发音器官与气流共同产生的自由而纯粹的能量，它是言语的前奏。米歇尔·希翁在《声音-视像》中将聆听分为"因果聆听""语义聆听"和"还原聆听"，因果聆听是为了辨别和追溯声源，语义聆听则将声音指向其中所含符码的抽象意义，而"当我们只辨认音高或是两个音符之间的间歇时，我们就是在做还原聆听"③。米歇尔·希翁的这种分类让我们辨识出了德勒兹论述声音和音乐的路径，明确指出了声音可以不附着于外在意义而存在的物质属性，声音的这种非表象性把自身从与意义的联系中解放出来，还原为纯粹的声音。但这并不意味着声音从此跌入混沌，陷入杂乱无章的局面，德勒兹将声音与情感直接关联起来，表现为一种情感强度的聚合，在情感之力的流动中引发出自在的事物，声音的连续流变并非是一个线性的过程，而是指向不断差异化的强度涨落。

对于布朗肖来说，"书写不再是一面镜子，它会把自身奇怪地建构为书写的绝对和声音的绝对"④。布朗肖在此赋予了声音某种特权，试图用绝对声音(un absolu de voix)承担起书写的本质。这里的声音不是自然界里听到的声响(le son)，也不是以语言学为基础的语音符号，而是一种

---

① Bogue, Ronald. Deleuze on Literature[M]. New York：Routledge，2003：104.

② Sparks, Simon, ed. Multiple Arts：The Muses Ⅱ[M]. Stanford：Stanford University Press，2006：38-49.

③ Chion, Michel. Audio-Vision [M]. New York：Columbia University Press，1990：30.

④ Maurice Blanchot. The Infinite Conversation[M]. Susan Hanson, trans. Minneapolis and London：University of Minnesota Press，2003：259.

从言语（parole）中彻底释放出来的现象学声音（la voix），"在世界的不在场中的这种继续说话并继续面对自我在场——被听见——的精神肉体"①。布朗肖要在这种"绝对声音"中抹去能指经验，设想一种中性文学空间的可能性。他用福柯的话提醒我们"在18世纪，随着浪漫主义的临近，语言偏离了文字，以便在声响中寻找自身"②。在布朗肖那里，聆听与写作一样都是一种激情，他把贝克特的《是如何》当作一本召唤声音的史诗，"一种对缪斯的乞灵，一种对声音的召唤，一种要把自己托付给那无处不在地说话的外部声音的欲望"③。这种声音里流淌着激情和生命，它不是某个人的声音，而是无人的、飘忽的言语，以其独有的抑扬顿挫和重音运动一直延伸到无限。贝克特没有标点、没有间歇、看似连续却只是碎片的文字后隐藏着一种气息、一个声音，"一个古老的声音，比一切的过往还要古老，它似乎亲密地谈论着每个听到它的人所固有的遥远形象"④。布朗肖笔下的声音就是这样一种解放了的材质，是永远处于开始的、此地的、当下的那个声音，召唤无限丰富的音色形态的释放。

　　布朗肖将声音解辖域化，通过取消主体与声音的关系来赋予声音一种自由，将其还原为声音材料本身，悬置主体为声音组织好的意义，表现为一种情感的强度和生成。这是一种"野蛮"的声音，"它强烈地渴望清空自然声音材料的一切先在意义，甚至保持它们的空无，迎接一种尚未到来的意义"⑤。《白日的疯狂》中主人公被玻璃碎片刺伤后丧失视

　　① Jacques Derrida. La Voix et Le Phenomene[M]. Pairs：Presses Universitaires de France，1967：15.

　　② Maurice Blanchot. The Infinite Conversation[M]. Susan Hanson，trans. Minneapolis and London：University of Minnesota Press，2003：258.

　　③ [法]莫里斯·布朗肖. 无尽的谈话[M]. 尉光吉，译. 南京：南京大学出版社，2016：640.

　　④ [法]莫里斯·布朗肖. 无尽的谈话[M]. 尉光吉，译. 南京：南京大学出版社，2016：641.

　　⑤ Maurice Blanchot. The Infinite Conversation[M]. Susan Hanson，trans. Minneapolis and London：University of Minnesota Press，2003：347.

觉，随后他听到鬣狗的嚎叫声，"这些声音把我暴露在野生动物带来的威胁面前(我想这些声音是我自己的)"①。视觉的丧失切断了主人公与外界表象之间的联系，从而让听觉回到一个纯粹的内在性与外界的交互关系上。这与布朗肖在贝克特那里发现的一样，"所有对眼睛来说只是一个符号的东西都消失了。这里不再要求看的力量：一个人必须弃绝可见与不可见的领域，弃绝再现的东西，哪怕它是以否定的方式再现的。听，只是听"②。他听到鬣狗的嚎叫声却无法判别这些声音究竟是鬣狗还是他自己发出的，此刻，声音脱离了主体，将他包围在一个错位的空间里。声音与主体处在一种断裂和相互生成的关系中，成为他与鬣狗之间相互生成的通道。"它激发了生成，在固有的谜团中唤起了生成。……是一种晦暗的体验。"③嚎叫声所带来的恐惧感既来自外界突如其来的伤害，又来自主人公此刻内心的狂乱。布朗肖在此弃绝了光的显现力量，他解构声音与意义以及声音与主体的固有关联，将声音从语言的各种指涉和关联中抽离出来，恢复其本质存在。正如德勒兹在《资本主义与精神分裂：千高原》中对狼人的分析，此时鬣狗代表着一种强度的阈限，这个声音是主人公对一个特定瞬间的把握，他无法将自己与鬣狗区分开，进入"一个微知觉的宇宙之中"④，鬣狗不是视觉再现，也不是某种替代物，而是主人公此刻的感觉强度。"在一种宇宙的振荡之中，那些难以被听闻者令其自身得以被听闻，而难以感知者则呈现为此：不再是鸣鸟，而是声音分子。"⑤嚎叫声来自主体外部，勾勒出一条

---

① Blanchot, Maurice. The Station Hill Blanchot Reader[M]. George Quasha, ed. Lydia Davis, Paul Auster & Robert Lamberton, trans. New York：Station Hill Press, 1999：194.

② [法]莫里斯·布朗肖. 无尽的谈话[M]. 尉光吉，译. 南京：南京大学出版社，2016：639.

③ Maurice Blanchot. The Infinite Conversation[M]. Susan Hanson, trans. Minneapolis and London：University of Minnesota Press, 2003：157.

④ [法]吉尔·德勒兹，费力克斯·加塔利. 资本主义与精神分裂：千高原[M]. 姜宇辉，译. 上海：上海书店出版社，2010：351.

⑤ [法]吉尔·德勒兹，费力克斯·加塔利. 资本主义与精神分裂：千高原[M]. 姜宇辉，译. 上海：上海书店出版社，2010：350.

逃逸线，将主人公带离自身，任凭自己陷入一种疯狂境地。"声音不仅从表达中释放，而且提前从意义中释放，但只是成功地让自己致力于谵妄的理想之疯狂。"①《最后之人》中教授的咳嗽声音就像一匹狼，时刻可以将他从人群中分辨出来，这是一种冷冷的呻吟，也是一种胜利的呼喊和嘶吼，"某种独特、严峻、略带野性的声音"②，仿佛所有的力量都穿透他的虚弱，让他的咳嗽声与狼的野性嘶喊变得难以区分。德勒兹认为生成只能是分子性的，一切都必须从斯宾诺莎的角度来理解事物微观化的强弱消长，每一个客体都是分子的聚合体和交互作用。这些分子在无限的速度和强度中凝聚成生命的磁场，逼近经验和感官的极限。主体的虚弱让声音获得一种自由，迫使主体进入动物分子的邻近性，表现出鬣狗或者狼的分子强度，顺着生命奔流的速度和强度，来感受另一种生物生命中所带有的野性和力量。无论生成鬣狗，还是狼，这都不是一种模仿，不是认同，而是一种结盟。布朗肖让读者在几乎平淡的叙事中感受到的是生命意志的流动，对于他来说，写作就是一种生成，声音是生成的路径，是为了释放被阻滞在虚弱身体中的冲动，在鬣狗和狼这样的野生动物中获得它们蓬勃的内在生命力，并以此开启一个差异和再生的文学空间。《黑暗托马》中那只几乎瞎了的猫的喵喵叫声迫使托马"从胸膛深处挤出那种嘶哑的叫声，猫儿让这种声音变得可以理解，这声音是为了宣告他们是神圣动物。他嘶声嚎叫。他从他所变身的幻象中提取出那向夜晚倾诉、无法理解的声音，并且开始说话"③。此时，托马的嚎叫与猫的叫声产生了共振和一种复调式的相互回应，它们不再单独属于托马或是猫，而是向着自身和异质性的他者敞开，相互生成。从某种意义上来说人不像动物，人发出的声音都依附于语言或意指，猫的叫声

①　Blanchot, Maurice. The Infinite Conversation[M]. Susan Hanson, trans. Minneapolis and London: University of Minnesota Press, 2003: 258.

②　[法]莫里斯·布朗肖. 最后之人[M]. 林长杰，译. 南京：南京大学出版社，2014: 6.

③　[法]莫里斯·布朗肖. 黑暗托马[M]. 林长杰，译. 南京：南京大学出版社，2014: 37.（译文稍有修改）

填补了这种缺失造成的空白，同时也是让他的嘶叫走向这种缺失的声音的一种方式。因此他的嘶叫在猫的声音中得到了理解，在诸神都消失后的虚空中，这种声音是对人妄图占据这一缺席的神圣性的宣告，猫的声音是来自域外的召唤，迫使他发出了那种无法理解的嘶喊，让他的声音震动激荡，逃离了主体，让它们在一个逃逸的路径上相遇。

布朗肖在文学创作中反复思考语言与声音之间的关系，他将声音从言语中释放出来，使其成为先于言语的可能性，"声音（voix），但不是言语（parole）。声音不简单地是主体内在性的器官，相反，它是一个向着外部敞开的空间的回响"①。在《黑暗托马》（*Thomas L'obscur*）中，布朗肖有这样一段精彩的描述："她不能说话，而她还是说着。她的舌头颤动的方式让她看起来像是不用字句而表达着字句的意涵。接着，她突然低声发出一连串她任由自己被拖带的语流，其中夹带着音调起伏，仿佛她只是想从音节的爆响和音声之中寻得消遣。这也让人感觉到说着某种称不上语言的童言童语的她，让那一个个无关紧要的字词都带上无法理解的面貌。"②安娜的声音此时不是声源主体的附属物或传递信息的字词的媒介，而是一种可以被感知的物质形态，一种情感的运动。她声音中的音调起伏、爆破音节以及音色就是声音材料本身，是音节的爆响和音声组成的语流，它们联结成一个有强度的、流动的声音聚块。声音作为言语既分离又共振的一面，是发音器官与气流共同产生的自由而纯粹的能量，它是言语的前奏。"声音始于声响。声响是一种颤动的状态，是在身体的一致性和对其凝聚的否定之间摆荡的行为。它好比一个无法完成自身的，保持纯粹颤动的辩证运动。"③这种声响的颤动成为一种纯粹的情感力量的表达，汇聚成一道连续变异的语流，将托马和安娜一同

---

① Blanchot, Maurice. The Infinite Conversation [M]. Susan Hanson, trans. Minneapolis and London: University of Minnesota Press, 2003: 258.

② [法]莫里斯·布朗肖. 黑暗托马[M]. 林长杰，译. 南京：南京大学出版社，2014：70.

③ Nancy, Jean-Luc. The Birth to Presence [M]. Brian Holmes, trans. Werner Hamacher & David E. Wellbery, ed. Stanford: Stanford University Press, 1993: 241-242.

带走，进入语言的陌生性，让原本熟悉的字词都变得无法理解，仿佛语音和字词之间的联结变得随机且不可预测，让声音展开一场逃逸和离散的游戏。当声音离开主体时，词语的意义就消失了，变成了不确定的声音的振动，这种颤动是情感强度的在场，代表着它独一无二的存在。这个声音悖论性地来自对主体疏离和对主体在场的宣告，回应的是来自外部的虚空。

此刻，安娜说话的声音进入一场脱离领土的运动当中，不再与日常意义相关，她发出的声音如同梦呓一般将思想带离主体，说话的声音不仅没有让安娜与托马实现一种共同理解和交流，反而让他们进入绝对分离的状态。他们不是在与对方交流，而是与声音中所隐藏的未知进行交流，这种超乎知觉的感知物激发了差异性的力量，将声音推至自身的极限，来发现它的外在。"语音符号具有一种线性的时间，正是此种超-线性构成了它们所特有的解域。"①安娜发出的声音超出了线性时间可理解的意义范畴，让原有的字词都失去了本来的面貌，呈现出一种声音分子式的质地。她的语音符号中隐藏着生命的涌动，只不过这种生命的流动不是循着声音的固有脉络，而是一种脱离语言系统的解域，是在布朗肖的意义上指向着异质性的"外部"。通过这种声音材料所感知到的是一种非声音的力量，一种蕴藏于内部的生命强度和断裂、变异的生成契机。布朗肖的目标是让语言同再现和意义决裂，让声音成为存在本身，将声音从语言中释放出来。无论是安娜的语流、让娜的叫声还是鬣狗的嚎叫，布朗肖都倾向于将这些声音从声源中剥离出来，成为一种特异的声音存在。"(声音)它把自身定位于无处，既不在自然当中，也不在文化里头，而是在一个翻倍的空间，在一个回音和共振的空间里，显现了自身，并且，在那里无言地言说的不是某人，而就是这个未知的空间：其不和的和谐，它的振动。"②布朗肖让倾听变得可疑，声音既不依附于主体，也不是语言的附属，而是表现为一种纯粹的生成和强度。绝对声

① [法]吉尔·德勒兹，费力克斯·加塔利. 资本主义与精神分裂：千高原[M]. 姜宇辉，译. 上海：上海书店出版社，2010：84.

② Blanchot, Maurice. The Infinite Conversation[M]. Susan Hanson, trans. Minneapolis and London：University of Minnesota Press, 2003：258.

音勾勒的是一个可以内转、回撤和共振的文学空间，声音始终处在意义的边缘，它的意义在空间的回返中构成。布朗肖让读者在声音中感受到的是生命意志的流动，对他来说，写作就是一种生成，绝对声音是生成的路径，是为了释放被阻滞在虚弱身体中的冲动，因此"生命才被听到"①，并以此开启一个差异和再生的文学空间。

安娜这种没有意义的语流是语言的枯竭，里面有一种空白，似乎一切都被说出了，又什么都没有说出。在分析贝克特的语言时，德勒兹将枯竭的语言分为三类，语言 I 是词语的列举，纯粹用词语组成的语言，它用词语之间的组合关系代替了句法关联，这是语言形式的枯竭；语言 II 是声音的组合，"它不再是由语素组合构成的，而是由混合的语流构成的。声音的声波和音流引导和配置了语言的细胞"②。在德勒兹看来，语言 II 与语言 I 一样，始终指向他者，"总是他者在说，通过说而实现对物的占有"③。而语言 III 与其所指涉的对象无关，也不是为了发出声音，这是一种中性的语言，是"内在性的极限，它在不停地运动——它是你们不可能想到，不可能将之变成疲劳的裂隙、黑洞或裂口"④。这是在词语和声音消散之后留下的空白和裂隙，是穷尽了一切可能性后的一种原初的、真正内在性的语言。安娜的声音不是德勒兹所说的语言 II 中的声音，这个声音并不指向他者，它不是说出来的，而是经由无器官的身体在舌头的颤动中直接生产出来的，甚至与发出声音的安娜都没有任何关系，这是声音的内在性本身，是语言 III 这种中性的声音。同样，克劳迪娅唱歌的声音是"漠然与中性的……它恰恰令我们感受到极少的

① Blanchot, Maurice. The Infinite Conversation[M]. Susan Hanson, trans. Minneapolis and London: University of Minnesota Press, 2003: 329.

② Deleuze, Gilles. The Exhausted[J]. Anthony Uhlmann, trans. SubStance, 1995, 24(3): 7.

③ Deleuze, Gilles. The Exhausted[J]. Anthony Uhlmann, trans. SubStance, 1995, 24(3): 7.

④ Deleuze, Gilles. The Exhausted[J]. Anthony Uhlmann, trans. SubStance, 1995, 24(3): 8.

东西"①。正是这极少的东西，让我们感受到重复中的变化和差异，克劳迪娅的歌声是赤裸的声音，一切附着在声音之上的意义和感情都被悬置起来，没有幸福，没有痛苦，直接贴近其非个人的内在性，具有高度的抽象特征。这种声音表面上听起来漠然和中性，本质上却以最敏锐微妙的方式重现了声音的本质，克劳迪娅与其说是在歌唱，不如说是在创造一种隐秘的中性的语言，在这种平淡的声音中勾勒出一条情感的流变之线，使声音趋向一种极限。《至高者》中的女护士让娜的叫喊声苍白而单调，声音中没有恐惧和狂热，"只是一个冷酷的冲动"②，她发出了一声可怕的尖叫，"叫声还在自顾自地继续，而她却像是消失了。声音四处飘荡，脱离了肉体，安静平和，有些害怕被关在这间房里"③。我们通过这种声音材料所感知到的是一种充满强度的力量，叫声脱离了肉体四处飘荡，有着不附着于主体和外在意义而存在的物质属性，既不在主体意识中，也不是完全的非主体自然现象。巴塔耶在《嘴》（1930）一文中表达出对死亡、生存和语言的关注，他试图以尼采式的生理主义将语音还原为纯动物性，写道："通过尖叫的形式，似乎爆炸性的冲动是直接通过嘴而从身体中迸发而出的。"④语言在让娜的尖叫声中缺场，声音对语言的空洞化处理就是福柯所说的"死亡的临近——其统御一切的态势及其在人们的记忆中的显要位置——在现时和生存中挖出了一个虚空，这虚空正是我们言谈的对象和来源"⑤。声音从主体中分离出来，是欲望内在性平面的产物，这种中性的声音是脱离了语言和意义的纯粹

---

①　[法]莫里斯·布朗肖. 在适当时刻[M]. 吴博，译. 南京：南京大学出版社，2015：44-45.

②　[法]莫里斯·布朗肖. 至高者[M]. 李志明，译. 南京：南京大学出版社，2016：245.

③　[法]莫里斯·布朗肖. 至高者[M]. 李志明，译. 南京：南京大学出版社，2016：282.

④　Bataille, Georges. Œuvres Complètes（Tome 2, 5）[M]. Gallimard, 1955：137.

⑤　米歇尔·福柯. 汪民安，编. 福柯文选 I[M]. 北京：北京大学出版社，2015：36.

情感强度，正是在语言的沉默中，我们才能从这声音的声调强度中倾听和体会被隐藏的生命。

布朗肖以声音的枯竭形态来召唤其丰富性，这里的枯竭不是身体或智力上的耗尽，而是在这种枯竭中穷尽当前所有的可能性，从而抵达声音的核心。这是现象学意义上的声音，它处在一个不确定的关系网络中，意味着一种在场的多样性和蕴藏于内部的生成契机。但这并不意味着声音从此跌入混沌，陷入杂乱无章的局面，声音与情感直接关联起来，表现为一种情感强度的聚合，在情感之力的流动中生成出自在的事物，指向差异化的强度涨落。对于德勒兹而言，返回声音的原初性就意味着赋予这种贫瘠一种重新生成的潜能，从而能够在这个有限的声音内在性平面上无限地展开。"歌词的欢乐与空洞，然而这恢弘的声音，宛如皇家墓穴，将我强制地带入一种博物馆式的存在。"①这种贫瘠的声音就像博尔赫斯《巴别图书馆》里书籍上有限的 25 个符号和无限延伸拓展的六角形空间，有限的元素可以创造无穷的可能性，而本质就在于这种枯竭的有限之中。

对于布朗肖来说，声音也是一种感知，传达着世界的真实质感，让声音回到原初，就是去辨识其中涌动的生命之流。这里的生命不仅仅是人类的生命，而是自然万物的生命，这种声音是自然万物的语言。"走廊里的一切就像在隧道里，一切似乎都同等地鸣响，同等地寂静，脚步声，人声，门后的低喃，叹息，美妙的、悲惨的眠梦，剧咳，呼吸不顺者的嘶嘘，以及那或许已不再呼吸之人的静寂。我喜欢这条走廊。我从中走过，感受着它那平静、深沉、淡漠的生命。"②走廊的生命在这驳杂的声音中凝聚，这是一个由聆听为主导的开放性平滑空间，这种非组织性、混沌的声浪是一种纯粹的能量，让这条走廊呈现出融合、交互蔓延的面貌，从而与其他的走廊区分开来。每一个声音都是生命的呢喃低

---

① ［法］莫里斯·布朗肖. 在适当时刻［M］. 吴博，译. 南京：南京大学出版社，2015：45.

② ［法］莫里斯·布朗肖. 最后之人［M］. 林长杰，译. 南京：南京大学出版社，2014：83.

语，这个狭小有限的空间内交织的声音碎片让这条走廊从日常认知中分离出来，呈现出不可还原和简化的丰富性。这些声音彼此穿透回响，向我们敞开了一个流动生成着的开放性空间，里面涌动着隐秘的情感和生命。这些声音并没有让走廊变得嘈杂，而是让他感受到一种平静和淡漠，这是一条医院的走廊，里面传出的是病人的声音和来自死亡的寂静，它们从生命和死亡的深处汇聚，无论是剧咳声、喘息声还是不再呼吸之人的寂静，都呈现出一种深邃的永恒的在场。

声音也是潜藏在音符后的一次事件，在时间性的根本维度上凸显出、创造出声音的微观形态，是一种事件性的介质。克劳迪娅认为唱歌是一种闪烁，闪烁是歌声背后难以辨识的情感之流，每一次闪烁都是新事件的生成，在歌唱中逃避日常无差异的判断，来抵达隐秘的当下。《亚米拿达》中托马听到年轻歌手的歌唱，歌手的声音成为一个特异事件，"它的歌词可能来自一种陌生的语言，托马一开始听不明白，还以为自己听到的是一段省略了歌词的旋律。这是一首欢乐、甜美的歌曲，音符一个紧接着一个往外蹦，它们没有全部消散，有些音还在继续，不与新的音符融合在一起，即便音调变化也不受影响。……它没有造成任何不和谐，开始时的优美轻快最终变成了心碎的沉郁，整个旋律都变了。仿佛有一座座音柱围绕着他，令他置身于一个悲伤的廊柱中央，他若是撼动它，自己也难逃一死，他和人群永远地隔开了"①。年轻歌手的声音可被辨识的时候，托马体会到的是愉悦，是对音乐传递的统一意义的认可和接纳，而当音乐的歌词完全陌生化成为纯粹的音乐和纯粹的人声（vocale）的混合物，一种混乱到达顶峰，他感受到心碎、悲伤和死亡。歌曲语言的陌生性将声音所表达的意义分离开来，其中的语言信息逐渐消失，此刻的声音脱离意义成为了他异性本身，它先于认知理解行为存在，撼动了音乐以艺术方式构成的表面，托马被淹没在一连串的音符中，漂浮在空气中的音符在托马身体中与其他力量相遇时，产生了根

---

① ［法］莫里斯·布朗肖. 亚米拿达［M］. 郁梦非，译. 南京：南京大学出版社，2016：156.

本性的变化。此时音乐打开了一个平滑空间，穿过他的身体，它使身体脱离了它在场的物质性，从一开始的欢乐声音到最后心碎的沉醉，戏剧性地朝着相反的方向逆行。声音逃离了原先可辨识的轨道是从一种共同尺度中的回撤，声音的无所表达指向声音的真实起源。这些音符没有消散，它们变成了音柱将托马围在中央，这种声音的黏合、缠绕成为穿透他身体的力量，让他在悲伤中与死亡对峙。布朗肖将声音的绝对不可见性呈现为视觉上的音柱，以一种音柱的物体形态明确出现，让声音的本质得以显现，成为一种纯粹的能量构成，凸显出不可见的主体内在性与声音产生的秘密联结。作为事件的声音所揭示的，并非仅仅是差异、断裂和对抗，而更是一种激发、穿透和连接。托马被声音所捕获，成为情感复合物，"正是演员的声音产生了围绕着语言概念的新的感知和情感"①，这种悲伤需要通过无数个音符在身体上产生的瞬间细微的知觉叠加起来才能实现。此刻声音转化为根本性的创造平台和"内在性平面"，淋漓尽致展现出其"生成"的真实运动，成为一个强大的在场。这种声音悖论性地体现出对主体疏离以及对主体在场的宣告，回应来自外部的虚空。托马听到的歌声本质上是疏远，声音毁灭了意义和实存性，音柱将他与人群隔开，对于周围的人群来说这是托马的缺场，而在托马自身却是一种过度的在场感，一种情感上潜藏的歇斯底里。这种力量让他与自身分离开来，在声音中找到一种非个人的、中性的死亡体验。在死亡中"有这样一种离弃，有这样一种'落到存在之外'（chute hors d'être)，它根本不是以如此的虚无来度量自身，而是在一个无限之时间的折磨中追求并肯定自身"②。声音在此成功解构了语音中心主义的逻各斯，与听觉完成了吊诡的合谋：我听，故我不在，一种通向无意志的意志。声音使作为主体的"我"的差异性被湮没，留下的只是普遍性所带来的空白，而音乐是他逃离无差异的路径，是对于声音的解域，将他

---

① Deleuze, Gilles. Two Regimes of Madness: 1975-1995[M]. David Lapoujade, ed. Ames Hodges & Mike Taormina, trans. New York: Semiotext(e), 2006: 326.

② Blanchot, Maurice. The Infinite Conversation[M]. Susan Hanson, trans. Minneapolis and London: University of Minnesota Press, 2003: 174.

与其他人隔离开来，这也是横亘在他与死亡之间的距离。德勒兹将死亡视为生命的根本事件，一切个体都将被无人称性瓦解，从而走向绝对的域外。

布朗肖在作品中将沉默从言说中分离出来，使其成为一个巨大的在场，作为一个独立的声音存在被书写，这种沉默来自无尽的等待、无法填满的虚空、漫长的时间流逝和绝对的孤独。布朗肖以格言形式完成《等待，遗忘》(*L'Attente L'Oubli*)这部小说，他让段落之间的距离产生的虚空作为沉默来说话，小说中"他"与"她"之间空洞地等待，他们虽然说着，但其实并不是真正意义上的对话，遗忘中时间仿佛停滞，聆听对方只是为了孕育沉默。《那没有伴着我的一个》中"我"和"他"的每次问答之间总是会出现"漫长的沉默，格外地漫长"①，"我"与"他"之间的问答总是被沉默包围，沉默看似阻断了他们之间的对话，实际上它参与了话语，减缓了话语的流动速度，让话语朝着沉默之声聚拢。我们也可以在书中听到时间流逝中的沉默，"或许过了一段时间，这段时间也是真空的、无根源的。……我沉默，我静止，我感觉我们之间似乎产生了某种平衡，或许我的沉默、静止和这种感觉让我恢复了一部分力量"②。布朗肖将言语中的沉默看作一个动态的过程，充满意义的回返、逃逸和震荡，"声音也总脱离规则，外在于规则，正如它超出了掌控，总有待重新征服，有待再次沉默"③。他让言语在逻辑的丢失处陷入沉默，这是还未说出就已经消失的言语，是以沉默之声说话的言语。这是一种失去中心的言语，"它不说但它声音犹在……因为它的身上，沉默永远在发声"④。《死刑判决》中"我"把自己锁在房间，布朗肖特别强调了整栋

---

①　Blanchot, Maurice. Celui Qui Ne M'accompagnait Pas[M]. Paris：Gillimard, 1953：28.

②　Blanchot, Maurice. Celui Qui Ne M'accompagnait Pas[M]. Paris：Gillimard, 1953：35.

③　Blanchot, Maurice. The Infinite Cnversation[M]. Susan Hanson, trans. Minneapolis and London：University of Minnesota Press, 2003：259.

④　[法]莫里斯·布朗肖. 未来之书[M]. 赵苓岑, 译. 南京：南京大学出版社, 2015：286.

房子都没有旁人，让孤独与沉默在这个巨大的空间交替回响，"有一个更大的孤独盘旋于它之上，而在这更大的孤独之上，还有更大的孤独。每个孤独都相继接话，想要压制那话语，让它沉默，结果反而都在无限重复它，并使无限变成它的回声"①。在布朗肖的小说中，沉默已经无法保持沉默，它因为人物的在场和说话而凸显，释放一种超越声响的意义，它将自身献给守在这个文学空间内部时刻准备聆听的人。这个在场的沉默总是能够让自己被人倾听，它在说话。

这种中性的沉默之声还可以表现为声音的赤裸形态，一种漠然的声音，它安静、干净、简单，这种声音让人惊讶之处是因为它所拥有的更少。布朗肖的《在适当时刻》里描述了克劳迪娅的赤裸漠然的歌声，一切附着在声音之上的意义和感情都被悬置起来，直接贴近其非个人的内在性，具有高度的抽象特征。声音中的冷漠并不意味着匮乏，而是一种绝对状态下的运动和停息，能够容纳所有变化和消逝。让娜的叫声、克劳迪娅贫瘠的声音中总有一种出乎意料的东西，处于一个无限扩展的流动体中。在这个冷漠的声音中，唯一存在的是特异体和情感在其中自由分布和连接，声音在他者身上召唤出灵魂本身，是语言的先行，是旷野中的语言的内在性。在这里，布朗肖营造了一个实验性的聆听空间，克劳迪娅漠然中性的声音反而能够出现不同层次，并让这个声音处于不断变化中，透露出的事情让人觉得惊讶，能够感受到一种博物馆式的存在。音流与听者在每一瞬间建立的关系也不同，里面存在一种无法复制的情感。布朗肖在《等待，遗忘》中写道一种干净冷漠的声音让人感到惊讶，这种声音让人惊讶是因为在这个简单的平面上发生了许多有趣的事情，碰到这种简单的声音，有些东西就发生了变化。这种简单冷漠的声音是一种未成型的要素，只存在快慢强弱，是未被主体化的力量，它形成了一个容贯性的平面，这个平面让很多事情自然显现。这个声音从不离开这个平面，也不走向任何地方，这里没有意义的发展，而只有一个变化的过程，从一个瞬间到另一个瞬间的运动，所有细微的变化都融

---

①　Blanchot, Maurice. L'arret de Mort[M]. Paris：Gillimard, 1948：57.

入这个平面里。这是一种游牧式的流动，纯粹的可能性，在这种简单性中"那些难以被听闻者令其自身得以被听闻，而难以感知者则呈现为此：不再是鸣鸟，而是声音分子"①。这种冷漠的声音向着某种高于人类、主体和个人的事物敞开，它自为地存在，与听者的主观性没有任何关系，在时间的忽远忽近中将与这个声音有关的一切都放在不断的变化和生成中去，这种变化和生成以一种非常缓慢的速度在流动、转移、变化，因此填满了时间的所有空白，抵达一种纯粹的静止和沉默。沉默是布朗肖在小说创作中竭力守护又不得不言说的对象，对他来说，言说是为了聆听沉默，而沉默之声本也是无止尽的言说。"现代意义上的书写是一种声音的回响，即使其常常处于静默之中，就如我们在布朗肖和阿冈本那里已经看到和听到的那样。"②

　　布朗肖的沉默是没有中心的弥散和虚空，沉默作为绝对声音支撑起了书写的本质：文学通过让自身沉默来言说，在沉默中持守同中性的关系，沉默维系了中性谜一样的存在，它是未知者和陌异者。在布朗肖那里，沉默之声作为一种生成的潜能让书写敞开面向无限，是一种匮乏形式的完满。书写建构为声音的绝对就要求绝对的声音以绝对的外在性来承担起书写的本质。这个声音既不揭示也不隐藏，要我们在聆听中悬置同存在的关系；这个声音不在任何地方说话，它意味着作为陌异性的他者的闯入，是根本的外在性；这个声音不是某个我们必须聆听的中心，相反它通过自身的反复震荡让中心和意义消散，让意义超出意指或自身而回响；它在沉默中让语言聚集，用中性的方式展开无尽的言说。布朗肖笔下的声音不是某个人的声音，而是无人的、中性的声音，它是永远处于开始的、来自别处的那个声音，其中流淌着激情和生命。声音打开了时间和记忆的通道，它转离自身并转入了时间的缺席，在现时中凝聚为一种无差别的永恒。

---

　　① ［法］吉尔·德勒兹，费力克斯·加塔利. 资本主义与精神分裂：千高原［M］. 姜宇辉，译. 上海：上海书店出版社，2010：350.
　　② 耿幼壮. 倾听：后形而上学时代的感知范式［M］. 北京：北京大学出版社，2013：137.

第三章　身体的消解：情感的通道

　　尽管布朗肖在文学创作理论中很少直接论及身体，在他的文学作品中，身体却处在极为显眼的位置，并时常带有一种病态的、过度的、狂热的样子。在德勒兹看来，这种带有情感强度的身体才是身体最为本质的存在方式。在《伦理学》中，斯宾诺莎"把情感理解为身体的感触，这些感触使身体活动的力量增进或减退、顺畅或阻碍，而这些情感或感触的观念同时亦随之增进或减退、顺畅或阻碍"①。斯宾诺莎的身体时刻与情感相伴，将人从一个理性的封闭的主体打开，把人的生命视作一段情感不断绵延、流变的过程。情感是一种力量，与身体不断形成互动，力量作用于身体才能使其变得可见。德勒兹从斯宾诺莎动力学的角度将身体理解为与外界的相互作用，而情感就是生成于这种连接与感触之中，情感是一个身体与另一个身体产生关系与连接的能力，它是一个连接点，这意味着身体让主体内在性向外域的延伸，同时也是向主体内部探寻，由此，身体将外在的他者和主体自身联结起来。身体的特征在于它是感知的身体，并且是在感知行为中主观运动着的身体，身体不再是被灵魂体认的对象，而成为认知主体主动对精神产生建构。这种身体记录下的是异质性的连接，因此，真正的思考次序是以肉体的感觉层次为出发点，将"感觉"视为作用于身体不同层次的外在之力。它们不是线性发生，而是共时性的，从而打破身体有机组织的界限，让身体处在各个器官之间的一种不断生成变化的联系和结构之中。布朗肖早期的《亚米拿达》中重复着的界限难分的身体，《黑暗托马》中流动生成着的身

――――――――――
　　① ［荷］斯宾诺莎. 伦理学［M］. 贺麟，译. 北京：商务印书馆，1958：90-91.

体，《死刑判决》中垂死的身体，《在适当时刻》中惊厥颤动的身体，布朗肖试图直接面对的是情欲的本能的身体，是巴塔耶式"无头"的身体。这种身体让激情无尽释放，是脱离了主体的感知着、运动着的身体，能够表现出身体被某种力击中的一瞬间产生的最为纯粹和直接的反应，使某种不可见的力量变得可见，此时，身体就是一出充满情感强度的事件，承载着所有的境遇和存在。"布朗肖认为事件有两个方面相互共存、不可分割。一方面，它进入身体，并通过身体得以实现；另一方面，它有一种超出现实化的不可耗尽的潜在性。"①布朗肖从身体描写中提炼出一种脱离主体的无人称中性化的感觉，打破常规经验的界限，走向自身之外，向无限他者敞开。正如南希所说："身体承认自己是外部……我是我自己的外部……通过我的皮肤，我触摸自己。我从外部触摸自己，而非从内部。"②这是为了让身体回归本位，让生命之流自由穿过身体，从身体的纬度来审视某种超越经验极限的生命力量。对于布朗肖来说，文学创作就是要自我回撤，在思想中发掘异己，而这个过程就是要消解主体性经验的身体，使其成为流动的、非中心化的、具有连续强度的身体，这个身体自我敞开、颤动，被各种力量所塑造，同时也释放出力量之流。

第一节　无器官的身体

布朗肖在小说中提取的身体感觉实际上就是德勒兹所说的"无器官的身体"的存在状态。他对身体的语言描述不是要再现身体的特定状态，而是要去捕捉某种力量，看到肉体在某一瞬间的震颤，将不可见的力量通过身体变得可见。德勒兹借用了法国先锋戏剧大师阿尔托的"无器官的身体"这个概念，其最早见于《意义的逻辑》，随后成为与加塔利

---

①　Deleuze, Gilles. Two Regimes of Madness: 1975-1995[M]. David Lapoujade, ed. Ames Hodges & Mike Taormina, trans. New York: Semiotext(e), 2006: 214.

②　Nancy, Jean-Luc. Corpus[M]. Paris: Métailié, 2006: 128.

合著的《资本主义与精神分裂》两卷本中的关键词，"无器官的身体使得
强度得以通过，它产生出强度并将它们分布于一个本身就是强度性的、
非广延性的空间之中。……它是强度性的、未成形的、非层化的物质，
是强度的母体"①。"无器官的身体"就是生命本身，其中蕴涵着力量和
强度，它向外界敞开，是生成的场所。"无器官的身体"并不是没有器
官的身体，也不是要倒退回器官没有分化之前的生物学混沌，而是旨在
打破身体器官组织之间的固有结构关系，让身体超越器官的有机组织及
其特定功能，使强力能够自由流通，在一种越界和多重性的状态下来体
验生命的力量。这正是布朗肖在写作中不断探索的核心问题，他在写作
中试图直接面对实在的身体和本能的身体，身体在不自觉中揭示了人与
他者之间的关系，身体不是主体对情感的感知的中介，而是直接被强烈
的情感击中，表现出一种强力穿过时痉挛扭曲的样子。它不是肤浅的，
而是情欲的、直接的，在这种无器官身体的极限中，布朗肖向我们展示
了令人难以置信的激情、痛苦、恐惧、死亡和爱。

　　布朗肖《黑暗托马》的整个叙述似乎都是关于空无之思，一种弥漫
着不安氛围的虚无。这种虚无恰恰是通过身体的异常在场体现出来，此
时的身体不是完整和谐的身体，而是无器官的分裂生成状态。这种身体
只有在一切存在缺席的时候才能显现，里面蕴藏着死亡的力量和暗流涌
动的激情，是返回本源和纯粹的通道。身体不仅是《黑暗托马》这部小
说的起点，也是布朗肖文学之思的起点，身体的消解让自我与周围一切
自由往来，在空无中走向存在的澄明。小说开头托马因为被一道强浪触
及走下海水，他的肢体逐渐与海水融为一体，带给他一种与翻滚的海水
相同的怪异体感，随后他的躯体就像失控偏航的船在水中翻动，他继续
向前游，变成了"没有鳍的怪物。巨型显微镜下，他化身为一团蚩强、
长满鞭毛的颤动体"②。海浪的强度穿过他的躯体，这是一种不可见的

----

① ［法］吉尔·德勒兹，费力克斯·加塔利. 资本主义与精神分裂：千高
原［M］. 姜宇辉，译. 上海：上海书店出版社，2010：212.
② ［法］莫里斯·布朗肖. 黑暗托马［M］. 林长杰，译. 南京：南京大学出版
社，2014：5.

力，将他的意识与躯体分离开来，他身体此刻的状态是这种力的生成，成为一种不确定的暂时性的身体微粒子状态，速度快慢变得与海水同步。此时，身体与海水之间的界限消失了，以至于他在怀疑那究竟是不是水，随后他变成了没有鳍的怪物和长满鞭毛的颤动体。身体感觉的暴力运动打破了封闭的形式，这种强力让托马身体发生了瞬间的"突变"，他返回了原始生物的状态，没有身体结构组织，只是能感受强力穿过的颤动体，与海水实现了共振，"感受不是从一种体验状态向另一种体验状态的过渡，而是人的一种非人类的渐变"①。海水的力作用于托马的身体，唤醒了身体某种奇特的知觉，身体在消解生成他物的时候获得了全新的存在。此时的身体不同于日常感知的身体，而是一种新的力量关系的体现，在德勒兹看来，"界定身体的正是这种支配力与被支配力之间的关系。每一种力的关系都构成一个身体……身体是由多元的不可化简的力构成的……"②托马的身体接受了海水的外力影响，不仅能够向外界传递和施加力，同时也能够接受力。他的眼睛感觉有个外来异体入驻，先是整棵树，整片充满生命、仍然颤动着的树林从他的瞳孔钻进去，接着是一个人，海浪都钻进了这个深渊一样的地方，力的相互作用和流动打开了身体与外界之间的联系，身体由一个封闭确定的自然性实体转化成为流动开放的、多元化、与外界互动不断生成的身体，是"一系列的流、能量、运动、分层、器官、强度；能够以无穷潜在方式相互联结的碎片"③。托马的身体在这股力的作用下消解了，在这种缺无中他的感觉变得无比敏锐，一切存在都从日常遮蔽中凸显出来。身体是这种空无的承载和交汇点，既是再生，也是毁灭，这是此刻最为本真的存在，这种毁灭与死亡的冲动毫不相关。"瓦解有机体，这绝非是自杀，

---

①　[法]吉尔·德勒兹，菲利克斯·迦塔利.什么是哲学？[M].张祖建，译.长沙：湖南文艺出版社，2007：451.

②　[法]吉尔·德勒兹.尼采与哲学[M].周颖 刘玉宇，译.北京：社会科学文献出版社，2001：59-60.

③　Elizabeth, Grosz. Volatile Bodies: Towards a Corporeal Feminism [M]. Bloomington: Indiana University Press, 1994: 167.

而是将身体向以下事物开放：以一整套配置为前提的连接，流通循环，结合，分层和阈限，强度的流通和分布。"①这是一个模糊而晦暗的区域，意识在其周围徘徊却无法进入其中，它释放出充满强力的感觉。托马的身体与海水形成了一整套配置，界限消失后力量在它们之间流通，身体在无器官的状态下自由生成。托马的身体融于海与中国的庄周化蝶有着异曲同工之妙，中国道家文化中的"齐物论"认为世界万物与人的本性和情感貌似存在差异，其实是齐一的。无论是托马还是庄周都在与他物合一的过程中身体的形式完全消解，只剩下能量的自由流动，实现无器官身体的潜能，在去层化和身体的解域运动中，各处都有力量之流的结合，从而构成强度的连续体，回归纯粹的生命本体。这个过程也是无器官身体的非人称转向，是主体逃离身体固有形态的控制。"无器官的身体决不会是你的或我的……它始终是一个身体。它不再是投射性的，也不是回溯性的。它是一种退化（involution），但却始终是一种创造性的、同时性的退化。"②托马变成长满鞭毛的颤动体、一只伏地挖洞的猫、一条挣扎的蛇，安娜成为托马眼中的一尊雕像、一只八脚蜘蛛，这时的身体已经失去了主体性，退化为一个无器官的客体存在，只能接受外部力量之流的刺激。这些身体的极端表现方式以及呈现出的病态情感具有内在革命性和创造性的欲望，是人物欲逃脱封闭世界和固有思维所产生的情感困顿和阻滞，无器官的身体转换成其他可能的同时，也连带释放了身体的审美功能，扩展了身体建构空间与世界的力量。

托马离开大海走进小树林里，他的身体被一种拒绝前行的意念推着前进，此时托马行走不是受想走的欲望驱使，而是不想走的欲望使然，这种矛盾恰恰凸显了身体的无器官特征。此时托马身体内部一切意志指令都是混乱无序的，布朗肖在这里展现的是德勒兹所谓的去人格化的精神分裂状态。在德勒兹看来，发现无器官的身体"是一整套去人格化的

---

① ［法］吉尔·德勒兹，费力克斯·加塔利. 资本主义与精神分裂：千高原［M］. 姜宇辉，译. 上海：上海书店出版社，2010：222.

② ［法］吉尔·德勒兹，费力克斯·加塔利. 资本主义与精神分裂：千高原［M］. 姜宇辉，译. 上海：上海书店出版社，2010：225.（译文稍有修改）

精神分裂的程序，与精神分析治疗的程序形成鲜明对照：在精神分析师说'停一停，重新发现你自己'的地方，我们则应该说，'再往前走，我们尚未发现我们的无器官的身体，尚未充分瓦解我们自己。用遗忘取代回忆，用试验取代解释。发现你自己的无器官的身体'"①。托马不想走的欲望是一种极度的疲倦和匮乏状态，是一种意识自觉和对自我的充分认识，而他的身体却背离了这种意识继续前行，此时身体完全由纯粹的能量流动驱使前进，不同于前一种欲望，这是一种主动生产性的欲望-机器，是自由流动的无意识。它不断扩张，否定自身的一切，将欲望的运动从固有的状态下解放出来，让托马的身体超越了自我的各种限制，顺从了本原的自发性力量。

德勒兹将这种欲望化的身体作为解辖域的实践场所，"无器官身体，就是欲望的内在性的场域，就是欲望所特有的容贯的平面（在其中，欲望体现为生产的过程，它并不指向任何外在的要求——无论此种要求是使它空虚的缺乏，还是令它充实的快感）"②。无器官身体是欲望构建自身内在性的场所，无器官身体是欲望的一种永远充满潜质的当下的状态，使欲望的潜能最大化，保持欲望的最高强度，同时也是保持事件的强度。布朗肖在身体描写上呈现出一种动态，不是叙事上的跌宕起伏，而是一种强大的、无机的生命力的爆发。《至高者》中的佐尔格与女护士之间发生了身体对抗，佐尔格把她拉起来扔到床上，扯掉她的裙子。这一幕开始得十分突然，充满了力量强度，是没有任何预兆的激情迸发，布朗肖强调是"她的身体接受了对抗"③而不是她接受了对抗，也就是说她的身体接受并回应了佐尔格身体力量的爆发，在这个过程中她献出了自己的身体，使其暴露在绝对可见性中，如同杜拉斯在《死亡的

---

　　① [法]吉尔·德勒兹，费力克斯·加塔利. 资本主义与精神分裂：千高原[M]. 姜宇辉，译. 上海：上海书店出版社，2010：209.（译文稍有修改）

　　② [法]吉尔·德勒兹，费力克斯·加塔利. 资本主义与精神分裂：千高原[M]. 姜宇辉，译. 上海：上海书店出版社，2010：214.

　　③ [法]莫里斯·布朗肖. 至高者[M]. 李志明，译. 南京：南京大学出版社，2016：239.

疾病》中所描述的"紧抱、强暴、虐待、侮辱、恨恨地叫喊、全身的与致死的热情一发不可收拾"①。这是力量在两个不同躯体之间的交汇和碰撞，"但是，这场斗争的方式野蛮，并且似乎无关输赢，较量的两个人像是在互相抨击，他们不知道自己想要什么，只是必须这么做"②。他们的打斗是一种完全无意识的状态，当自我意识消解的时候，身体就获得了绝对自由，使这种野蛮的力量变得可感可知。

德勒兹在早期的《斯宾诺莎的实践哲学》中指出斯宾诺莎解除了身体的形式与功能，从动力学的角度将身体理解为与其他身体之间产生的动静快慢的联系。身体始终处在关系之中，一个身体的结构就是在其之中诸多关系的组合，佐尔格和女护士之间的身体对抗表现出的就是这种力的爆发强度和速度，这是他们身体之间的遭遇、影响和对话。"重要的是认为生命，每个生命之个体性不是一个形式或形式之发展，而是在不同的速度之间，在微粒子之减缓与加速之间的一种复杂的关系，在内在性之层面上快与慢之组合。"③也就是说，他们身体的扭打实际上是情感影响力的强度变化，身体的样态就是这些微粒子运动快慢的表征，速度是情感强度在身体上的体现。佐尔格身体微粒子的快速运动对女护士的身体产生相应的影响，只有这种无器官的身体运动才能体验到微粒子的速度变化，从而澄清感觉的模糊性，因此感觉并不是从意识中提取出来的概念，而是感觉分子融入各种关系中，从而使感觉作为整体凸显在意识中，正如斯宾诺莎所说："心灵的本质只在于：它是实际存在着的一个身体的观念。因此心灵的理解能力仅限于这个身体的观念自身中所包含的那些事物，或从这一观念而推知的东西。"④在布朗肖那里，身体

① [法]玛格丽特·杜拉斯.死亡的疾病[M]// 坐在走廊里的男人.马振骋，译.上海：上海译文出版社，2012：46.

② [法]莫里斯·布朗肖.至高者[M].李志明，译.南京：南京大学出版社，2016：239.

③ Deleuze, Gilles. Spinoza: Practical Philosophy[M]. Robert Hurley, trans. San Francisco: City Light Books, 1988: 123.

④ [荷]斯宾诺莎.斯宾诺莎书信集[M].洪汉鼎，译.北京：商务印书馆，1993：274.

通过解域化来获得主动性，成为认识和感知的起点，让各种力和流自由穿过身体，在身体相遇，身体通过自我消解和缺席来实现真正的在场，这种被动性成为一种敞开和接纳，从而形成生成的场域和契机。此时，无器官的身体不再是自主的或自治的，也不是一个封闭的有机整体，而是匮乏的与他治的，身体必须依赖穿透的情感流，与其他身体的互动来获得存在感和真实感。身体与身体之间的界限也因此而模糊，只剩下情感流之间的联结。《至高者》中佐尔格抱住他的女邻居，接着他们身体的每一部分都发生了改变，他们拥有了同一副身体。同样的描写也出现在《亚米拿达》中，托马与一个囚徒锁在一起，他靠着这个囚徒，像是合成为一个人，再也不会分开。他们之间合成了无器官的身体，这里面存在着力的爆发、消退和汇集，他们之间的差异和对立都让位于身体之间的融合和情感的流动。在《亚米拿达》这个亦真亦幻的故事中，真实和虚幻的界限也在此模糊了，那个囚徒就是托马的分身，托马想走到窗口，而囚徒却紧紧抱住沙发不愿离开，当他们一起向窗外看的时候，托马才感觉到他们像是合成为一个人。布朗肖在《黑暗托马》中也写道："某种形态的托马自他的躯体脱出，并且敢到那躲着的威胁的前方……他的手企图触摸到一具无法触知且非现实的身躯。"①《亚米拿达》中的托马与《黑暗托马》中的托马都是从无器官身体中逃脱出来的另一种形式，是脱离了恐惧，无惧危险和威胁的越界者，在这样的无器官的身体中"内在力量被分配，相互分离，不依赖于任何投射"②。这个无器官的身体使谵妄或欲望的代码具有一种非凡的流动性，布朗肖在小说中也故意搞乱所有的代码，使一个代码能够迅速转到另一个代码，托马和囚徒之间不知什么时候就被锁在了一起，囚徒也不知道什么时候就离开了他，这其中充满的断裂意味着一种全新联结的生成。

无器官的身体是一个界限，布朗肖在作品中不断接近这个界限。对

---

① [法]莫里斯·布朗肖. 黑暗托马[M]. 林长杰，译. 南京：南京大学出版社，2014：31.

② Deleuze, Gilles & Guattari, Felix. Anti-Oedipus[M]. Robert Hurley, Mark Seem & Helen R. Lane, trans. Minneapolis：University of Minnesota Press，2000：15.

于布朗肖来说，写作不仅仅是简单的文学构思，而是会吞噬作者生活，让作者消失其中并重新降生的极限体验。布朗肖通过无器官的身体体验来实现经验的越界，直接迫近这种极限，最终形成了与外部思想的各种联系，他意图将某种不可知、不可感的力量从思想的外部翻转成身体体验的核心。《白日的疯狂》中的主人公眼睛里扎进了玻璃，在失明的状态下，他像个疯子一样在日光中接近黑暗。《黑暗托马》中的托马成为长满鞭毛的颤动体，抑或像只猫弓着背翻挖地面，安娜病痛中雕像一般僵硬的身体，日常统一性的身体成为过程性和经验性的身体。布朗肖笔下的身体在接近某种极限的同时形成了德勒兹所谓的不同时刻的单子，每一次的极限体验都是一次身体的特异性事件，表达着一种独一无二的存在模式，它只表现局部性的世界。从另一方面来看也肯定了身体开放、不可穷尽的特点，布朗肖在小说中描写出了经历各种不同体验的巴洛克式的身体，用无器官的身体来突出事件的强度，这是差异在限定场域中的极限化和最大化，激烈的情感打开了身体自身的空间。《黑暗托马》中托马和安娜的身体差异的激情就是照亮整篇小说的局部，它们是不同特异点之间的相互延展联结，虚拟出了不同的可能性世界，从而形成了小说中整个情感流错综复杂的秘密网络和叙事的迷宫。托马向黑暗走去，遭遇了自己无器官的身体，从海水开始进入一种永恒的空无，他在餐厅与安娜相逢，随后展开了一场轻浅而又激烈的爱情。他们两人的身体在你进我退中进行着一种虚空而绝望的游戏，既有恐惧又有诱惑。托马看见安娜像一只蜘蛛般走来，"她以八只巨大的足爪前进，宛若步行于两根细腿上"①。这是他们身体的正面交锋，托马越是后退，安娜越是轻巧地前进，她的体内仿佛充满着黏液，全身覆满吸盘。安娜比托马更加激进地撕开自己的肉身，"数个形象捏塑她、孕育她、产生她。她有了一个躯体，一副比她自己要美丽千倍、要躯体千倍的躯体……她终于就要报复了，以这最粗野、最丑陋的泥巴躯体，以这她极想呕出了

---

① ［法］莫里斯·布朗肖. 黑暗托马［M］. 林长杰，译. 南京：南京大学出版社，2014：50.

的低俗想法去碰撞那不可流通者，将她所排泄的部分带到那绝妙的缺空"①。安娜的身体像支完整的火炬，以完全的热情将对托马的爱与恨一次烧尽，与托马一起跃身虚无。他们走向无器官身体的另一个临界点——死亡，垂死的身体趋于某种限阈，布朗肖透过这种无器官的身体体验逼近死亡的极限，构建了一种死亡条件下的激情与真理，这是在理性的要求下与强度进行试验，一个持续地自我建构关联的环境。对于布朗肖来说，死亡代表着最高激情，是灵魂在身体痛苦时的巅峰体验。托马写作时感觉自己身体的每一部分都在承受着一次临终。"他的头被迫触及痛楚，他的肺被迫呼吸着这痛。他就躺在地板上，蜷曲着，缩回自身中，然后又脱离。他沉重地攀爬着，几乎和蛇没有区别——为相信在嘴里感觉到的毒液为真，他宁可变成一条蛇。"②此时的身体在痛苦力量的作用下全然陌生，这是对身体组织的逃离，充满了情感强度。这种写作时的临终感将创作与死亡统一在一种原初的生命体验之中，无器官的身体恰好存在于这种死亡与再生的临界点，将个体与自身分离开来，揭示出一种非个人的力量，里面包含了一种在生命之前的体验。托马变为在地上挣扎沉重攀爬的蛇，嘴里的毒液就像是那还未完成的文字，为了与那些文字相遇，体会到毒液的真实性，他承受这种垂死的痛苦，以一种动物性的无器官身体来完成这种相遇，展开创作欲望的连续进程。小说的结尾安娜和托马先后经历了一场死亡，安娜垂死时"颧骨泛红，眼睛发亮，沉静且面露微笑的她火烧似的凝聚住所有力气"③，仿佛为了迎接期待已久的死亡而奋力一搏，她的死是"所有的光线熄灭后还继续燃烧的唯一激情"④。安娜死后，托马也纵身跃进了实存中的死亡，他

①　[法]莫里斯·布朗肖.黑暗托马[M].林长杰，译.南京：南京大学出版社，2014：77-78.

②　[法]莫里斯·布朗肖.黑暗托马[M].林长杰，译.南京：南京大学出版社，2014：32.（译文稍有修改）

③　[法]莫里斯·布朗肖.黑暗托马[M].林长杰，译.南京：南京大学出版社，2014：91-92.

④　[法]莫里斯·布朗肖.黑暗托马[M].林长杰，译.南京：南京大学出版社，2014：101.

在这种缺无中"发现自己如一完美的个体置身于那最激烈之强度核心"①。托马只感受到巨大的缺无中最强烈的感觉，所有的痛苦、惊恐、激烈的情感在托马垂死无器官的体内穿行而过，喷涌而出。死亡将身体置于危险境地，不断接近系统组织的边缘，从有机组织的从属状态中解放出来，成为无器官的情感强度体。死亡是无器官身体爆发的激情，它不是身体的静态，而是不可捉摸的动态，萨德写道："动物的身体绝没有任何瞬间是静止的，即使死亡亦只是借由分解展开的'运动的伟大阶段'。"②死亡状态的无器官身体抵达一个动静之间的临界点，它静止不动，而周围的一切能量流动都在它的掌控中。这时的身体越是与其他流相结合，就越是纯粹而敏锐，因此从另一个方面来看，死亡也是极度活跃的状态。在死亡中，安娜与托马失落了躯体，却在这种消解中重新掌握了一个重生的世界，在德勒兹看来，死亡是一条理想的界限，它分离了肉体及其形式和状态。肉身受社会、生命和语言的控制，此时的肉身是有限的，在界限范围内的肉身，安娜和托马新世界的获得正是在强迫肉身赴死的前提下才能完成。死亡是肉体的末端，它限定并且终结了肉体，"正是通过死亡，一个肉体既在时间之中，也在空间之中得以终结，正是通过死亡，它自身之线才形成、勾勒出一个轮廓"③。托马和安娜的赴死让他们在其中进入了一种新的状态，他们把握到生命中最强烈最具有激情的核心部分，这个部分是死亡勾勒出的仅仅属于安娜和托马的自身之线，然而这个核心并不稳定，而是处于一种连续的流变状态，向死亡的极限呈现出了身体的无器官状态。

---

① [法]莫里斯·布朗肖. 黑暗托马[M]. 林长杰, 译. 南京：南京大学出版社, 2014：126.

② Sade, La nouvelle Justine ou les Malheurs de la Vertu Œuvres Ⅱ[M]. Paris：Gallimard, Bibliothèque de la Pléiade, 1995：946.

③ [法]吉尔·德勒兹, 费力克斯·加塔利. 资本主义与精神分裂：千高原[M]. 姜宇辉, 译. 上海：上海书店出版社, 2010：147-148.

第二节　身体与姿态：行动中的形而上学

德勒兹在《电影2：时间-影像》第八章"电影，身体和大脑，思维"中指出身体不是为了思维，恰恰相反，它是抵达"无思维"的路径，而这种"无思维"就是生命，"生命的类别，准确地讲，是指躯体的态度及其姿势"①。换言之，身体是抵达生命的途径，而生命之间的差异来自躯体的态度和姿势。身体的姿态能够用一些特殊的视角将身体引向历史和精神层面，澄清思想中晦暗不明之处，那些看不到又无法被理解，但却真实在场的东西，也就是生命的本真所在。生命通过一系列富有包孕性的时刻而得以定义，在某种意义上，生命就体现在那一系列的姿势之上。弗拉瑟将姿势与情感（affect）联系起来，并将姿势定义为"表达了某种精神状态的人体运动及与人体相关的工具运动"②。布朗肖笔下的身体是由情感强度所构成的连续体，包含着能量转化的动态趋势，身体被不同的情感强度所占据，最后都表现为一种强度的释放，定格为某种特定的姿势。布朗肖作品中的人物无论运动或是静止都能产生一种映象，在这个映象中身体的每一部分都反映出一个特定的瞬间，身体以一种特殊的姿态赋予自身形象，表达人物的内心，这些瞬间能够将所有情节推至极限，并将彼此置于冲突关系里。

布朗肖用一种类似绘画的方法在文学空间中表现身体所蓄积的无限丰富感觉的迸发：这是一种在文学空间中发生的"事实"，它表现自身的运动，并用一股连续不断的力，让表面看上去随机的一些元素凝固起来。《在适当时刻》中朱迪特躺在床上看着"我"与克劳迪娅两人，她双臂柔顺地伸展，姿态安静，然而手却紧握。当克劳迪娅试图将她扶起，又试着将她紧握的手掰开，朱迪特突然敏捷地直起身子，大喊了两个词

---

① ［法］吉尔·德勒兹. 电影2：时间-影像［M］. 谢强，蔡若明，马月，译. 长沙：湖南美术出版社，2004：299.（译文稍有修改）

② Flusser, Vilem. Gestures［M］. Nancy Ann Roth, trans. Minneapolis：University of Minnesota Press，2014：4.

瘫倒在床上。我们在朱迪特突如其来的姿势中把握到是一种来自"身体感觉"的力，正是这种蓬勃的力量突破了语言描述静态和封闭的结构，从而产生一种外向的、开放的运动。朱迪特放松的手臂与紧握的拳头形成了对比，手臂的放松是为了让情感自由流动，身体朝向不确定性，这是对他们三人之间复杂关系的敞开和许可。每当"我"与克劳迪娅在一起的时候，总会有朱迪特安静的身影，她身上一种镇定的、安静的冰冷能够将一切都重新投入一种特殊的寂静中。这是能量蓄积和喷发前的寂静，而此刻力全部集中在她的手部，似乎想要紧紧抓住联结她与"我"之间的那根若隐若现的细线。朱迪特此时的姿态让小说中的时间作为某种感知向我们呈现，这是一种纯粹的时间，通过这个看似不和谐的躯体姿态传递人物复杂的情感。"在身体的方面，klossowski 用'身体的悬疑的姿势'（le geste en suspens）来指示，'悬疑'非常恰切地表现了身体在当下的时刻所蕴涵的那种'不确定性'和开放的可能性，虽然这一刻身体是处于静止的状态（'迟疑'），但我们却在这种静止中体现到一种孕育的能量，随时可能向着不同的方向展开。"[1]当克劳迪娅去触碰朱迪特的身体时，朱迪特反应激烈地直起身体，大喊出"我不认识你们"而瘫倒在床上。这个瞬间的动作隐藏着他们三人之间的秘密，背叛、嫉妒、激情、伤痛……汇聚成一种激昂的感受冲出了朱迪特的身体，这是一个崩溃的时刻，"是对记忆的猛烈一击"[2]。朱迪特这种身体自身的运动表现出一种尼采意义上的"迷醉"和"迷狂"，它并非是一种单纯的快感，而是力的过剩和充盈。"我不认识你们"是将她身边的人幻化为了未知的他者，那个曾经拥抱过她的身体的"我"和朝夕相处的克劳迪娅在她那里都变得陌生起来，他们之间的正常秩序被颠倒了，"我"和克劳迪娅的名字被抹去，成为无人称的存在。此时，朱迪特感受到了与他者之间的无限距离，朱迪特的身体姿势表达出来的是一种纯粹的情感关系，

---

① 姜宇辉. 审美经验与身体意向[D]. 上海：复旦大学，2004：31.

② ［法］莫里斯·布朗肖. 在适当时刻[M]. 吴博，译. 南京：南京大学出版社，2015：90.

这种情绪不是由先天的认知和理性所构成的恒定不变的表达，是身体运动的瞬间所激发的一种情绪运动，一种对未知的不安。《黑暗托马》中托马像猫一样弓着背翻挖地面，躯体的异常姿势让托马和猫处在一个不可分辨的、近似的区域。托马和猫进入了一种动物性的关系之中，他像猫一样行动和嘶叫，我们甚至无法分清作品中的这个声音究竟是猫的还是托马的，这是一种力量的流动和循环，是生命的过程。这个姿势让他摆脱了自身的主体性，从而向自身之外的力量敞开并与之建立起联系，身体在一种扭曲和痉挛中逃离了自身，"他总像是一个试图将自己的躯体埋进自己躯体里的荒谬死者"①。这种怪诞变形的姿势表现出来的是一种临近死亡的痛苦，他不断地在身体的特异经验中触及冰冷的墓穴。此时不是托马在死，而是无名的猫在临近死亡，猫的分身是从他身体里逃离的无法共处的存在，这个姿势让托马的身体始终处于一种未完成的状态。

在布朗肖的作品中，躯体的极度疲劳是一种姿势，代表着一种精神本身的类别，是极致被动性的体现。德勒兹认为"躯体从来不是现在，它包含以前和以后、疲倦和期待。疲倦、期待乃至失望都是躯体的态度"②。《最后之人》里的主人公行动迟缓，他身上的疲惫和虚弱超出了人们的想象，却给人以一种永恒感。"他几乎就陷进那扶手椅里，一丝不动得让人难受，垂着的手臂下面吊着那双疲乏的大手。"③最后之人的极度疲乏可以被认为是一种接近垂死的状态，他在扶手椅里一丝不动，这种疲惫而几乎静止的姿势让他隐匿于众人的视线中。这种躯体的耗尽就是耗尽了所有可能性，让躯体陷入一种无法被外界穿透的宁静之中，此刻，他的身体避开了显而易见的阐释，从而变得更为灵活自由，更加

---

①　[法]莫里斯·布朗肖. 黑暗托马[M]. 林长杰，译. 南京：南京大学出版社，2014：41.

②　[法]吉尔·德勒兹. 电影2：时间-影像[M]. 谢强，蔡若明，马月，译. 长沙：湖南美术出版社，2004：300.

③　[法]莫里斯·布朗肖. 最后之人[M]. 林长杰，译. 南京：南京大学出版社，2014：10-11.（译文稍有修改）

深不可测，布朗肖以躯体的极致被动性来拒绝生命在被叙述时所承担的酷硬。因此，在某种程度上，这种躯体的极度疲惫也是对生命内在性的守护，只有这种接近死亡的空才是不能被分裂的，虽然这个最后之人纹丝不动，"已经很久下不了床了，他不动，他不说话"①，却让周围的人在他的空洞性中抽离自身，在一种未知性里移动，将自己交付于他的沉默。"我们因此痛苦于他如此孤单地面对我们这一大群人，我们之间的联系虽平庸，但坚固且必要，而他却单独置身异外。"②他身体的行动变成不行动，这种极致被动性让身体在深度静止中成为一切情感和力量的通道，让有限的躯体成为无限的浩瀚存在。

布朗肖描写日常躯体时着意塑造了一种仪式化的身体，让它富有某种戏剧性，成为一个内涵丰富的事件，最终消除可见的身体。"我看着她们彼此为对方梳理头发，这是一种在形式上可以无穷变换的仪式，并以不确定的方式延伸。"③两个女性彼此为对方梳理头发在一种特定的情境下提供了一种表达欲望的方式，成为表达特定含义的行为程式，让日常的身体行为表现出某种仪式化的重复。这需要一种令人眩晕的模仿，在这个过程中，一种独特的精神在场从重复中被释放出来，在这样的身体背后留下了无尽的想象空间。"我"被这样一个场景迷住了，看着克劳迪娅愉快地翻着朱迪特的头发，她们通过触摸彼此的头发和肢体上的交流产生了一种无限流动和变化的感情，具有极强的性暗示特征。"我"的观看将身体投入一种关系中，使其处于一种充满可能性的生活世界，姿势则成为一种中介性的存在，她们的姿势带给"我"一种愉悦和快感，"我像在做某种违法的事情一样偷偷看它"④。在这一瞬间，

---

① [法]莫里斯·布朗肖. 最后之人[M]. 林长杰，译. 南京：南京大学出版社，2014：18.
② [法]莫里斯·布朗肖. 最后之人[M]. 林长杰，译. 南京：南京大学出版社，2014：11.
③ [法]莫里斯·布朗肖. 在适当时刻[M]. 吴博，译. 南京：南京大学出版社，2015：56.
④ [法]莫里斯·布朗肖. 在适当时刻[M]. 吴博，译. 南京：南京大学出版社，2015：57.

"我"仿佛看到了难以承受的图景，虽然克劳迪娅和朱迪特之间此刻看似亲密无间，"我"却看到了她们之间的撕裂和残忍的距离。姿势的特点就在于这不是一种表演，也不是一种有目的的行为，而是某种看不见的东西在姿势中被承受、被支撑。这种日常姿势以其本来面目被展示出来并由此被保持在马拉美所描述的纯粹中介中，是对日常经验的突破，可见的姿势与不可见的情感之间的复杂关系和断裂使之成为一出不同寻常的事件，"事件在肉体之中的"实现""拓展"和"偏向"就是不可忽视的另一个本质性方面"①。"我"与克劳迪娅、朱迪特的关系，克劳迪娅与朱迪特之间的关系在这样一个日常的身体仪式中变得多元化，情感在他们的身体之间没有固定的流动走向，而是在同性和异性之间彼此交织成一个不确定的网络，成为无法用语言讲述厘清的灰色地带。此时的身体需要重新面对自我和他人之间的可能性关系，在无穷变幻中看到某种可能性的相互转换和生发，为他们三人之间后续关系的演变埋下了伏笔。

躯体姿势在布朗肖作品中也是一种创伤经验的表达。创伤存在于受伤个体的身上，语言无法触及创伤的中心和受害者的伤痛，创伤既不可言说，也无法再现，尽管身体被重建了，但伤口的经验仍然存在。布朗肖以身体的姿势来探索语言所无法企及的痛处，以特异的生命经验书写作品，以肉身来铭刻文字。德勒兹在《褶子：莱布尼茨和巴洛克》中指出思想中晦暗不明之处需要身体的澄清，在某种程度上，姿势的本质就是语言受到阻滞后的身体表达，是不可沟通性的沟通。正如阿甘本所说："姿势无话可说，因为它展示的是作为纯粹媒介性的人类在语言中的存在。然而，因为语言中的存在并非某种可以在语句中得到言说的东西，姿势本质上也就永远是不能在语言中弄明白某种东西的姿势（本身）。"②《至高者》中露易丝在她哥哥佐尔格的太阳穴附近碰到一块疤，"于是慢

---

① 姜宇辉."喧哗"与"沉默"——从德勒兹事件哲学的视角反思波洛克的"醉"与"线"[J].哲学分析，2014，5(4)：98.

② Agamben, Giorgio. Notes on Gesture[M]. Means Without End Notes on Politics. Vincenzo Binetti & Cesare Casarino, trans. Minneapolis：University of Minnesota Press, 2000：58.

慢地查看，仔细地研究伤痕，然后不停地触碰它，抚摸它，坚持几乎像是种怪癖"①。佐尔格看见妹妹露易丝接受父亲的亲吻和爱抚却毫不抵抗，这一幕把他吓坏了，整个人心慌意乱，就在这次事件之后，露易丝朝他扔过来那块砖头作为惩罚，在他头上留下了这个疤痕。佐尔格和他妹妹露易丝都处在青春成长期，他看到自己的妹妹与父亲之间超出界限的抚摸和接触，使得家人之间原本稳固的关系被打破，让他感到恐惧与不安。这件事在他和妹妹的心中都成为一个不可言说的秘密，伴随着羞耻感和伤痛。如果他没有看见，这种创伤就存在于露易丝一个人身上，但事实是，露易丝知道自己与父亲之间不正常的关系被哥哥看见了，她看见了哥哥慌乱的样子，这对于露易丝来说相当于二次创伤，她"似乎更加瞧不起我，甚至怨恨我，仿佛有罪的只是我"②。露易丝扔来的砖头是一种报复，这个伤疤留在了他头上，也留在了他们彼此的心中。创伤最痛苦的记忆封闭在身体之中，无法用语言表达，难以言说的创伤和疼痛通过一个近乎怪癖的姿势得以传递和感知，身体因此成为创伤再现的中心修辞。通常情况下疼痛都被认为是身体的内在感觉，这是不可替代的，他人也无法感知，"创伤也不是私人性质和不可沟通的，甚至可以说，创伤比疼痛更不具有私人性。关于创伤的话语，也不是一个指向内在事实的陈述，而是指向外部其他主体的交流"③。作者指出创伤在言语之外的可交流性，认为他者之痛能够通过沉默得以言说。在布朗肖笔下，这种沉默的交流就是通过身体的特殊姿势来完成的，佐尔格把露易丝的手拉向她的额头，本来露易丝很不耐烦地粗鲁地摸了一下，当她触碰到太阳穴的这个伤疤，动作就变得细致而温柔。这块伤疤就像是普鲁斯特笔下那块激起无限回忆的马德莱娜小点心，撑起了整座回忆的大

---

① ［法］莫里斯·布朗肖. 至高者［M］. 李志明，译. 南京：南京大学出版社，2016：63.

② ［法］莫里斯·布朗肖. 至高者［M］. 李志明，译. 南京：南京大学出版社，2016：83.

③ 涂险峰，陈溪. 感受"他者之痛"——维特根斯坦后期哲学视野中的创伤话语分析［J］. 武汉大学学报（人文科学版），2012，65（2）：72.

厦，与其他的创伤不同，这块伤疤凝聚着他们兄妹两人的创伤记忆。露易丝病态似的不停抚摸触碰那个疤痕就像是与自己的身体、他者以及过去的经历的一种无言却充满激情的对话。露易丝的姿势既是一种朝向他人的在场，也是一种面对面的运动，露易丝和佐尔格之间不可抹去的间隔因为这个伤疤而彼此走近，露易丝抚摸伤疤时的专注是在回应潜藏的伤痛的召唤，此时的专注带来极为敏锐的感受性，从而捕捉到一种暗中逃遁的情感。"策兰在给汉斯·本德尔的信中如此写道：一个承认他者的姿势，一次握手，一种言之无物的言——这些东西发出的质询（和要求）要比它们携带的信息重要得多；它们的重要性，来源于它们（发出的）专注！"①

布朗肖小说的故事情节松散而断裂，躯体姿态也可以成为将其串联起来的一条线索，他以躯体姿态的连贯性替代了故事情节的配合。约翰-奥尼尔认为"人类身体是一种交往性身体，其直立姿态和视听能力的结合拓展出了一个符号的世界"②。身体既是承担意义的主体，又是接受响应的客体，在主客双重互动中相互纠结、相互生发，布朗肖小说中的身体也不单纯是被描述的客观对象，而是情感交互性的身体，不同身体之间的情感扭结和符号传递成为文本的叙事动力。布朗肖的《在适当时刻》不是在讲述故事，而是呈现和展开主人公"我"与两个女人之间的躯体态度，强调身体对小说中人物主体间性交互世界的构造作用。"我"与朱迪特是旧时相识，朱迪特打开房门时，"我"看到她精致的面容完美得和从前一样，在她险些触碰到"我"的那一瞬间，唤醒了潜藏在她身体里的一种生命力，突然触发出一种巨大的向"我"喊叫的力量。这声喊叫并未触及"我"，甚至连朱迪特自己都没有听见，她伫立在"我"面前，"我"感受到的是一阵巨大狂风的迫近，他们之间只有寥寥数语的对话，剩下的都是身体与身体之间的回应和交流。朱迪特的同性

---

① Levinas, Emmanuel. Paul Celan: From Being to the Other [M]. Michael B. Smith, trans. London: The Athlone Press, 1996.

② [美]约翰·奥尼尔. 身体形态——现代社会的五种身体[M]. 张旭春，译. 沈阳：春风文艺出版社，1999：4.

恋人克劳迪娅回来后，朱迪特将"我"和她自己关在房间里，随后又迅速谨慎地抽身离去，这是对"我"身体的守护，确保"我"在克劳迪娅所处范围之外，让"我"感觉她才是唯一拥有丰饶生命的存在。"我"与克劳迪娅第一次擦身接触时，"已能感受到她的气息、动脉与奔腾其间的血液"①，她"自然优雅的仪态、淡定从容的举止将我不动声色地吸引进她们的游戏中"②。克劳迪娅出现后，身体成了他们三者之间由嫉妒所统摄的激情和欲望的战场，这是一种情感上的明暗交替，是你进我退的游戏。布朗肖在他们三人的躯体中有一种建立感觉流通的努力，其中包含着一种相互吸引和诱惑，最终呈现为情感力的此消彼长。克劳迪娅身体的后退对于"我"反而像是一场盛情的邀请，"我凶猛地跃向她并将其抓住"③。"我"与克劳迪娅之间只剩下一个身体触碰的想法，"我"一边愉悦地欣赏着钢琴上方朱迪特的肖像画，一边触碰着身旁如火焰一般的鲜活身躯，感受到的是风暴般的震颤。每当"我"与克劳迪娅在一起，朱迪特似乎就在某个角落默默注视，他们躯体之间的这种暧昧和激情让朱迪特表现出的是一种令人心绪不宁的冰冷，她与"我"之间身体的距离反而成为与无限相连的方式，成为当下最为深刻的激情在远方召唤"我"，"通过光线那欢乐的力量与我相连"④，"我"的后退和疏离是为了让她向前一跃成为可能。梅洛-庞蒂将看似独立和主动的意识交付给了身体，"我们就是以这种方式得以经常接触这个世界，理解这个世界，发现这个世界的一种意义"⑤。在克劳迪娅和朱迪特的身体之间，

---

① ［法］莫里斯·布朗肖. 在适当时刻［M］. 吴博，译. 南京：南京大学出版社，2015：20.
② ［法］莫里斯·布朗肖. 在适当时刻［M］. 吴博，译. 南京：南京人学出版社，2015：22.
③ ［法］莫里斯·布朗肖. 在适当时刻［M］. 吴博，译. 南京：南京大学出版社，2015：71.
④ ［法］莫里斯·布朗肖. 在适当时刻［M］. 吴博，译. 南京：南京大学出版社，2015：100.
⑤ ［法］莫里斯·梅洛-庞蒂. 知觉现象学［M］. 姜志辉，译. 北京：商务印书馆，2001：302.

"我"沉溺于一种没有期许、没有未来的痛苦，她们两人是诱惑和召唤，整部小说就是"我"、克劳迪娅和朱迪特三者之间不断相遇、分离而又再相遇的过程。"我"在她们的视线中缺场，他们身体间相互牵引和拒斥的力量转化成为一种不属于任何人、没有名字也没有形象的绝对激情。由此，"我"抵达了与激情相似的一个死亡瞬间的深度，这个瞬间以不确定的方式联结着他们三人，不断地从时间中逃离，无法被认识或把握，究竟谁会起身跟"我"一起离开，没有固定的真相，只有嫉妒和激情作用下的无尽试探、怀疑和接近。这是布朗肖在作品中对艺术本源的探寻，这个适当时刻便是死亡瞬间所呈现出的"终结的暴力与激情的真相"①。

第三节 身体"碎片"：嘴、手、颜貌或脸

布朗肖的作品中很少出现对人物的身体外貌细节描写，他笔下的人物轻浅得难以让人有明确的印象，意在将其保持在某种思想的外部。尽管如此，布朗肖对人物手、嘴和脸部却有着特别关注，但他的这种身体细部描写并不是以再现为主要目的，不是为了突出身体的局部特征，也不是要对这些部位进行区分，将其从身体的总体性中独立出来。德勒兹认为"根本就不存在（与一种丧失了统一体相关的）碎片性器官，也不存在（与一种可分化的总体相关的）未分化者。只有根据强度所进行的器官的分布"②。加塔利将嘴巴、手、姿态、造型从审美实践角度构成的感觉团块作为对粗俗知觉的挫败，从而转向那些朝向彻底突变的主体性形式的过渡。③ 在布朗肖笔下，手、嘴、面孔代表着这些身体部分一种瞬间的情感强度，这种情感强度是一种内驱的差异性力量，让身体的碎

---

① ［法］莫里斯·布朗肖.在适当时刻［M］.吴博，译.南京：南京大学出版社，2015：112.

② ［法］吉尔·德勒兹，费力克斯·加塔利.资本主义与精神分裂：千高原［M］.姜宇辉，译.上海：上海书店出版社，2010：228.

③ ［法］菲力克斯·加塔利.混沌互渗［M］.董树宝，译.南京：南京大学出版社，2020：98-99.

片构成主体化之点，从而使其有一种超越主体和客体的物质性，直接与思维之外的感官系统发生效应。既然这些身体部分代表着一种瞬间的情感强度，那么它们就具有不确定性，这种不确定性是指它的功能和界定随着情感强度的改变而发生相应变化。"我们必须理解一点：波穿过整个身体；在某个层面上，根据遇到的力的大小与强弱，会有一个器官得到确定；而且，假如力量本身变化了，或者换了层面，这一器官也会改变。"①在此意义上，这些身体部分实际上摆脱了物质性，是一个失去肉体的、非物质化的身体，一个多元化的情感通道，与其他器官之间存在着开放可变的联系。

一、嘴

塞缪尔·贝克特的《不是我》在剧院上演时，观众视野里一片漆黑，只能看见聚光灯下那张陷入狂热，喋喋不休、吐词不清的嘴巴。"嘴巴热情似火……话语之流……在她耳朵里……没听懂一半……大脑中有什么东西在乞求……乞求嘴巴停下来……停止一会儿……但是没有反应……仿佛它没听见……像是疯了似的……"②这张嘴巴在气喘吁吁地倾吐，嘴巴语言的爆发不是交流，而是一种疯狂和混乱，贝克特用嘴巴这个形象传达出语言表达的困境。让·热内1961年的早期戏剧《屏风》（Les Paravents）中也有一个叫作"嘴"的人物，他在演出时戴着黑色面罩，周身被黑色包裹，只看得到嘴。弗洛伊德将嘴巴看作人的欲望表达区域，嘴巴作为突出的艺术形象出现，因为嘴巴的变化意味着欲望和情绪的投射。正如培根在绘画中呈现的那一张张呐喊的、扭曲的嘴，表现出人极端痛苦焦虑的情绪。1944年培根创作了三联画《以耶稣受难为基础的人物习作》，在这幅作品中，嘴巴发出的呐喊变形成了一种咆哮和

---

① Deleuze, Gilles. Francis Bacon: Logic of Sensation [M]. Daniel W. Smith, trans. New York: Continuum, 2003: 47.

② Beckett, Samuel. The Complete Dramatic Works [M]. London: Faber and Faber Limited, 1986: 378.

撕咬，将人物的歇斯底里表现得淋漓尽致。1953 年创作的教皇呐喊的嘴巴也近乎撕裂，处于极度变形的狂暴之中，形成一个激烈情绪的发泄通道。德勒兹认为培根的绘画作品创造了一种身体的运动，培根在画作中重点呈现"嘴"表现出的那些痉挛的、呐喊的、变形的状态，嘴巴的强度瓦解了有机体，让它成为一个释放的通道和无器官的身体，通过呐喊使身体转向逃逸线。巴塔耶写道："在重大的场合中，人类生活其兽性方面集中于嘴巴，愤怒使人咬紧牙关，恐怖和极度的痛苦使嘴巴成了哭叫的器官。"①布朗肖在小说中描写的嘴既带有培根画中无器官身体的强度，同时又有贝克特对语言困境的深度思考。

在布朗肖的笔下，嘴是强大的情感之流通过的器官，使其从整个面部中凸显出来，让人物的感觉呈现为一种可以想象的视觉特征，嘴在表现"存在"的某种层面上比任何一种语言形式都更为直接。佐尔格和女邻居在餐厅吃饭，女邻居神情严肃漠然，狼吞虎咽，"她变得只剩下一张嘴，不停咀嚼，看不出满足，却有着出于肺腑、难以抑制的深切需求"②。她不停咀嚼，不是因为饥饿，而是一种情感的需求，在咀嚼某种痛苦和欲望。恰恰是在这个时候她的嘴摆脱了身体总体性的控制，就像一个蕴藏着无穷欲望的深渊，在与身体的间距中不断构建和瓦解自身，此时女邻居的深刻需求实际上也是佐尔格自己的某种深刻需求。佐尔格盯着她看，感觉到自己身体内部即将发生深刻的改变，他浑身是汗，紧紧抱住自己不停颤抖，而这一切都是经由这张已经幻化为嘴的肉体触碰到某种神秘的力量。她的嘴部变成了一个解域的点，失去了原有的稳定性，其中包含着力比多和无意识能量的动态趋势，力量集中在她的嘴部，她的嘴成为唯一在场的带有纯粹强度的器官，是面部一个无维度的捕获性的黑洞，它构成了一个主观的、激情的形象，主体需要通过这个黑洞来进行穿透。在德勒兹那里，这张嘴就是一个激情的黑洞，透

---

① 赵毅平. 弗朗西斯·培根 20 世纪 40 至 50 年代的绘画[J]. 中国美术，2009(3)：97.

② [法]莫里斯·布朗肖. 至高者[M]. 李志明，译. 南京：南京大学出版社，2016：36.

过这个黑洞才能发现被激荡、被转化的粒子，"重新驱动这些粒子是为了一种非主观性的、充满生命之爱，在此种爱之中，每一方都与另一方身上的未知空间连接在一起，但却既没有进入也没有征服这些空间"①。身体的强度和运动的粒子穿过嘴部这个器官，这种看不见的力量继而穿过佐尔格的身体，让他们在同一个层面上实现了强度的共振。此刻佐尔格盯着她，嘴巴的运动以直觉的方式直接与神经系统对话，已经不需要任何言语就能让他感到颤抖，体会近乎于瞬间的事实。

德勒兹分析培根的画作中经常出现的嘴，他指出"嘴不再是一个特别的器官，而是整个身体得以逃脱的洞，而且肉体通过它而脱落"②。佐尔格被警察抓住，看到警察手里的证件，他明白自己的公务员身份已经被知晓，而感到一阵强力的恶心，"没错，那里有一个洞，强烈呼唤着我的负面情绪，而我痛苦地张开了嘴巴，想把它吐出来。……我没完没了地吐，根本没办法停下来"③。佐尔格对自己的公务员身份感到一种无力，故事开始时他给那个穿着体面的乞丐一点钱不是因为善意或工作身份，而是一个非常个人的理由——害怕。对于佐尔格来说，这些人的存在实际上证明了国家体制的失败和公务员工作的不可能，面对这个网络一般的体制社会，他对公务员这身份有一种无力感和痛苦，他蹲在那里呕吐不是身体病理上的问题，而是情感的逃脱和情绪的释放。也就是说佐尔格的嘴巴已经脱离了原有的组织与功能，从一个明确的器官变成了情感流动的孔洞或通道，它突破了有机的身体组织，成为德勒兹所说的"无器官的身体"。同样是在《至高者》中，佐尔格听到屋子外传来的音乐，他感到一种莫名的巨大悲伤，"这时，一股酸水涌到我嘴里。吐的时候我在想，我呕吐同样表现出他们的悲伤，每个人都会觉得

① [法]吉尔·德勒兹，费力克斯·加塔利. 资本主义与精神分裂：千高原[M]. 姜宇辉，译. 上海：上海书店出版社，2010：264.

② [法]吉尔·德勒兹. 弗兰西斯·培根：感觉的逻辑[M]. 董强，译. 桂林：广西师范大学出版社，2007：26-33.

③ [法]莫里斯·布朗肖. 至高者[M]. 李志明，译. 南京：南京大学出版社，2016：138.

自己在和我一起吐，共同的感觉使我的昏厥变得毫无意义"①。在布朗肖笔下，呕吐是身体对情绪的感知，佐尔格从嘴巴里吐出的是无力，是痛苦，是悲伤，身体痉挛着、挣扎着想要穿过嘴巴。每一种情感就意味着一种层面的差异，嘴既可以吃东西，也可以呕吐，在某个层面是嘴巴的东西，在不同的力的作用下到了另一个层面，就变成了排出身体污秽的肛门，这是身体歇斯底里的事实，这种思考的次序就是从身体的感觉出发，最终回归肉体的自然流动的本性。

在《死刑判决》中，J的病情反复变化，"她半张着嘴——她睡觉从不这样，发出痛苦的杂音，让人感觉那嘴好像不是她的，而属于一个陌生人，一个身患绝症的不可救药者，甚至是一个死人"②。对于J来说，嘴暗藏着与死亡之间的联系，这种痛苦让嘴成为让她整个身体得以从死亡中逃脱的洞，这张嘴是横亘在生命与死亡之间的界限，在嘴的另一边是死亡的绝对他异性。在J与死亡的斗争中，她作为主体的能力就是从嘴巴里发出痛苦的声音，她从嘴巴发出的声音中逃脱了，留下的是一个陌生的身体在死，一个无名的他者，因为在布朗肖那里，"死亡是属于外边的，是主体无法抵达、无法穿透，也无法理解的纯粹的外边"③。

此外，布朗肖通过对嘴的描写来完成一种非语言表达。语言在某种程度上已经无法满足他表达纯粹感受和存在本身的需要，当语言无法实现交流的目的时，视觉形象就变得尤为重要。佐尔格被隔离后与女护士让娜之间发生争执，她激动地"人在发抖，嘴半张着，而且嘴张得越大，牙关就咬得越紧"④。此时，让娜的嘴成为了形象的焦点，她嘴巴张大是一种表达的需要，而牙关紧咬又是对表达的拒绝。嘴巴的这个反

---

① [法]莫里斯·布朗肖.至高者[M].李志明，译.南京：南京大学出版社，2016：91.

② [法]莫里斯·布朗肖.死刑判决[M].汪海，译.南京：南京大学出版社，2014：35.

③ 朱玲玲.自杀与主体性：布朗肖的死亡观[J].法国研究，2011(2)：9.

④ [法]莫里斯·布朗肖.至高者[M].李志明，译.南京：南京大学出版社，2016：272.

常动作瞬间凝固，是一个在不确定性、混乱与创造之间游移的形象，它丧失了语言表达的功用，从而成为一个模棱两可、抽象的表达，在这个形象的瞬间清晰化和具体化中体现了存在的神秘感，表达出内在情感的矛盾和阻滞。让娜对佐尔格那种近乎癫狂的爱反而让他们之间无法交流，当让娜决定在他们之间做个了结时，她不停对佐尔格说话，佐尔格却止不住发抖，无法说话，他一张嘴就只打了个响嗝，"这声嗝来自身体的深处，它震动着我，让我挺直了身体，让我窒息"①。布朗肖用嘴巴这个身体上的洞表达了存在一种缺场，当语言无法表达出这种虚空时，嘴巴用对语言的拒绝将未知的存在展现在我们面前，将不可见之物转变为痉挛的嘴巴这个外在形象，"形象的力量是强大的，它可以使某个瞬间、某种感觉、某种内在的东西变得无比清晰"②。布朗肖通过嘴巴对语言的拒绝来传达一种深刻而复杂的空虚和沉默感的话语，这里的悖论是，只有当言说变成沉默或无声的时候，"说"才最终呈现为可见。布朗肖通过这种方式赋予语言内不可化约的张力以可见性，最终以否定语言的形式来实现超越语言的目的。

尽管嘴巴的形象表达了语言的困境，但这并不意味着语言的消失，与交流困难相伴而生的是语言的无休无止。佐尔格表明他不想知道坐牢的具体细节，但是多特的"话已经从他嘴里源源不断地冒出来，他像是有一片海要排空，有千条溪水要释放出来，这些溪水从他生命的各个角落汇集而来，急着找一个出口"③。多特此时极为昏乱，他似乎在倾诉自己的痛苦，这是压抑后的爆发，多特嘴巴里源源不断冒出来的话并不是有逻辑有意识的表达，恰恰相反，这种表达实际上也是语言的难以表达，这些话汇聚成他生命的溪流，试图在嘴巴那里找到一个出口。《终

---

① [法]莫里斯·布朗肖. 至高者[M]. 李志明，译. 南京：南京大学出版社，2016：300.

② Knowlson, James. Images of Beckett[M]. Cambridge：Press of Syndicate of The University of Cambridge，2003：49.

③ [法]莫里斯·布朗肖. 至高者[M]. 李志明，译. 南京：南京大学出版社，2016：204.

言》这个小故事中从教室板凳下钻出一个陌生人，他以某种语言的理想来谴责老师说得太多，而自己嘴巴喋喋不休，流出的口水几乎汇集成了一条河，极度渴望得到理解。布朗肖在这些嘴巴的形象中让我们看到的是一种倾吐的狂热，这是一种过度，流水般的语言打破了语言固有的稳定性和同质性，超出了语言的秩序和要求，携带着一种强大的生命力从嘴巴里奔涌而出。这种语言具有不可辨认性，从本质上也不再属于原有主体，嘴巴是这些语言逃逸的出口，语言穿过它时被改变了频率，不断地流变和爆炸。这种语言具有一种非真实性，摆脱了现实的束缚，它们"是许多关联与意向的集合，是面向将要到来的复杂性的开口"①。嘴巴里流出的语言与其说是一种表达，不如说是一种耗尽，那个似乎说出了所有却毫无意义的源源不尽的"说"朝向虚无，意在消耗掉文学中的真实性，指向纯粹的文学叙事，如布朗肖在《关于语言中的焦虑》中所说："通向这个虚无所有的文学力量才会增加，就像是通向会令它们干涸的泉水；它吸收这些力量不是要通过它们表达自我，更多是一种无意义白费气力的消耗行为。"②嘴巴流出的语言已经与说话的主体无关，狂热地倾吐本身就是叙事。

二、手

布朗肖对手的迷恋是显而易见的，他笔下的手不仅只是身体的一个部分，而是一个复杂的有机体，汇聚着不同的情感之流。德勒兹在论及培根的绘画作品时专门谈到了眼和手之间的关系，他认为在画家那里手并不是完全被动听从主体指挥来操控画笔和工具，手的活动也不应被贬低为从属于理性的一种简化了的形式与价值，与眼睛所具有的视觉相比，手拥有的是触觉，在绘画时代表着一种速度、力量与生命。德里达

---

① Blanchot, Maurice. The Work of Fire [M]. California: Stanford University Press, 1995: 75.

② Blanchot, Maurice. Faux Pas [M]. California: Stanford University Press, 2001: 4.

认为"人手是人类特点的最好例证，它居于本体金字塔顶端，用来获得、拿取、理解、分析、知晓等"①。德勒兹在文中区分了手的不同价值，手参与了身体的整体性运动，而不是一种孤立的感觉领域，就像魔术师的手虽然什么也没有触碰，却能够掌控一切。

布朗肖作品中的手代表着触觉，最原始最直接的身体知觉。《亚米拿达》中一个年轻女人将托马从梦中叫醒，扑倒在他身上，一番猛烈的纠缠后，年轻女人将手伸过来，托马仔细看了看她的手指，"它们纤细，呈玫瑰色，还带一点肉感，仿佛它们从未碰过任何用品和工具。这只手真美，他愉悦地按了它一下"②。托马带着欣赏雕塑艺术的态度来感觉这双手，这双手没有碰过任何用品和工具，就意味着这是一双纯粹存在着的手，换言之，这是一双无用的手，从手型到肤色到触觉感受，他爱着它。这种表象此刻就是一种绝对的存在，手带来的快乐是对美的欣赏，在其中体验到一种性的愉悦和生命感，他按了一下它就是通过自身手的触觉获得关于这只手的直接体验。《至高者》中的佐尔格看着女邻居的手，"那是一双非常美丽的手，指甲精心修过，手掌宽大有力，和她的人一样，我既不能想象这双手与我的手是相同的，也不相信它是独一无二的。困扰我的是该怎样抓住它，触碰它。没错，如果我成功地触摸到这副肉体，这片湿润肿胀的肌肤，通过它，我将触碰到法则"③。佐尔格的手想去触碰女邻居的手，这种触碰意味着一种欲望，是身体的延伸，触摸她的手就相当于触碰到她的肉体，感受到她的温度和湿润的肌肤。手的接触能够超出佐尔格对女邻居的内在感觉而实现与她的一种身体上的联系，此时的手已经归属于身体的统一性和同一性，"不是我

① Derrida, Jacque. On Touching：Jean-Luc Nancy[M]. Chirstine Irizarry, trans. Stanford：Stanford University Press，2000：159.

② [法]莫里斯·布朗肖. 亚米拿达[M]. 郁梦非，译. 南京：南京大学出版社，2016：230.

③ [法]莫里斯·布朗肖. 至高者[M]. 李志明，译. 南京：南京大学出版社，2016：35.

在触摸，而是我的身体在触摸"①。手存在着与其他官能之间复杂多变的异质性关联，手在主动触摸时也是被触摸，并在触摸与被触摸的功能转换间得到特殊感官体验。人手被精神激活，超越了距离，摆脱了时间控制，联结起所有的感觉器官，在情感之力的作用下让几种官能产生共振。佐尔格幻想着能够触碰她的手，通过触觉这种最亲密的感觉触碰到法则，这种法则实际上就是情感的流动和生命力的体现，始终处在变动游移中，"无所不在，它的光辉平等、透明而绝对，以多变却又一致的方式照亮每个人，每个东西"②。在布朗肖这里，手的接触能够唤醒一种生命本能，激活沉睡的情感和力量，这是对触碰对象的整体性感知，从而获得一种细腻、鲜活的实在感，正如佐尔格幻想的那片湿润肿胀的肌肤。佐尔格到照相馆去看女邻居，他抓住她的手，突然他感受到女邻居的裙子面料在指缝间翻腾、滑动，表面刺激而光滑，就像一种黑色的皮肤，这种触觉来自他对女邻居的性冲动，就好像是他真正用手触及了光滑而刺激的皮肤。佐尔格的手呈现了这个瞬间的强烈感受，是内心情感的高度聚合，随后他与女邻居两人"身体的每一部分发生了改变"③，他们拥有了一副共同的身体。手的触碰提醒着一个生物的、鲜活的生命体的存在，打开感官的阈限，实现了生命韵律的交互，是对身体和生命的一种深层感知。这是生命的言说和交流，但它不是通过有声的词汇来表达，而是在手的触碰中实现了肉身对自身的原初领悟，自身才得以开启和生成。"生命开启的首要特征在于，它作为自身开启（self-revelation）而完成……在自身开启中，可以说，同一之物不会被两次命名：第一次作为开启或触发之物（the affecting），第二次作为被开启之物；也不会带有这样的结果：触发之物和被触发之物（the affected）被表象为

① ［法］莫里斯·梅洛-庞蒂.知觉现象学［M］.姜志辉，译.北京：商务印书馆，2001：401.

② ［法］莫里斯·布朗肖.至高者［M］.李志明，译.南京：南京大学出版社，2016：35.

③ ［法］莫里斯·布朗肖.至高者［M］.李志明，译.南京：南京大学出版社，2016：47.

两种不同的实在, 每一个由其功能而被定义。只有在世界的'出离自身'中, 生命的自身开启才通过摧毁自身而分裂自身。"①佐尔格在手的触碰中体验到一种炽热的厚度和潮湿贪婪, 这种触摸不是表面的接触, 而是情感的流动, 体验到的是一种充沛的生命感, 经由这个过程, 身体被重新建构, 成为一个与日常背离的陌生对象, 更新了模式化陈旧的感知体验。

手的接触意味着结合与交流, 是人与外界之间的联结桥梁和情感通道, 手不仅仅是身体的一个部分, 而是一条感知的渠道, 通过触摸来形成和唤起身体感知, 指向有温度有情感的活生生的身体性。《至高者》中露易丝和妈妈在收拾餐桌时, 她们的双手来来回回, 挨得很近, 相触相碰, 却不触及对方。从小说中我们可以得知露易丝与母亲之间的关系并不亲密, 因为佐尔格而产生了某种乱伦关系潜在的矛盾。她们的手虽然相互接触, 实际上身体却处于一种封闭的状态没有向对方开放, 意味着一种不可逾越的距离感。露易丝用手触摸佐尔格额头上的伤疤时不停抚摸就像一种怪癖, 她的手就像在与一段历史、与留下的这个伤疤对话, 她指尖的触摸从遗忘中唤起了一种绝对的时间, 不断激荡着意义的发生。布朗肖没有告诉我们露易丝到底感受到了什么, 她在想什么, 其目的就是要拒绝意义的单一性和绝对性, 露易丝的手与疤痕之间这种模糊晦涩的表达将意义在当下和历史之间悬置起来, 使其不断激活和生成。《死刑判决》中的主人公回到熟悉的房间里寻找娜塔莉, 黑暗中他们看不见彼此的样子, 没有过多的言语交流, 只是用手感知对方, 纯粹是手与手之间的交流。手与手之间的触碰建立起他们之间的某种联系, 手的抓握表达出试图捉住生活瞬间的欲望, 手的触觉让他感知到视觉看不到的东西, 触及黑暗中的隐秘, 这是一种生命的潜能, 只有与他者接触才有意义。手在这里触到的是他异性, 手与手之间展开的是对触感的欲求, 这是一种既主动又被动的身体自发感, 代表了一种欲望关系。

---

① Henry, Michel. Material Phenomenology and Language (or Pathos and Language)[J]. Leonard Lawlor, trans. Continental Philosophy Review, 1999, 32: 351.

"没有比它更耐心、更平静而又亲切的手了，所以当另一只手，一只冰冷的手，在一旁慢慢出现时，我的手没有颤抖；所以当我的手搭在那只最静止、最冰冷的手上时，它会同意，而且也没有颤抖。……在冰冷的世界，我的手依偎着这身体，爱恋着它，这身体也在石头般坚硬寒冷的深夜，欣然接受了我的手，然后认出它来，爱恋上它。"①手在这里表现为有灵性的身体部分，它与另一只手在不断接触中获得知觉和意识，这是一种原初的触觉经验，其中不存在任何视角。"我"的手可以感受到娜塔莉冰冷而亲切平静的手，也可以感受到自身手的颤抖，这里形成一个鲜明的区分界面：向内包裹着一个可真切感知到的独立主体，向外提醒着一种异质的存在。手触摸身体，同时也被身体接受和爱恋，这种双重感觉成为主体自身身体性构造的原初现象，正如胡塞尔在《观念Ⅱ》中所指出的："躯体本身只可能原初地在触觉中以及在一切触觉定位者中被构成。"②这段手与身体之间的描写可以看出布朗肖的作品无关乎跌宕起伏的情节，而是着意勾勒出情感的走向，让身体从拉康所说的"符号界"和"想象界"回到"实在界"。这是人类语言和意识都不能到达的空白区域，在这片区域中，手与身体之间自在自为，身体从被遮蔽的状态回到了意识的前台。手依偎着身体，身体也爱恋上手，这是手与外界之间一种无定形的更加深刻的交流，表现出身体里自有的一种内在性，连接起感觉者与世界之间的关系。手与手之间的触碰营造出一个平滑空间，里面充盈着欲望和力量之流，没有经过意识的转换和修正，只能通过手的感觉交换和触觉来发现它。这是一个肉身化之后的知觉世界，通过手来与外物遭遇和对话，呈现出一个不可见的世界，实现了一种完全开放的交互性。

---

①　[法]莫里斯·布朗肖. 死刑判决[M]. 汪海，译. 南京：南京大学出版社，2014：84-85.

②　Husserl, Edmund. Ideas Pertaining to a Pure Phenomenology and to a Phenomenological Philosophy: Second Book Studies in the Phenomenology of Constitution[M]. Richard Rojcewicz & Andre Schuwer, trans. Netherlands: Kluwer Academic Publishers, 1989: 150.

布朗肖小说中的手不仅是一种联系，也表现出一种分离。人物的手势是关系的中介，它表达出的并非关系的亲密性，而是一种疏离和陌异。《亚米拿达》这个故事是在一位年轻姑娘不经意的手势中开启的。托马对手势的敏感显而易见，故事开篇托马偶遇一个扫地的男人，托马向他伸过手明确表示礼貌，而扫地男人却回了一个含糊的礼貌性的手势。这个模棱两可的手势似乎向托马指明了什么，但并没有与某种具体的含义或是观念对象建立起一种单义明见的关系，具有不透明性。因为手势表述含义的不明晰性，胡塞尔坚定地指出"我们要将表情和手势排除在表述之外"①。用德里达的话来说，胡塞尔的手势和表情是一种非意识、非志愿的指号。它是一种窃窃私语、一种含糊不清的嘟嘟囔囔，它不符合语言的最终目标(telos)：意指(bedeuten)或"想说"(vouloir-dire)②然而，正是这个含糊不清的手势才让托马和这个扫地男人之间的关系指向一种未知，这个手势不是沟通和交流，而是表现为一种不存在任何关系的奇怪关系，这种未知和距离抓住了托马，刺痛了他。

接着托马在街道对面一个窗口中看到一位年轻的姑娘，姑娘的手向上微微一动，托马将它看成了一种召唤和邀请，进入了一栋迷宫一样的房子。这个手势无疑激活了托马隐秘的内心，手引发了一种强烈的想要行动的欲望，他跟随手势的运动实际上是越过自身走向一种不明晰的意向，并因此被抛到自身之外。托马进入这个迷宫一样的房子就是进入"外面"的出离，意向性正是在他这个行为中展开了自身，这种出离使托马的意向性变得可见，托马在房屋里的漫游是一种纯粹外在性绽出的时间。法西隆在《艺术中造型的生命》中指出"手意味着行动：它捕获、创造，有时甚至也在思考。……创造性的手势对内在生命有着持续的影响力"③。年轻

① 胡塞尔.逻辑研究 第二卷[M].倪梁康，译.上海：上海译文出版社，1998：33.

② 德里达.声音与现象[M].杜小真，译.北京：商务印书馆，1999：44.（译文据原文有改动）

③ Focillon, Henri. The Life of Forms in Art[M]. New Haven：Yale University Press, 1942：65, 78.

姑娘不经意的手势成为托马生命的触发，手是一种对生命的召唤，正如《死刑判决》中所描述的"当我触摸一只手，像我现在正在做的，当我把手放在这手的下面，这只手反而没有我的手冰冷；但就是这受伤的那么一点微冷，影响极其深远；它不是一种轻微的表面辐射，它具有穿透性，笼罩一切，你必须跟着它，一道进入无边的深渊，一个空洞而不真实的深处"①。手激发了一种无意识的欲望，它与托马以及主人公"我"之间是一种原初的关系，召唤他们进入一个不真实的深处，迷宫一样的房子，而这种不真实正是他们所渴望的至关重要的东西。在拉康那里，欲望从来都不是直接发生的，"人的欲望是在中介的影响下构成的。这是要让人知道他的欲望的欲望"②。此时，手就是这个欲望的中介，在这只手的后面是一个象征着无的无限空间。《等待，遗忘》中的他握着一只微凉的手，经历了蜿蜒曲折来到一个地方，在那里，这只手便消失了，留下他独自一人。③ 他惦记着这只手和伸出这只手的女子，这个欲望的对象带着他到了一个地方就消失了，正是因为她的不在场，才被他所渴望。这只手让他辨识出了自己的欲望，而这种欲望却成为一种缺场，这只手不仅是欲望的中介，也是欲望背后生命力的流向，这种充盈涌动的力量让他不顾一切蜿蜒曲折地跟随这只手来到一个陌生的地方。他与女子的手之间构成了一台欲望机器，手引导着欲望之流，却从中逃脱了、消失了，他最终没有握住它，只能感受到一路追随它所留下的痕迹。这里的手不应仅仅被视为身体的器官，而是一种自由的形式和解辖域的工具，让一个陌生的空间得以敞开。这只手触及的是不可触及的触及，是无法还原和内化的他异性，他只能通过迂回曲折的跟随才能触及它，或者说是通过失去它才能真正触及它，最终在这种交错与综合中抵达一种他者的、陌生的和距离的在场。

---

① [法]莫里斯·布朗肖.死刑判决[M].汪海，译.南京：南京大学出版社，2014：86.

② [法]拉康.拉康选集[M].褚孝泉，译.上海：上海三联书店，2001：560.

③ [法]莫里斯·布朗肖.等待，遗忘[M].鹜龙，译.南京：南京大学出版社，2015：3.

托马进入房屋后问守门人楼梯是不是通往四楼，守门人回以一个含糊的手势，让托马十分焦虑不安，他不知道何去何从，终于有人说有一个消息在等着他，他便在其中苦苦追寻一个莫须有的消息。他在这栋房屋中遇到难以相互区分的侍者，一切都变化无常，故事结尾他见到露西以为她就是那个窗口向他招手的女子，但却被告知认错了人。他无能为力地看着露西与一个年轻男子抱在一起，年轻男子示意他可以离开这栋房子，他准备向前扑向露西，可一切都消失了，他的两只手在黑夜里微微张开，似乎在摸索什么，这个手势是放开还是想要握住，抑或一种被动地等待？这个摊开的姿势是开放，是心胸的打开，同时也是舍弃，是在爱的命令中的离去，等待一个未知的答案。这一切都在这个微微张开的双手中以缺席的方式显现出来，具有一种非同寻常的不确定性，一种新的可能性由此得以开启和生成。《田园牧歌》中的流浪汉阿基姆因为擅自逃离庇护所而遭受鞭刑，临死前站在一旁的执行官问他需要什么，阿基姆眼睛看着执行官，眼睛渐渐变得模糊：他的一只手轻轻向上抬了抬。① 这个手势似乎是阿基姆与执行官最后的交流，执行官也似乎读懂了他的意思，说这多么可怕，一旁的老头儿生硬地说阿基姆什么都不想了，他要睡了。死亡是阿基姆能够获得自由的唯一途径，这个轻轻的手势可能意味着告别过去，迎接死亡和即将到来的自由，在凝重氛围之下的这个轻轻的动作像是划开了一个供他逃离的出口，将他从可悲的非我中解脱出来，与死亡建立起某种自由的关系。这个动作也表现出一种对在场的轻率与不屑，执行官觉得可怕，他似乎也通过那手的轻轻一动触及了死亡。德勒兹在 Leroi-Gourhan 的《姿势与话语》中看到，"手是怎样创造出一整个象征的世界，一整套多维的语言——此种语言不应与单一线性的口头语言相混淆，它构成了一种内容所特有的发散性的表达（这

---

① Blanchot, Maurice. The Station Hill Blanchot Reader[M]. George Quasha, ed. Lydia Davis, Paul Auster & Robert Lamberton, trans. New York: Station Hill Press, 1999: 32.

正是书写的起源）"①。这种手势就从现象学内部瓦解语言符号的主导地位，使其摆脱了胡塞尔的限制，让这种不在场参与到在场的表述之中，让存在与真实在这种差异中显现。无论是托马微微张开的双手，还是阿基姆临死前轻轻上抬的手都是一种敞开的意义，在其中，在场与消失并肩而行，在没有意义的同时走向一种意义的过度和无限。

　　手还可以揭示一个人的历史和记忆，伍尔夫注意到人手的动作、时间的流动与人的自我、身份之间的相互关系。②《死刑判决》中"我"把J的手模寄给手相师，请他确定J的命运线，手模是手的复制品，手相师从这个复制品中看出J的手纹特别，相互纠缠，有时又模糊不清。手与命运的关系听起来似乎有些神秘，但手与时间和历史的关系却是真实的，劳作将我们身处其中的世界和时间的痕迹都刻在其中，手掌中的纹路是现在与过去碰撞的场所。《至高者》中克拉夫举起缺了四根手指的手满怀柔情地看着它，与缺失的四根手指相比，那仅存的一根手指如此纤长瘦弱，令这只手看起来更为恐怖，克拉夫"给了它一个真正的问候，才把它放了下来"③。从某种意义上来说，这只手已经丧失了手的功能，除了还连在克拉夫身体上，它已经不是手了。这只手从身体上独立出来成为一个尤为显眼的存在，或者说他身上所有的记忆情感都浓缩在那一根手指中，它等着克拉夫的问候，确保这段伤痛的记忆不会消失。

　　可以说，布朗肖笔下手的动作构成了一出出"事件"，其内在展现出无限的生成，指向一种更为隐蔽不可见的情感。对于这个事件来说，重要的不是追问它为何发生，有什么结果，而是要把握一种效应，手部微微一个动作是怎样制造一种断裂。对于德勒兹来说，这就是一条间断

---

　　①　[法]吉尔·德勒兹，费力克斯·加塔利. 资本主义与精神分裂：千高原[M]. 姜宇辉，译. 上海：上海书店出版社，2010：86-87.

　　②　Garrington, Abbie. Haptic Modernism: Touch and the Tactile in Modernist Writing[M]. Edinburgh: Edinburgh University Press, 2013: 115.

　　③　[法]莫里斯·布朗肖. 至高者[M]. 李志明，译. 南京：南京大学出版社，2016：193-194.

线，"间断线是居间的、中介的……即作为居于、游弋于内/外，灵/肉之间的'表层'"①。意义在这个系统中随着情境的发生获得了新的阐释，这是布朗肖在小说中留给我们的一丝缝隙中的光亮，要求我们在经验层面之下的眩晕中看到这些细微手部运动所绽放出的光明。

三、颜貌或脸

布朗肖的作品中经常出现"脸"，但这些脸从来就不是某张具体的脸，没有五官细节的刻画，有时甚至连名字都没有，读者几乎不能从这些脸中去读取主人公的具体样貌。可以说布朗肖接受了列维纳斯的影响，对于他们来说，脸是一个重要的隐喻，脸意味着一种无限，与身体的五官没有什么关系，面孔被布朗肖认为是列维纳斯哲学中最要紧的部分，是对抗总体性的最直接方式。"只有人的面孔可以挣脱生存的无名性（这种无名性时时有把我们淹没在其无意义与荒谬之中的危险），而这完全是因为它能够超越出任何想要理解它和对它进行分类的企图。"②《至高者》中的佐尔格在女邻居照相馆的抽屉里看到一张张人像照，一样的姿势，一样的节日服装，几乎不能分辨出它们之间的差别，一张张的脸让人混淆，一张脸和另一张脸的差异只有某些非常细微的地方，极度单调刻板。虽然这些是看起来一样的照片，佐尔格却把手贴在上面抚摸，仿佛这些脸都是感性、有温度的，是具体的。他与照片上的人物面对面，它们对他来说是一种人性的敞开，是本真状态的显现，自身就有其深度和广度，他似乎能在这些脸上，在它们的某个深处找出肖像主人逃逸的"我"，并陶醉其中。

布朗肖在列维纳斯那里看到了脸的他异性及其面向他者的伦理性和责任，对于布朗肖来说，"脸"打开了一种外在性的向度，是绝对的他

---

① 姜宇辉. "喧哗"与"沉默"——从德勒兹事件哲学的视角反思波洛克的"醉"与"线[J]. 哲学分析，2014，5(4)：92.

② [英]乌尔里希·哈泽，威廉·拉奇. 导读布朗肖[M]. 潘梦阳，译. 重庆：重庆大学出版社，2014：99.

者，不可被占有，不可被客观化，因此他在《在适当时刻》这部作品中说"看着这张脸和描述它是两回事。（我绝对不会给它拍照。你们也可以确定我看它不是为了赋予它情感。）为了多少能关于这个问题说点儿什么：我感到她异乎寻常的显眼；她闪现在我眼前，那令人着迷的愉悦，永不枯竭"①。描述是一种客观化的企图，而看着这张脸就意味着一种绝对外在性的产生，抵制对它的描述，看着它是为了最终看不见它，让脸的实存消解。由此，脸的可见性正是被脸自身所超越，最终转向脸的"不可见性"，只有此时朱迪特才变得异常显眼，这张脸的后面包罗万象，凝视着它就是一场曲径通幽的冒险，令人着迷、永不枯竭。德勒兹在《千高原》中的两个章节也集中谈论过面孔，他认为"从根本上，面孔不是个体性的，它们界定了频率和或然性的区域，划定了这样一个场域，后者预先就对那些抵抗着一致性的意义的表达和连接进行压制。……面孔拥有一个远大的前程，但前提是它将被摧毁、被瓦解。趋向于非表意性，趋向于非主观性"②。德勒兹以列维纳斯的不可见的脸为基础进行了拓展和延伸，他所说的瓦解和摧毁面孔实际上解除了脸的身份标识作用及其与主体之间的联系，日常习惯未能磨损朱迪特的脸是因为这张脸的后面有着更为深刻和迷人的东西。"我"看着的这张脸其实已经脱离了朱迪特这个有限个体的限制，是对朱迪特这个人所具有的一致性特征的背离，并趋向德勒兹所说的非表意性和非主观性。布朗肖在括号里向读者交代"我"看这张脸不是为了赋予它某种情感，而是一种中性的、非主观的凝视，这张脸也不是特别与某个主体相关联，因此，脸的能指和所指被分离开来。德勒兹认为"在面孔的背后不存在普遍的命题逻辑，也不存在自在的合语法性，更不存在自为的能指，在陈述及其符号化的背后，只有机器、配置、解域的运动，它们贯穿着多种

---

①　［法］莫里斯·布朗肖. 在适当时刻［M］. 吴博，译. 南京：南京大学出版社，2015：49-50.

②　［法］吉尔·德勒兹，费力克斯·加塔利. 资本主义与精神分裂：千高原［M］. 姜宇辉，译. 上海：上海书店出版社，2010：231，237.

多样的系统的层化，并挣脱着语言和存在的坐标系"①。脸只是一个属于能指的外在形象，而它的所指最终指向的是处于冗余或过剩之中的能指自身，这也是朱迪特那张永不枯竭的脸背后的秘密。生命藏在这张脸的背后，脸成为一个无限的深渊，是一个敞开，正如小说中"我"靠近克劳迪娅，想弄清这张脸之后究竟是什么。他关注的不是这张脸的自然特征，也不是它与克劳迪娅之间的所指身份关系，而是小心翼翼地窥探这张脸背后的秘密，以及位于这相似性后面的令人不安的差异和生命特征，爱情的自私占有和欲望的无穷无尽是怎样隐藏在朱迪特和克劳迪娅的面孔之后。尽管这张脸在他面前一览无余，却丝毫不泄露自身的秘密。"面孔使所有冗余发生结晶，它释放、接受、放射并重新捕获那些表意符号。它自身拥有一整具肉体；它就像是（所有被解域的符号都附着其上的）意义核心的肉体，它标志着这些符号的解域的界限。"②脸已经自成为一具肉体，是表意体制所特有的图像，并成为其核心部分，它与身体形象分离。德勒兹借面孔瓦解了身体，面孔的非个体性就意味着面孔与身体已经没有必然的联系，在他那里面孔成为一台抽象机器，面孔被分布开来，颜貌特征被组织起来，形成一种抽象的编码，是系统内在的再结域，从而使得面孔更具意义的扩张性，它独立于语言的表现和说明。"我"看着朱迪特和克劳迪娅的脸，却无法把握脸后面隐藏的真相，"我"无法得知在克劳迪娅的面孔后面是维持现状的意愿还是将他排斥在外的确定性。因为这种不确定性，面孔引发解释，而这种解释和沟通又促进面孔这个能指的生产和再生产，这是对现实的生产，对行为和情感的生产。"我"同时处在这两张难以琢磨的脸之间，在它们生产出的欲望、嫉妒、自私和占有之间感受到一种难以承受的压迫感。"面孔自身就是冗余。面孔构建起墙壁，而能指需要这面墙壁来进行反弹；它构建起能指之墙、框架或银幕。面孔形成了一个洞，而主体化正需要

① [法]吉尔·德勒兹，费力克斯·加塔利. 资本主义与精神分裂：千高原[M]. 姜宇辉，译. 上海：上海书店出版社，2010：205.

② [法]吉尔·德勒兹，费力克斯·加塔利. 资本主义与精神分裂：千高原[M]. 姜宇辉，译. 上海：上海书店出版社，2010：158.

这个洞来进行穿透。"①也就是说面孔作为一面墙保护了主体的完整性不受外界的侵犯，同时也是一个洞，能够让主体逃逸越界，不断生成新的意义。

面孔这台抽象机器的运转取决于力的流动，而其中不可忽视的力量就是激情的力量，这种力通过被爱者的面孔运作。《在适当时刻》中的主人公周旋于朱迪特和克劳迪娅两个女人之间，他与克劳迪娅之间活跃的激情很大程度上源于朱迪特的暗中推动。他看着对面钢琴上挂着的一幅朱迪特的肖像画，这幅肖像画创作于一个他们还不曾相识的时代，在近处身旁他能够触碰到克劳迪娅的鲜活身躯，当他将手伸向这个躯体，他感到一种灼烧。此时，墙上挂着的朱迪特的肖像成为一个激情之线的起点的主体化之点，可以说，他既见过这张脸也没有见过这张脸，也就是说，这张脸所处的时代没有他的参与而显得陌生。一个既熟悉又陌生的面孔从主体化之点出发形成了不断的进程，挂在钢琴上的朱迪特肖像可能在平时并不会引起主人公的太多关注，当他与克劳迪娅同时在场并不断生产出激情之流时，这幅肖像画中的脸就开始凸显出来。画中的这张脸成为一个自为的主体，不是指向朱迪特这个具体的个体，而是作为形象的再现，在主人公的凝视之下激发出强烈的情感。它与主人公和克劳迪娅相互"观看"形成了相互作用力，仿佛当他们去看这张画中的脸时，它那隐藏的目光也在幽暗的深处注视着他们，面孔自身体现出一种尤为强烈的解域化，裂成细小的分子与主人公的脸一起进入无器官的共振身体状态。朱迪特画中的脸向主人公呈现出的颜貌特征已经与肉体脱离，成为画中的一个概念性人物，并不完全是朱迪特的重现，而成为解域的出发点，从固有的朱迪特的形象中逃逸出来，并参与到他与克劳迪娅的激情当中。主人公在朱迪特和克劳迪娅两张脸之间体验到激情穿越的节点，也使其处于一种主体化激情的机制或意义的妄想狂的机制之中，他感到身体的灼烧，表现出完全不同的欲望，这其中隐藏了一种背

①　[法]吉尔·德勒兹，费力克斯·加塔利. 资本主义与精神分裂：千高原[M]. 姜宇辉，译. 上海：上海书店出版社，2010：231-233.

叛带来的快感和激情。这里面既有主人公对朱迪特的背叛，也有克劳迪娅对朋友朱迪特的背叛，这种复杂的关系在面孔背后来回切换。克劳迪娅对"朋友"这个词异常敏感，在她那里"朋友"只是出于她和朱迪特同时喜欢上主人公才彼此结下的友谊，这种竞争让她们共同经历了能够切入激情之流的情感分裂性，她们不能被简化为爱人或是朋友，而是开启了一种重新装配的欲望，在面孔的引诱和被引诱中走向一个新的层面。在这灼烧的激情之流后面始终存在着一个潜藏的背叛者或者说是激情之流推动者，旧好朱迪特和新欢克劳迪娅之间的脸相互闪避，又相互彰显，她们的面孔始终处于不断转化、坠落和上升的关系之中，是激情之中力与力的较量，这种力在不同面孔之间相互缠绕争斗，直至到达某个令人窒息的意识的顶点。脸可以成为主体激情化之流的起点，也可以成为阻碍。《死亡判决》中的年轻女人的脸就是这样。主人公住在 O 大街的酒店，他注意到隔壁房间住的一位年轻女人在主动勾引他。一天晚上他工作回家误闯入这个女人的房间，一开始他觉得她穿着漂亮的睡袍妩媚动人，后来这个女人让他看自己手上凸起的疤痕，过去的某些东西回到了她脸上，不一会儿她情绪发生了变化，"脸上呈现出令人敬畏的冷漠，一副道德感很强的样子，这表情能让最美丽的面孔也变得叫人厌烦，结果她的妩媚大为褪色"①。她的脸回到了一种道德的秩序化中，这种秩序化阻断了激情之流在肉体之间的转移和过渡，理性规则屏蔽了感性经验，让他眼前的这张脸变得单调乏味。

　　脸是布朗肖作品中的一个生命哲学事件，是各种生命力量之流碰撞和显现的场所。《亚米拿达》中托马看着与自己锁在一起的囚犯，因此彼此相互靠近，他脸上凌乱的线条和憔悴的皮肤都一览无余，有一些浮肿和疤痕，"那是某个刺青师画出的第二张脸，他很可能听了一位艺术家的建议，把这张脸本身的肖像重构在了这张脸上。……这幅画有大量的错误——比如，两只眼睛不一样，其中一只在右眼下方，似乎才刚刚

---

① ［法］莫里斯·布朗肖. 死刑判决［M］. 汪海，译. 南京：南京大学出版社，2014：44.

成形，而另一只在左上方夸张地睁着——然而，它有一种触动人心的强大的生命感。这第二张脸并不是叠加在第一张脸上的，根本不是。……一直盯着嘴巴看，就能发现许多精细的线条，似乎反映着一种古老的美"①。托马的视线一直停留在这张脸上，他看到的是这张脸物质性和肉体性的实际存在，当一张张脸变得让人混淆无法区分的时候，托马在身边囚犯这张不对称甚至有些古怪的脸上找到这张逃逸的脸孔，他凭着对生命的敏锐洞察在其中看到了一种触动人心的强大生命感和古老的美。这张脸不是一种完全静态的存在，它被一些力量拉扯而扭曲变形，一只眼睛刚刚成形，另一只夸张地睁着。眼睛不对称并且歪斜变形显示出一种不安和恐惧，这张脸化为一个内在性的平面，一种非特指的生命，这张脸没有表情没有善恶，它存在于时间之间，即将发生又尚未到来，里面蕴藏着各种力量之间的博弈和争斗。力量以某种特殊的频率在脸部这个区域振动，从而造成了这张脸的扭曲不对称，扭曲是力量效果的呈现。德勒兹生前最后一篇文章《内在性：一种生命》就指出"纯粹的内在性就是非特指的一个生命，而非其他。……个体的生命让位于无人称的独特生命，后者则从内部的永恒生命的事故中，也就是说，从事件的主体性和客体性中解放出来，释放出一种纯粹的事件"②。对于德勒兹来说，一切艺术的使命就是要捕获这种生命的力量，显然布朗肖在他的写作中也在创造一种生命的可能性，一种生命的风格，写作就是探索和赋予生命的过程。囚犯这张饱经风霜的脸此刻在托马的凝视中就是一出纯粹的事件，这张脸从主体中被释放出来，超越了这个囚犯个体本身。脸上凌乱的线条、疤痕、浮肿和不对称的眼睛显示出动物般顽强的生命力，这是一种异质性的力量，扭曲意味着力量的分层和断裂。托马沉浸在对这张脸的凝视中，他想通过目光的穿透性来挤压这张脸背后的灵魂，占有这张脸的本质，连同其中蕴藏的恐惧和矛盾。昆德拉在《相

① ［法］莫里斯·布朗肖. 亚米拿达［M］. 郁梦非，译. 南京：南京大学出版社，2016：25-26.

② Deleuze, Gilles. Pure Immanence: Essays on a Life［M］. Anne Boyman, trans. Cambridge: MIT Press, 2002: 27-28.

遇》中说："脸，我盯着它看，想找到一个理由，让我去经历这'毫无意义的意外'，这生命"①。从表面上看是托马这张脸对另一张脸的凝视，但这两张脸绝不是主体和认知客体之间的简单关系，这种生命的捕捉无法通过理性的凝视直接抵达，而是需要两张脸的相遇和情感之力引发的共振，到了最后他们的脸贴在了一起，托马感觉他们就像粘在一起的整体。《至高者》中佐尔格看着让娜引人注目的脸颊，"她那肥大的下巴被一股力量扼住，这股力量绝非出自她的本意，而是不可抑制的需求，无法避免"②。这股力量在让娜的脸上被充分放大了，扼住她肥大的下巴，却又没有脱离这个本体。与其说佐尔格从让娜的脸上看到一种非个人的欲望，不如说是他在让娜的脸上看到自己不可遏制的需求，这是两张脸的相互理解和回应，打开了力量的流通通道。直到夜幕降临，他把她拉起来以对抗的方式扭打结合在一起，他们也并不知道自己为什么要这么做，只是必须这么做。《在适当时刻》中主人公敲开门看到朱迪特的那一瞬间，她的面容就唤起他心中一个无比遥远的回忆，她拥有精致的面容，介于最愉悦的微笑和最冷漠的自持之间，"面部的线条兼具某种热情的喜悦和极端的脆弱，似乎由某种内在的更为集中的别样的气韵所支配"③。他从记忆深处注视着朱迪特，妄图直抵她的灵魂，他被这张脸托起走向另一个生命，他们不是在门口相逢，而是在记忆中的某个点再次遇见。这段记忆一直延伸到现在，是记忆中的脸与当下的脸的一种缠绕和混合，在某种程度上，正如与托马在一起的那个囚犯一样，这也是第二张脸，是不同于过去、现在的一张差异化的脸。

朱迪特脸上线条喜悦和冷漠、脆弱之间的矛盾为后文他们三人之间的关系也埋下了伏笔，她对主人公的到来既有一种情感上的欢欣和接

① ［捷］米兰·昆德拉. 相遇［M］. 尉迟秀，译. 上海：上海译文出版社，2011：20.

② ［法］莫里斯·布朗肖. 至高者［M］. 李志明，译. 南京：南京大学出版社，2016：239.

③ ［法］莫里斯·布朗肖. 在适当时刻［M］. 吴博，译. 南京：南京大学出版社，2015：5.

纳，也似乎冷漠地划清了界限，我们很难判断这种矛盾的心理是源自他们曾经拥有的关系，还是即将到来的情感纠葛，对于他们之间的过去，布朗肖没有明确交代，布朗肖通过这张脸打开了一种生命的时间，打开了连接过去和未来的时间通道，这张脸不完全属于当下，而是感觉尚未形成晶体时的混浊与复杂，是生命连续状态的相互融合和渗透。囚犯的脸、让娜的脸以及朱迪特的脸都是生命进程中的某种潜在状态，布朗肖展现的是这些脸背后的不可被还原的生命差异性和力量的断裂点。

囚犯那张脸是刺青师画出的第二张脸，是一张逃逸又被捕捉到的脸，它破坏了原有脸部轮廓的疆域，但从根本上也是同一张脸，布朗肖在这里展开了这张脸的质问，这两张脸究竟是不是同一张脸，实际这也是对"我"的界限的质问，探寻"我"不再是"我"的边界。20世纪法国先锋艺术家杜尚创作出的最后一幅作品《给予：玛丽亚、瀑布和点燃的煤气》用了22年时间完成，从外观看上去就是一扇普通的木门，在费城艺术馆的一个角落里，如果没有人指引，我们甚至都不知道那是一件艺术作品。真正的玄机在于门上的一个小洞，透过那个小洞可以看见里面广深的艺术图景：一个裸女、一条流动不息的瀑布，一盏正在燃烧的燃气灯。杜尚在这里也是探寻一个边界：门什么时候不是一扇门？让-米歇尔在书中给了我们一个回答："其中一个答案是：当它是一张脸的时候。一个常见的回答是：当它微开的时候。"[1]在这里，布朗肖和杜尚的共同之处是用脸或一个有着小洞的旧门在表象的"我"和真正的"我"之间设立了一个人为的屏障，用一种沉默缓慢的方式慢慢释放出难以探寻的深处。杜尚的那扇门就像一张脸，表面上平淡无奇，从那个微微开口的小洞却看到了另一番风景，并且这种风景不是静态的，而是一直运动和变化，瀑布的流动和气体的燃烧都表明了时间的绵延感，而裸女、瀑布和燃气灯的组合制造了一种模糊不清的意义。布朗肖作品中的脸也在沉默中透露出一些难以捕捉的生命痕迹，原本以脸来构建某种社会秩序

---

① Rabaté, Jean-Michel. The Pathos of Distance [M]. New York：Bloomsbury, 2016：187.

并且表明身份的脸被瓦解了，第二张脸在意义的不确定性中不停地逃逸生成，展现出生命中那些被遮蔽的、被压制的边缘和裂痕，脸中蕴涵的一个个生命时刻连缀着历史的痕迹，同时又向着未来敞开。

《在适当时刻》中朱迪斯发生了类似于《圣经》中亚伯拉罕献祭以撒的故事，朱迪特将自己所爱之人送到了克劳迪娅身边，虽然他也在她身边，但她看不见他的脸而只能看到一只公羊的幻像。朱迪特与"我"之间的关系受到了威胁，"我"的脸成为一个冷漠而遥远的画面，成为公羊的幻像，真正的"我"已经被她献祭了。布朗肖的献祭思想深受巴塔耶的影响，在巴塔耶看来，献祭是对世俗物化世界的否定，而色情和宗教献祭则是对世俗世界再否定的两种强烈形式。布朗肖以献祭这种极为隐晦的说法暗示了朱迪特、克劳迪娅和"我"三人之间的情欲纠缠，山羊的幻象展现出的是死亡的深邃与神圣，以及爱欲与死亡之间的亲密关系。在爱欲中，"我"被朱迪特置于一个祭品的位置，脸部化身为公羊的幻象，朱迪特不是将"我"献祭给神，而是交付于不可抗拒的欲望，因为欲望能够穿透所有规则。① 上帝没有杀掉以撒，用公羊来替代以撒，朱迪特在现实中也没有失去"我"的身体，"我"依旧在她身边，在她与克劳迪娅之间，朱迪特的献祭不是出于神的意愿，而是她自己的决定，她作为献祭者是自由的。爱欲是一种能量过剩，对于她来说献祭一方面源于爱情中的嫉妒，"我"处在一个让她手足无措的位置，当她、克劳迪娅与"我"三者之间的关系无法平衡的时候，献祭意味着一种舍弃；另一方面，她主动将"我"这张脸抛了出去是为了服从于不可抗拒的神圣的欲望，山羊的幻象用一种动物性让人克服现实的规约性进行游戏，朱迪特将这种献祭变成欢乐的欲望输送，"穿越危险的献祭地带，死在那里，实际上，它去那边就是为了死。祭主则得到了保护"②。而此刻"我"的献祭则是爱欲中一场对过剩的自我消耗，这种耗费要求主

① [法]莫里斯·布朗肖. 在适当时刻[M]. 吴博，译. 南京：南京大学出版社，2015：99.

② Henri Hubert & Marcel Mauss. Sacrifice：Its Nature and Function[M]. W. D. Halls，trans. Chicago：The University of Chicago Press，1964：98.

体将自我挥霍殆尽，体现出与死亡的一致性，在死亡的缺席中成为"我"与朱迪特共通体的开端。脸因此成为一个界限，这个山羊的幻象从根本上摧毁了脸的肉身性存在，让他们三人的关系从矛盾的世俗现实走向纯粹欲望所主宰的外部。

此外，献祭（korban）这个词在希伯来语中还有接近的意思，朱迪特在面孔的失去中无限地接近了自身欲望的存在，也无限地接近了那张丧失的面孔，在这里，接近是通过舍弃和远离来完成的。献祭释放了这张脸中的异质性元素，并打破惯常的同质性，她将毁灭性的风暴变成快乐的源泉，眼神露骨而贪婪，全神贯注于"毁灭"一张脸得到一个山羊的幻象这一瞬间事实，她的恐惧、悲伤、狂喜和诱惑都停留在献祭"杀戮"的那一刻，这种极端对立的体验以彼此越界的方式成为一个纠缠不休的连续体，它们以相互撕裂的方式得以重新整合，从而展开一场对生命之绝对的冒险。这是脸向极限的过渡，是一种眩晕，由此抹去了可见与不可见之间的界限，其中隐藏着一种精神性的伤痕，屈服于欲望的恐惧和颤栗。从此以后，朱迪特宁愿和一个幻象生活在一起，进入谵妄和迷狂的生活状态。朱迪特将生命隐藏在一个幻象中，幻象要求思想的介入，思想与幻象一同变幻交错，这是对肉身的弃绝。这张脸被倾空之后永远处在逃逸之中，"颜貌特征的功能不再是阻止一条逃逸线的形成，或形成一具意指的躯体——这具躯体对逃逸线进行控制并仅在其上遣送着一头无面孔的山羊。相反，是颜貌对逃逸线进行组织，在两张（憔悴的、偏转的、以侧面呈现的）面孔的面对面的关系之中"①。德勒兹是认真地阅读过布朗肖的，这句话是不是源自他对布朗肖的解读我们很难说清，但这句话在某种意义上恰切地阐释了朱迪特献祭的故事，这头无面孔的山羊就是对逃逸线的组织，"我"的面孔消失，形成一个主体化的点，并勾勒出一条逃逸或解域之线，这是为了背叛，为了在朱迪特和"我"的关系中开拓一片新的疆土，形成一种不断更新的联盟。这是生

① ［法］吉尔·德勒兹，费力克斯·加塔利. 资本主义与精神分裂：千高原［M］. 姜宇辉，译. 上海：上海书店出版社，2010：172.

命之间的关联，欲望催生了思想本身的灾变，朱迪特和"我"都极具占有欲，却又无法彼此全部占有，他们面对面的关系中呈现出面孔的不稳定性，这是观看与现实之间的焦虑。这张脸成为情感、生命中最深切的矛盾，甚至是一种观看的恐怖，面孔的失去之处绽露的是毁灭之光，与其说是"我"丧失了面孔，不如说是朱迪特摧毁了这张脆弱的面孔，山羊代表着一种纯粹的欲望，勾勒出朱迪特所经历的生命的狂喜和磨难。朱迪特肯定了至高无上的欲望，这种欲望拒绝考虑一切，为了接受这个幻象，她必须遗忘与肉身相连的脸的具象，山羊的幻象是差异生成的开始，在逃逸的过程中向无限敞开。"对她来说，我谁也不是，反之亦然。"①逃逸的面孔打开了激情流动的通道，消除了名字和形象所划定的界限，从而赋予这张脸无尽的相似性中一个死亡瞬间的深度，于死亡之中诞生的差异性。此外，最初的言谈和话语都是来自面孔，面孔的丧失代之以山羊的幻像也意味着一种沉默，朱迪特和"我"脱离了以语言为基础的沟通，抵达另一种无声的沟通，这是对断裂个体存在的联结，在沉默中与无限沟通，也意味着人向绝对欲望所代表的神圣世界无限地接近和回溯。

布朗肖笔下的脸也表现出一种自我撕裂和概念性人物的生成。《最后之人》中的第二部分叙事直接引入了第二人称，以一种近乎病态的喃喃自语导向虚空，这个"你"并不是直接指向读者，反而更像是一个看不见的"我"，"我仍渴望对你说话，如同对着地平线那边一张面对着我的脸说话。看不见的脸孔。……我，要的是你成为一张脸，成为一张脸中那可见者，而你是要为我再一次成为一张脸，成为一个思想，但却是一张脸"②。脸构建了一个概念性的人物，一个概念性的思想，"把思维的领土及其绝对的脱离领土和重建领土的活动显示出来"③。与"我"

①　[法]莫里斯·布朗肖.在适当时刻[M].吴博，译.南京：南京大学出版社，2015：102.

②　[法]莫里斯·布朗肖.最后之人[M].林长杰，译.南京：南京大学出版社，2014：118.

③　[法]吉尔·德勒兹，菲利克斯·迦塔利.什么是哲学？[M].张祖建，译.长沙：湖南文艺出版社，2007：296.

一起构成了"我们"，脸意味着一种异质性，它不能被简化为某种心理-社会典型，甚至不一定是人类。在布朗肖的小说中，它可能是一只猫、一条狗、一只蜘蛛的样子，通过这张脸"我"与外部进行连接。在《黑暗托马》中，安娜呈现给托马的一张脸"一直在改变，但永远还是安娜，只是不再与安娜有丝毫类似的安娜"①。安娜此刻化身为一只与少女无异的蜘蛛向他走来。安娜这张脸是一个未完成的形象，它不断地生成改变体现出了安娜和托马之间情感关系的微妙变化。托马与这张脸的相遇是绝对内在和外在发生关联的结果，即一个比所有过去时间更深远的内在，一个比所有外部真实层次更遥远的外在，两个层次相互混合、超越，在一个内在平面上展开无限的生成运动。

在布朗肖笔下，脸使自我始终处于一种与他者的关系中，将"我"从在场中带走，脸代表着解域性的要求，是通向外部的入口，是一个敞开。布朗肖写面容是为了超出面容，走向域外，用脸探寻此在与外部之间的界限，倾听来自面容之外的声音。布朗肖的面容只是他异性的汇聚，是成为一张脸的抽象思想，是一种中性和未知。这张脸所生成的概念性形象在德勒兹那里与创造性活动密不可分，是对生命潜能的实现，概念性人物作为一种思维图景在内在性平面上运行，这数个面貌的出现相互区别、接近，彼此提升，试图在同一个平面上促成一张脸的现身。"脸啊，期待之脸，却是减除于所期待之外，是一切期待的不被期待者，不可预知的确定。"②这张脸要穷竭当下的结构和形式，彻底返回到赤裸的生命之中，他们共同进入了生命的剩余状态，对于布朗肖来说，生命的生成和展开只有在穷竭之处才是可能的，这是一种对规则和形式的远离，一种在生命的狂欢和游荡中的理想。巴塔耶在评价布朗肖的《最后之人》时说："《最后之人》揭示了一个我们只在眩晕的运动中抵达的世界。但这书本身就是运动，在那里，我们失去了一切根基，拥有，

---

①　[法]莫里斯·布朗肖. 黑暗托马[M]. 林长杰，译. 南京：南京大学出版社，2014：51.

②　[法]莫里斯·布朗肖. 最后之人[M]. 林长杰，译. 南京：南京大学出版社，2014：122.

如果可以的话，看见一切的力量。"①《最后之人》中"我"的追寻的那张脸早已失去了肉身的根基，它随着不同的内在性平面而发生变化，只有在迷失和欢腾的冲动中才能捕捉到并与之相遇，这是思想上和对生命之绝对的一种冒险。

---

① ［法］乔治·巴塔耶. 我们死在其中的这个世界［EB/OL］. Lightwhite，译.［2017-06-20］. https://www.sohu.com/a/150459987_295306. 原文发表于 1957 年 8—9 月第 123-124 期《批评》(*Critique*)杂志。收于《全集》(OC)第 12 卷，第 457-466页。

第四章　平滑的社会空间：
歧化的情感力量

在《无尽的谈话》中布朗肖谈到人与人之间的关系是可怕的，因为他们之间是直接赤裸的关系，没有任何中介对双方进行调和。① 人类关系的真实状况极为脆弱并且难以用理性和知识捕捉，布朗肖以文学艺术为依托，在小说创作中来探索人与人之间的关系及其所处的社会语境。博瑞奥德说："艺术是产生特殊社交性场所。"②在艺术中能够实现关系的连接和共存，布朗肖所构建的文学空间并不是一个纯粹封闭性的艺术实践，而是呈现出情感之力作用下的自我和他者之间的接触、碰撞和位移，以抵制人类关系的贫乏化。这种情感之力不是以某种稳定的社会关系为基础，而是一种异质化的碰撞和连接，旨在超出这些现成的社会关系的局限，是一种歧化、距离化、分裂性的力量，以块茎的方式向外蔓延，充满着偶然和未完成性，从而呈现出在既定的社会关系之外所存的巨大的关系构建可能性。这种情感被德勒兹赋予了一种革命性的力量，他将情感的流动置于一种社会关系中，通过逃逸线路生成少数主义从而解构社会中的权力主体关系，将社会层化空间推向一个平滑性空间，这预示了一种美学自由游戏的空间，或者说中性化过程，确立了一个尚未到来的普遍和平等的社会关系新形势。莫里斯·布朗肖的文学创作是要从与现实交界的白昼走向无尽虚拟的暗夜和沉默，去实现一种潜在和尚

---

① ［法］莫里斯·布朗肖. 无尽的谈话［M］. 尉光吉，译. 南京：南京大学出版社，2016：111-112.

② Bourriaud, Nicolas. Relational Aesthetics［M］. Les Presses du Reel, 1998：16.

未完成生成状态中的虚拟力量，从而展现出文学的纯粹内在性及其自身和思想的褶皱。更为重要的是，他在这个虚拟的文学空间中探索新的社会关系与情感连接，让书写成为重塑社会情感结构与感觉共通体的手段。

第一节　逃逸的关系

布朗肖作品中人与人之间的关系是一种相互分离却又无限关联的状态，这种关系被欲望之流撕裂开来，这个裂缝是关系逃逸的起点，主体与自身和他者之间呈现出一种不稳定、不清晰的边界。每一次逃逸和滑脱都是力的流动和新关系的生成，伴随这种不确定性和差异性而来的，是内部与外部的融合，也是充满活力和创造性的生成的运动。布朗肖作品中的这种逃逸关系主要表现在相遇性、被动性和滑动性三个方面。

一、相遇性

德勒兹强调关系中的纯粹相遇性，"与他人的关系不是基于身份认同或认知，而是相遇和新的构成"[1]。这种偶然的碰撞能够产生最直观纯粹的体验，这就是他所谓的游牧分布，受差异性和偶然性的支配。在布朗肖的小说中，人物之间关系的建立都具有一种偶然性，他们的相遇都是没有预见性的闯入，体验到的是人与人之间产生的一种瞬间的力量。这个过程排除了一切预设的关系，随之不断产生新的关系连接。《死刑判决》的第二部分中主人公晚上下班后误闯邻居女人的家中，而她的房门恰好没锁，能够让人随意闯入，并且对这种闯入泰然处之。不久之后，"在莫名冲动的驱使下她闯入我的房间，现在剩下的能量刚好

① Rajchman, John. Introduction in Deleuze Pure Immanence: Essays on a Life[M]. Anne Boyman, trans. New York: MIT Press, 2002: 15.

够站立在房间里，而不至于消散在空气中"①。那晚娜塔莉离开后，他
又想起在地铁遇到的说自己快要结婚的姑娘（S. D.），于是动身前去找
她，他知道她的住址却不记得公寓的确切号码，按了好几家的门铃都没
人应答，便下意识推开其中一扇，门竟然被推开，陌生的房间吸引着
他，"现在轮到我打开一扇门，以一种无法解释的方式走进一个无人期
待我的地方"②。小说结尾处当他四处寻找娜塔莉的时候，却在自己房
间的黑暗中发现她在那里等待。主人公与这些女人之间的偶遇中，门恰
好都是没有上锁的。此时门就是一个界限，当这扇门能够被随意闯入的
时候，他们相遇的空间就从封闭和层化的空间变成了平滑空间，空间的
解辖域化让新的关系得以建立，使其始终处于变化和生成的状态。阿尔
都塞在1982年的《相遇的唯物主义》一文中指出相遇是世界万物存在的
根本原因，偶然性是相遇的本质。③ 德勒兹在相遇的现实性和物质性基
础上关注的是推动偶然性相遇背后的内在力量，相遇是现实情境中事物
发展的过程。小说中的每一扇门都成为不确定区域的入口，构成一条逃
逸线，主人公与不同女人之间的相遇是激情力量所导致的行动，只能用
情感来把握。娜塔莉闯入时，主人公感受到强烈的心脏的紧缩感，随即
她要离开时，他变得暴怒不已并在她身上使出了一切狂暴的力量。娜塔
莉的闯入既是主体所期待和等候的，又意味着一种被主体排斥的潜在差
异性，这种差异性让主人公从绝对主体中回撤到了无限遥远的地方，成
为陌异的外来者。他与闯入者娜塔莉之间没有语言交流，此刻，身体是
他们沟通的唯一通道，狂暴的力量是身体的一种召唤，撕裂了他和她之
间的关系，他与娜塔莉在这种连接中成为一个没有精神的身体共通体。
他们相遇的现实性通过这种情感强度才获得了生命，这种情感不是源于

①　[法]莫里斯·布朗肖.死刑判决[M].汪海，译.南京：南京大学出版社，
2014：49.

②　[法]莫里斯·布朗肖.死刑判决[M].汪海，译.南京：南京大学出版社，
2014：54-55.

③　郭华.晚期阿尔都塞的"偶然相遇的唯物主义"[J].南京社会科学，2009
（4）：27-28.

理解和交流，而是来自强烈的对峙和失控，是主体对自我的放弃，他们在差异化的相遇中打开了情感流向的多样化路径。

布朗肖小说中人物的遇见是一种非认识的相遇关系，他们的每一次闯入和遇见几乎都不存在言语的交流，他们之间不是认识与被认识对象的关系，他们就是自身的显现，以其自身来与彼此遭遇。在这样的相遇中都带有一种生命能量的持守和释放，他们解除了自身的主体性，任凭一种没有目标的力量将他们带离自身，这种力量先于人存在。陌生女邻居闯入"我"的房间，以至于剩下的能量刚好够站立在房间里，而不至于消散在空气中，能量不会消散意味着生命的存有。同样，主人公在娜塔莉闯入时感受到的强烈心脏紧缩感，这也是布朗肖对陌生性闯入的生命思考。这里不得不提到南希因为心脏移植手术写的《闯入者》(L'intrus)一文，在他看来，被移植进身体的心脏是对身体的闯入，心脏成为身体里的陌生人，"一阵奇怪的判断力丧失，使我呈现为正在死去——没有反抗，没有诱惑；你感到心脏离开了，你认为自己就要死了。……闯入我生命的这个多重的陌生人就是死亡——或者说，是生命/死亡"①。强烈的心脏紧缩感是与死亡擦肩而过的状态，布朗肖笔下的相遇不仅是对人物关系的拆解，相遇产生的生命能量也维持了死亡与非理性的亲密关系，这种暴力是死亡的临近和过度的激情。主人公对娜塔莉发作的那种狂暴力量并不是针对她，"它是一种没有目标的力量，就好像地震的爆发，撼动并颠覆一切存在"②。这股力量不是某种具体情绪性的东西，而是联结物和物之间的一种强度。此时主体性的解除并没有导致情感的缺席，反而赋予情感一种非个人的强度，正如《在适当时刻》中的主人公扑向克劳迪娅的那一瞬间，表达出的都是一种纯粹的、强烈的情感，一种生命力的爆发，他和克劳迪娅之间是一种赤裸的在场关系，其中充溢着无限激情。汪海在《死刑判决》的序言中写道：

① 让-吕克·南希. 闯入者[EB/OL]. [2020-09-16]. https://www.sohu.com/a/418744414_488575.

② [法]莫里斯·布朗肖. 死刑判决[M]. 汪海, 译. 南京：南京大学出版社，2014：50.

"真正的爱始于一种失控，一种无法抑制的坠落，开始于主体放弃主体地位的那一刻。……"夜闯"是"我"遭遇他者的一种独特方式，是爱情诞生前的致命一跃。"①娜塔莉碰到桌子发出的喊叫和克劳迪娅接触到"我"的目光发出的喊叫瞬间与这种情感相连，形成一种非常大的强度，要感知到这种情感只能用领会而非认识的方式去接近或把握它。领会就意味着带着距离和陌生性来面对相遇，而非像认识那样可以随意分析和处置对象，"她看我的样子就好像看着一个陌生人，她发现自己和暴怒的疯子一块儿"②。这个暴怒的疯子在她面前是一个陌异的他者，是她与极端不可还原的界限的相遇。爱情要求陌异性的涌现，"涌现绝对的他者，而与这个他者的一切关系都意味着：没有关系，甚至在一场用毁灭感取消自身的，（时间之外的）突如其来的秘密相遇里"③。"我"的暴怒正是一次致死的行动，让她在这场相遇中经历死亡的追问，正如布朗肖所揭示的，俄耳浦斯的回头让欧律狄克重新遭遇死亡，目的是通过取消关系来确认一种纯粹关系的在场。这种相遇是界限的探寻，是危险本身，在相遇的过程中经历死亡的考验。此刻，相遇的对象也暴露在这种考验中，主人公突如其来的暴力是为了确认一个他者的在场，并因此进入一种关系的不可能性。这也就意味着他们之间的每一次相遇都是差异性的相遇，都是一次新的开始，都是当下视域的重新开启，永远带有初次的惊喜和颤栗。人与人之间的关系不是一个已经完成的封闭世界，而是一个敞开的没有终结的自由空间。

布朗肖描写男女主人公这种偶然相遇不是为了刻画某种特殊的人物形象或心理状况，而是表现他们相遇后呈现出的意向性关系和诸多可能性。他们之间或拒绝，或暴烈，或缱绻，表现出一种瞬间的情感强度，

---

① ［法］莫里斯·布朗肖.死刑判决［M］.汪海，译.南京：南京大学出版社，2014：18，22.

② ［法］莫里斯·布朗肖.死刑判决［M］.汪海，译.南京：南京大学出版社，2014：50-51.

③ ［法］莫里斯·布朗肖.不可言明的共通体［M］.夏可君，尉光吉，译.重庆：重庆大学出版社，2016：65.

一种差异性的力量，切断了逻辑化的叙事链条。布朗肖用相遇的方式为理解爱情世界提供了一个新的基点，爱情是一种人际关系，真正的爱情应当承受对方的偶然性，承受一种原始的无缘由。尽管《死刑判决》中的主人公与娜塔莉已经有过交往和会面，但他们的每一次闯入和相遇都是从固有关系中的逃逸，这种新的关系是通过情感之力产生的相互关联才建立起来，从而形成一种情感的聚块。《黑暗托马》中托马与安娜在饭店偶然相遇，安娜的美丽不是已然存在的，而是随着托马的注视而苏醒，这其间存在着力的激活和唤醒。"这个时刻，'相遇'的时刻既先于相遇，又将自身定位在移动的界限上，在那里，从非起源之深度的底部——那是一个始终他异的区域，一个空洞而离散的空间——如此的空无，如此的裸性，成了相遇的赤裸面容，成了面对面的惊奇。"①此刻，安娜不仅通过她的美丽在场，也通过缺席在托马的目光中苏醒，视觉驱力指向安娜，她身上的美丽实际上是托马的欲望和情感在她身上的投射，在这样的关系中，总有某种东西在这个空洞离散的空间内滑脱，在穿行。当托马想靠近她得到一点鼓励时，她变得陌生，最终她在托马一个不理智的举动中，随人群一起离去。对于布朗肖来说，相遇让爱情返回到一个本源的经验世界，也就是人类经验的初级形式，给予我们一种更为深刻的方式来感知爱情，回应爱情中的伦理要求：爱情双方没有从属关系、认识关系，而是以其自身来相互照面和相遇。

二、被动性

布朗肖叙事中的人物与他自身一样都在不断自我消除和隐退。这种边缘化和不在场并没有让他们完全隐匿消失，相反，他们的消极被动让他们成为叙事中一个巨大的在场，正如对最后之人的描述："他又是如何在场——以这单纯的、明显地在我身周边，但又像是没有我们，没有

---

① [法]莫里斯·布朗肖. 无尽的谈话[M]. 尉光吉，译. 南京：南京大学出版社，2016：359.

我们的世界，或许没有任何世界的一种在场?"①这被她称作"教授"的最后之人以一种极为沉默和隐淡的姿态处于"我"和她之间，他身上体现出布朗肖对极致被动性的思考。这种被动性并不是在最后之人与众人隔绝中获得的，不是对关系的弃绝，亦不是对世界和意义缺场的恐怖体验，而是表现为主动从一种明显在场中离场隐退，迎接从主体性到中性无人称的过渡和转化。最后之人就是没有任何特征的中性的无人称的"他"，他从一开始就在"我们"之中，而不是绝对的局外人，他以另一种方式与"我们"发生联系。他处在一种被动关系中，他从"我们"之中撤退，回到绝对内在平面上寻找与自我的一种关系，这是耐心和激情所体现的消极和被动。"我们因此痛苦于他如此孤单地面对我们这一大群人，我们之间的联系虽平庸，但坚固且必要，而他却单独置身异外。"②他在这种被动性中表现出的弱质和单纯是生命的赤裸状态和原真构造，它是这个内在性平面上最直接的存在，这个潜在的平面就是他所养护的空洞，他不呼救，只是沉默着轻缓地磨杀时间。用德勒兹评价贝克特的话来说，这是彻底的穷竭状态，是真正的一点不剩，一切东西都在这个平面上被悬置了，我们无法抗拒他却也无法捕捉到他思想内中的秘密，他在被动性中切断了与外界的联系，"让别人看不见他，看不见我们消失在他眼里已到何种程度"③。他回到了内在性层面，这是穷竭了当下存在的结构之后返回到作为生命最原初的层面，一切关系和联结都有待重组。他对"我"和她都存有一种诱惑性的力量，吸引我们走进去，自身却愈来愈不在。关于他的一切都是混乱不清的，我们想要与他建立关系的唯一路径就是回返，返回到那个内在性平面的深渊里，以死亡来回应这种缺无和虚空。巴塔耶评论《最后之人》说："'我们活在其中的这

---

① [法]莫里斯·布朗肖. 最后之人[M]. 林长杰，译. 南京：南京大学出版社，2014：43.

② [法]莫里斯·布朗肖. 最后之人[M]. 林长杰，译. 南京：南京大学出版社，2014：11.

③ [法]莫里斯·布朗肖. 最后之人[M]. 林长杰，译. 南京：南京大学出版社，2014：12.

个世界'里,一切都安排好了,一切都在安顿,在建构。但我们属于'我们死在其中的世界'。在那里,一切悬而未决,在那里,一切更加真实,但我们只有通过死亡之窗才到了那里。"①

这种被动性在布朗肖笔下还表现为一种极度耗竭和柔弱的状态,然而这种弱质性实际上却蕴藏着强大的生成力量。最后之人总是极度疲乏的样子,沉默而虚弱,他无可测度的柔弱却拥有一种强大的力量,这种弱质没有限度,像是一个黑洞能将靠近的一切力量都吸了进去,却没有任何返还,"某种骇人之物正在他内中四处蔓长,尤其在他身后,而这增长并不减损其衰弱,却是一种发端自无限衰弱的增长"②。这不是有着明确目标朝着一个方向运动的力量,而是一股分裂的力量,如块茎藤蔓一般四处蔓延,呈现出一种拓扑形态的褶子结构。它撕碎了主体,使其能够在不同层面上生长,建立起不同层面的关联,触碰到独一无二的存在,它朝向域外,杨凯麟在《德勒兹论福柯》的译序中总结道:"这个闯进既定的事物与想法之中,迫使一切瞬间变色,成为另类、成为'非'(这里无关否定,而是'有别于'或更精确地说是'外在于')的莫可名状之物,正是域外。"③在他的注视下,"我们"消失并且重生为没有名字没有面孔的强力,是非我,此刻只剩下力量和自我的关系。被动性将力量从力的关系网络中解放出来,将力量转向自我,从而使自我获得绝对自主性。因此,他身上这种极致被动性和柔弱反而能够成为行动力,能够回应某种理性和知识之外的东西,这种力量是不为人觉知的激情。它绝非浪漫主义的强烈情感,富有强力和战斗精神,相反,它是向他者敞开时的极致被动性,是忍受和不断磨损时间的耐心,是与一切力

---

① [法]乔治·巴塔耶. 我们死在其中的这个世界[EB/OL]. Lightwhite, 译. [2017-06-20]. https://www.sohu.com/a/150459987_295306. 原文发表于1957年8—9月第123-124期《批评》(Critique)杂志. 收于《全集》(OC)第12卷,第457-466页.

② [法]莫里斯·布朗肖. 最后之人[M]. 林长杰,译. 南京:南京大学出版社,2014:43.

③ 杨凯麟. 译序:从福柯到德勒兹[M]// 德勒兹. 德勒兹论福柯. 杨凯麟,译. 南京:江苏教育出版社,2006:6-7.

量相分离的弱。在他的柔弱中，"我"感受到一种强大的压迫感，他极度疲乏却始终运作着一股强大的吸引力，造成了他和"我们"关系中的力量失衡，如同《黑暗托马》中托马与安娜之间的力量消涨，托马愈是退回自身内部，安娜愈是轻巧前进，托马的被动和后退吸引着安娜靠近，"在这身体与这生命背后，我感觉到那令我觉得是构成他最极限之虚弱者竟以何种强力之逼压企图崩裂那护卫着我们的栏坝"①。他的柔弱压迫着我们的同时也赋予了我们跃升的强力，这种朝向四面八方的力量是具有生发性的混沌之力，是让一切开始的地方。它变成一条抽象线朝向外部，消除了与现实中的"我们"的关系，以最为原初的姿态联结起一个潜在的世界，为重新生成一个世界提供了可能。他说话的时候，"不再指向我们，而是向着他，向着不是他的另一人、另一空间"②。向着一个即将在内在性平面上以潜在的方式展开的生命，这种潜在超出了我们现有的感觉和意义。他向"我"描述的他所出生的城市以一种怪异的方式打动了"我"，这城市带着回忆的低沉轰鸣，一股力量缓慢地引诱我们走进那绝妙的安静之中。对于"我"来说，这只是令人熟悉的没有根基的欺骗之城，是一个潜在之城，这个从无尽遥远的深渊中涌出的事件将一个别样的生命带到我们面前，城市的生命，浮动的人潮，别样的"我"："我"在记忆处与自己分离开来，将"我"从自身连根拔起，感受到了这自我撕裂的激烈痛苦中与他所缔造的友谊。

布朗肖笔下的人物都与社会主流群体有意识地保持距离，他们虽然生活在某一种社会体制中，却不断从中消隐疏离，这是一种完全被动的存在状态。《至高者》中的佐尔格虽然身为公务员，但从来不会主动去适应融于这个体制，相反，他会隐藏自己的身份，甚至想到这种公务员身份的时候自己会感觉恶心。《田园牧歌》中的阿基姆被带到庇护所"家"里，这是一个公认的理想去处，而他在庇护所刻意躲开所有人。

---

①　[法]莫里斯·布朗肖.最后之人[M].林长杰,译.南京：南京大学出版社,2014：29.
②　[法]莫里斯·布朗肖.最后之人[M].林长杰,译.南京：南京大学出版社,2014：29.

主管妻子试图通过给他命名的方式将他拉入群体，而阿基姆却始终在这个群体中处于被动疏离的状态，他不停想逃逸，阿基姆在庇护所里就是一个另类，是没有身份的陌生人。他在这个群体中不断隐退却总是莫名其妙被卷入某种无法逃脱的境况，反而成为这个庇护所关注的中心。他对庇护所的一切越是没有兴趣，大家就愈发想要告诉他里面有什么，他的被动性造成了个人与群体之间的紧张关系。他在众人眼中的反常性很大程度上是源于他的被动性，被动性此时有一种去蔽的作用，他的沉默和被动成为一种敞开，向秘密敞开。这个城市里的所有人都满足于自己生活的领域，他们对外界不感兴趣，书店里也只能找到城市的地图，这一切都让阿基姆感到窒息，然而阿基姆对众人现有生活的漠不关心和逃离外界的决心威胁了庇护所原本平静的生活。阿基姆本身成为有害的，他的撤离行为凸显出他生活其中的现实世界本身所具有的遮蔽性和荒诞性，让众人开始怀疑自己感觉到幸福的基础，使其生活在绝望之中，这一穿透真相的去蔽行为导致的结果是，现实世界构成巨大的障碍和反对力量，排斥阿基姆的逻辑，最终导致他的死亡。阿基姆以自己的行为向周围的人揭示了一种真实，让所有人重新审视庇护所的存在及其荒诞性。这个故事可以说是布朗肖关于思想走向域外的一则寓言，庇护所所在的城市代表着拥有既定秩序的现实生活，阿基姆是秩序的逃离者，自身匮乏而又激情过剩，他身上的被动性实际上是一种越界逃逸的冲动，这是回到自由域外的需要。他向着城市外陌生的地方撤离，但是脑海里清晰的地图与眼前的城市完全不同，城市变成了迷宫，每当到了一个看似开阔的地方，他最终发现自己被关在一个花园里，即使是出口，也不确定这个出口是否最终会把他带向外面。他就是布朗肖笔下的最后之人，身上有一种遥远的气质，"人们不由自主地便在他身上看到一个敌人"[①]。他们拼命对抗他带来的这种必须要改变的感觉，他竭尽全力逃离却还是被抓回了庇护所判处鞭刑，在第六鞭的时候他听到了为他准备

---

① 　[法]莫里斯·布朗肖. 最后之人[M]. 林长杰，译. 南京：南京大学出版社，2014：21.

的结婚典礼的欢快乐曲，这实际上是庆祝他即将到来的死亡。老者说阿基姆在等待死亡，与其说是他被推向了死亡的消散，不如说他身上的被动性要求他迎向死亡，只有在那里才能获得他所期待的无名性体验，真正走到他所寻求的域外。

死亡和沉睡也是极致被动性的体现，布朗肖小说中的死亡和睡眠都有一种观看性，它们都不是发生在私密孤独的空间，而是在围观的过程中成为一个公共事件，他者之死让旁人在分离中向一个共通体敞开，巴塔耶说："一个活着的人，看到同伴死去，就只能在他自身之外（hors de soi）继续活下去了。"①《死刑判决》中J死去的时候，满屋子都是陌生人。《黑暗托马》中安娜的死去吸引着所有人的目光，这些待在她周围的人也感受到窒息和压迫，"每个人都抬着这名确然之亡者属于自己的那一部分"②。托马被安娜拖到一条公路的小树林里，"在这条路上，每一个他所遇见的人都死去。每个人，如果托马转过眼去，都与他一同死于一种没有任何呼声宣告的死亡"③。布朗肖笔下的死者和她的邻人们以各自的方式接近了死亡，凝视死亡的人已然被死亡消解，死者因为缺席反而成为极其显眼的存在，安娜随着她的死亡变得身躯巨大，更加真实，"死亡就是她用来为虚无赋予实体的巧计"④。死亡由此在众人面前打开了一个晦暗的领域，它是每个个体都不可触及的生命核心，标志着绝对的域外。死亡让在场的每个人都经历了这种缺场，允许他们各自从主体中逃离，进而追寻一种非主体的、非个人的情感，这种非限定性的力量因为其不可通达性而实现了在场的某种共通。这样的共通性并不以严格的组织和结构形式呈现，而是通过死亡带来的虚弱和

---

① Bataille, George. La Limite de l'utile in OEuvres Complete（Tome Ⅶ）[M]. Paris：Gallimard，1976：245.

② [法]莫里斯·布朗肖. 黑暗托马[M]. 林长杰，译. 南京：南京大学出版社，2014：113.

③ [法]莫里斯·布朗肖. 黑暗托马[M]. 林长杰，译. 南京：南京大学出版社，2014：49.

④ [法]莫里斯·布朗肖. 黑暗托马[M]. 林长杰，译. 南京：南京大学出版社，2014：113-114.

缺席跨越界限，寻求无法预见之物的显现，是一种没有关系的关系。同样，沉睡也宣告了一种绝对的被动性和无主权，让沉睡的主体变得不可把握。安娜在公园的长椅上沉睡，人们以为她昏迷了，实际上她进入了深沉的睡眠，这是一场步入无意识的战斗。如果说经历着清醒梦境的睡眠是一种疯狂和谵妄，那么沉睡就意味着一种如同死亡般的缺场。安娜在沉睡中经历了疾病、死亡以及与之相伴的生命和力量，她的沉睡作为一种完全封闭的形式成为被动的迎接和供奉，"那包裹着她、不属于她且与一切事物之最高意识相混淆的睡眠，又是何等纯粹！安娜睡着了"①。神秘的睡眠将入睡者还原成绝对他者，并且"允许了一种理想的交流：只有作为理想的东西，它才是真实的，它被还原为空幻的美，理念的徒然之纯粹"②。在此，死亡和沉睡都是走向极限的方式，在这个过程中产生了死者、入睡者和他们的旁观者之间的一种强烈的不对称关系，这种分裂的差异性允许朝向外部和他者的敞开，成为理想交流的根基。

三、滑动性

布朗肖笔下的这种偶然性和被动性打开了一个平滑空间，使人物之间的关系处于一种消解之中。他们看似在场亲近相处，实际上又是互不可及，如果每个人都是一个平面，他们在相遇的时候总在发生滑动和错位，不停消解和重构，也正是这种人物关系的移位让布朗肖的叙事读起来障碍重重，难以捕捉到确定的情节和线索。

人物关系的滑动首先表现为一种精神分裂式的书写。这里的精神分裂并不意味着作品的病态，而是一种独特风格的诞生，不可感知物的显

---

① ［法］莫里斯·布朗肖.黑暗托马[M].林长杰，译.南京：南京大学出版社，2014：93.
② ［法］莫里斯·布朗肖.不可言明的共通体[M].夏可君，尉光吉，译.重庆：重庆大学出版社，2016：60.

现。《黑暗托马》中的托马在房间里写作，房间里越是空无寂静，他就越是确定"有个人就在那里，藏身在他睡眠中亲密地接近他"①。《等待，遗忘》中的"他"在写作时与"她"对话，"他"好像是穿过虚空才触到了"她"，"她"突然问"他"："事实上，你是谁呢？你不可能是你，但你是某个人。是谁呢？"②《那没有伴着我的一个》整篇叙事也是"我"写作时和他之间断断续续的对话，小说结尾处"我"在这种分裂中彻底迷失了："为什么是另外一个人进入这个范围？那么这与谁有关？喝下饮料的难道不是我？是他？是我们？"③在这些作品中，那个人是谁？"我"和"他""她"之间究竟是何种关系？他们似乎处在同一时空，却又无法真实地彼此靠近，随着叙事的深入我们可以看出"我"和他实际上就是同一个人，那没有伴着我的一个就是"我"自己，"我"和他是同道人，但是"这种志同道合也许意味着他与我在各方面都共通而我和他则毫无共通之处"④。这种主体的分裂性是布朗肖对文学创作过程的深度思考。小说中"我"的写作就是精神分裂的过程，是写作者来自生命核心的焦虑，对于布朗肖来说写作也是令"我"和自己的关系变得可以接受的最佳方式，它要求"我"能够残忍地将自己打碎，再重建出与"我"完全不同的人物。这些人物在整个故事中无止境地相互疏离缠绕，成为独一无二者，"我"和他之间的差异性才是我们能共同存在的基础，"因为距离只是他坚持要我一个人走遍的这片自由空间的表现形式之一"⑤。布朗肖通过这种方式探寻主体与自我关系的界限，精神分裂式的自我关

---

① ［法］莫里斯·布朗肖.黑暗托马[M].林长杰，译.南京：南京大学出版社，2014：29.

② ［法］莫里斯·布朗肖.等待，遗忘[M].鹜龙，译.南京：南京大学出版社，2015：43.

③ ［法］莫里斯·布朗肖.那没有伴着我的一个[M].胡蝶，译.南京：南京大学出版社，2015：121-122.

④ ［法］莫里斯·布朗肖.那没有伴着我的一个[M].胡蝶，译.南京：南京大学出版社，2015：8.

⑤ ［法］莫里斯·布朗肖.那没有伴着我的一个[M].胡蝶，译.南京：南京大学出版社，2015：14.

系打开了一个平滑自由的空间，用雅斯贝斯的话来说就是"精神分裂症并不绝对是引起某种新风格的原因，而是说，它起一种协调某种已经存在的力量的作用"①。或者说是精神分裂的状态释放了被压抑和层化的力，让力量在一个平滑空间内自由流动组合，这种力量代表了想要行动的欲望，"想要行动的欲望体现了外界虚空的匆忙，响应了一种号召，一种伪造和混淆空间的、想要游荡的欲望"②。它取消了"我"的界限，使"我"不再具有同一性，不是一个定见的完整的"我"。在这个平滑空间内，"我"可以化身为"他""她"，甚至是一条口里充满毒液的蛇，一只伏地挖洞的猫，这是一个内在时间性无限开放的视域。如果一个人的精神封闭在可解释的理性范围内，他就不可能完成此项任务，"我"与分裂出的多个自我处在变化的体验流中，不断建构出新的自我关系和生存意义。"此刻正在上楼的这个人，我想他是要去睡觉。确切地说，看着他消失并不奇怪，因为他就是我自己。"③"我"极度困倦却无法入睡，"我"站在原地看着从自己身上分离出来的"他"上楼，消失，这整个过程存在着强大的对抗性力量，让"我"感到焦虑恐慌。在这样的时刻，"我"能感到自己与一个瞬间深深联结在一起，"这就是生活的最高境界，尽管这样的生活使我迷失在难以忍受的寂静与孤独之中"④。在主体分裂状态下"我"所感受到的神秘的存在让"我"的生命获得了形而上的意义，此时生存的深渊完全敞开，打破了文明对精神的层化，使无意识的东西以惊人的孤寂形态释放出来。布朗肖文本中的这种自我关系透露出一种本质的孤独，在孤独中，"患精神分裂症的天才也为自己创造

①　Jaspers, Karl. Strindberg and Van Gogh[M]. Arizona: The University of Arizona Press, 1977: 178.

②　[法]莫里斯·布朗肖. 那没有伴着我的一个[M]. 胡蝶, 译. 南京: 南京大学出版社, 2015: 29.

③　[法]莫里斯·布朗肖. 那没有伴着我的一个[M]. 胡蝶, 译. 南京: 南京大学出版社, 2015: 30.

④　[法]莫里斯·布朗肖. 那没有伴着我的一个[M]. 胡蝶, 译. 南京: 南京大学出版社, 2015: 35.

了一个新的世界，不过他却把自己毁灭于其中"①。可以说，这是一场关于自我的冒险。托马在他丧失意义的自身中，"他"和"我"展开厮杀，极为痛苦地承受着一种异质性的交流，"每当我远离自己的时候，'我们是孤单的'这句用来反驳我的话中的孤独就会将这里包围"②。孤独拉开了"我"与自身的距离，"我"与从自身分离出来那没有伴着"我"的他或她一起成为绝然孤寂的"我们"，这种"孤独，却不是每个人为了自己，而是为了在一起"③。它意味着自我简化为同一性的不可能性，这种孤独抑或关系上的彻底枯竭，是一种极大的丰富，是富有表现力的深度和模糊的圆满。"我"在这种完全的孤独中迎向时间不在场的诱惑，能够与全然异质性的"我们"在一起。

小说中人物关系的滑动还表现在人称的游移和替代。人称不仅仅是语法构造上的意义，人称变换作为一个事件引发出一系列人物关系的解构与重构、力量和情感消长的复杂问题。《至高者》中佐尔格在纸条上写希望让她继续做他的护士，不想要其他的看护。对于让娜来说，这张纸条就像一个条约、一场结盟，是能够将佐尔格始终留在她身边的方式，而这种文字结盟的方式并没有让他们真正靠近对方，相反，他们之间的关系变得越来越难以捉摸，写完了字条后让娜变得冷淡，佐尔格"不知道她还在不在，感觉在她身上，隐藏着其他某个人，就是那些凶猛的人之一，他们有一副容易被认出的面孔，但因为他们，你和我陷入了一场永无止境的虚假对话中"④。让娜身上隐藏着凶猛的某个人，她的个体生命让位于一种非人格的却独一无二的生命力量，这个非人称化的"他"以充沛甚至凶猛的能量运作，同时承受着活着和死去两种状态。

---

① [德]卡尔·亚斯贝斯. 精神分裂症与创作能力及现代文化的关系[J]. 孙秀昌，译. 河北学刊，2016(4)：98.

② [法]莫里斯·布朗肖. 那没有伴着我的一个[M]. 胡蝶，译. 南京：南京大学出版社，2015：91.

③ [法]莫里斯·布朗肖. 等待，遗忘[M]. 鹜龙，译. 南京：南京大学出版社，2015：29.

④ [法]莫里斯·布朗肖. 至高者[M]. 李志明，译. 南京：南京大学出版社，2016：265.

她身上潜藏着的这个"他"能够引发纯粹的生命事件，她突然大发雷霆，宣布要将"我"囚禁在她身边，她发疯一样抓伤了"我"的脸，在房间里大喊大叫。与"我"发生激烈冲突的不是让娜，而是这个潜藏的"某人"，是带着原始冲动和欲望的让娜，一个本质的自我。欲望在她身体里建构了一个内在性平面，将她与自身分离开来，当佐尔格看向她的时候，她身上"有浓稠的黑水在一滴滴流淌……来自一个尚未变质，却已经准备好液化的东西……"①这团凶猛的力量借助这黑色流动的液体从让娜身上逃脱，她又恢复了严厉和镇定的样子，人几乎半裸着，仿佛刚刚只是作为一名有资质的护士因为"我"的错误而训斥了"我"。让娜如此近在"我"身边，近到可以称她为"你"，一个在场的"你"，而因为"你"身上隐藏的"他"，导致"我"和"你"之间只是虚假而空洞的交换，在人称的掩护下，"我"相信自己远离了这种凶猛力量带来的危险。从"我-她"的关系变成了"我-你"的关系，可以看出"我"与"你""她"，以及一个中性的"他"之间几个平面的关系切换。这种滑动逐渐让"我"和"她"之间的关系变得扑朔迷离，让娜感觉到"我"与她之间的距离，她对"我"的囚禁和紧逼让"我"感到恶心，不断逃离。让娜带着身上的那股黑色浪潮就向"我"扑过来，他们身体上激烈搏斗，互相朝对方吐痰，最终她赢了，喉咙里发出奇怪的叫声，"继续在死亡深处同某个人说话，寻找某个找不到的，不知其名的人，他既听不见，也听不懂"②。她歇斯底里地认为只有她才知道"我"是谁，"我看见你了。你不只是人们想象中的，我认出你来了。现在，我可以说：他来了，他在我面前，就在那儿，这简直是发疯，他在那儿"③。此刻，让娜已经完全进入了与他者的相遇，他在那里，能够与他建立起真正的联系。让娜与"我"的关系

①　[法]莫里斯·布朗肖.至高者[M].李志明，译.南京：南京大学出版社，2016：266.
②　[法]莫里斯·布朗肖.至高者[M].李志明，译.南京：南京大学出版社，2016：282.
③　[法]莫里斯·布朗肖.至高者[M].李志明，译.南京：南京大学出版社，2016：299.

进入一个不断变化生成的过程，虽然她看见了"我"，但实际上"我"已经完全消解，让娜也化身为一股黑色浪潮，此刻他们只是一种情感强度的存在，"情感不是从一种体验状态向另一种体验状态的过渡，而是指人的一种非人生成(nonhuman becoming)"①。"非人生成"意味着作为主体的让娜和"我"已经不存在了，他们之间只剩下力量的交互和搏斗，一切都只是微观层面分子的运动和强度。让娜说"我看见你了"，这个"你"与前文佐尔格所说的"你"是不同的，这个"你"不是当下的在场，而是马丁·布伯所说的"你"，"你"代表了他者、万物，甚至是永恒，"你"和"我"是纯粹的遇见，"'你'不可被经验。我们能知悉'你'之什么？一切，因为你之人和一部分都不可被单称知悉"②。也就是说，"你"是一种等同于"他"的纯粹异质性，让娜想彻底地占有"我"身上的这个人，不被"我"抛弃，因为隐藏的他者的介入，这种关系遂成为一种不可能。"对爱的执迷甚至采取了爱之不可能性的形式，它成了这些人的无感觉的、不确定的痛苦：他们已然失去了"爱的理智"(但丁)，但仍渴望走向他们用任何活生生的激情都无法靠近的唯一之存在。"③她拔出了手枪，"活着，你活着只为我，不为任何人：世上任何人，任何人，任何人。你就不能为此而死吗？……没人知道你是谁，只有我知道，但我要你死"④。死亡表明了与在场的断裂，是超越时间指向未来的一个平滑空间，只有死亡才能维系让娜所渴望的与他的这种异质性关系，而这种关系却是以分离为代价的。在这样的人称切换中存在着一种欲望之力的运动，在一个特定的瞬间，力的流动穿越了不同内在平面，打乱了逻辑和语言的正常编码，让人物之间的关系超出日常的理解。

---

① [法]吉尔·德勒兹，菲利克斯·迦塔利. 什么是哲学？[M]. 张祖建，译. 长沙：湖南文艺出版社，2007：451.

② [奥]马丁·布伯. 我与你[M]. 陈维刚，译. 北京：生活·读书·新知三联书店，2002：9.

③ [法]莫里斯·布朗肖. 不可言明的共通体[M]. 夏可君，尉光吉，译. 重庆：重庆大学出版社，2016：53.

④ [法]莫里斯·布朗肖. 至高者[M]. 李志明，译. 南京：南京大学出版社，2016：299-300.

"我"和"她"都不断远离一切会把"我"和"她"，甚至是和自我相等同的东西，这是同未知的那个"我"和"她"相接触的过程。仅仅是找到这种对立还不够，布朗肖借助人称的力量改变了人物平面而单一的关系，在这种不确定的滑动中导致了新关系的形成，他看到了自我和他者之间的一种非理性运动，"有一种强烈的享乐和圆满，有一种处于排斥之中并且经由排斥的融合"①。

　　人称的变化在《最后之人》中打开了一个失去中心的多重叙事空间，让人物之间的关系相互缠绕，呈现出丰富的内心世界。《最后之人》中第一部分还可以看出"我-她-他"之间的关系闪烁着爱情、嫉妒和友谊的微光以及其中依稀可辨的情节。到了第二部分，前文所发生的一切就成为一出纯粹的事件，"它"处于"我"的界外，触碰"我"，甚至推开"我"，"我"与"它"相联就像被联结至一个陌生的空间。在这个空间里，"我"找到了从"我"身上涌出的不曾与"我"相似的"我们"，"我们全都结合于这一点直至我们的分离里"②。在"我们"中，"我-他-她"之间的关系被消解，化为无穷无尽的漫游，被巨大的平静所统御。这静止的思想与"我"那么近，"你裹覆着我，或许也护卫着我；执拗如你，并不响应，只是存在于这里，你也不上升"③。在这平静的思想中，"我"渴望着一张脸，属于"他"的一张终极的脸，"是一切期待的不可期待者，不可预知的确定"④。人称的变换表现出"我"与周遭一切关系的不稳定性，这些人称就是布朗肖所营造的文学空间中的点。"我"以思想游牧的方式去触碰他们，让不同的关系在其中折叠、展开，成为一出纯粹的特异事件，它标志着生命的某个逃逸点，而主体只是在这种虚拟建

---

①　[法]莫里斯·布朗肖.无尽的谈话[M].尉光吉，译.南京：南京大学出版社，2016：95.

②　[法]莫里斯·布朗肖.最后之人[M].林长杰，译.南京：南京大学出版社，2014：95.

③　[法]莫里斯·布朗肖.最后之人[M].林长杰，译.南京：南京大学出版社，2014：99.

④　[法]莫里斯·布朗肖.最后之人[M].林长杰，译.南京：南京大学出版社，2014：122.

构中的一个概念性人物。这些作品中的人物被掏空了一切内在，取消其肉身化的存在，在一个空洞虚拟的平面上行动，从这个意义上来说，《最后之人》的晦涩是因为潜藏在这些简单人称代词后面的对象难以捕捉和把握。巴塔耶认为这本书难以谈论，是因为我们需要不断越界，需要在其中心甘情愿地迷路，"唯有如此，唯有因其蜿蜒曲折而迷途，我们才真正地进入这本书。唯有错误地留下一个有可能不会迷失于其中的印象，我们才能够在那里找回正途"①。从"我-他-她""我们""我-它"到"我-他"的人称变换路径，充盈其中的力并没有越来越膨胀，而是以一种被动激情的方式内缩到一个至关重要的核心——死亡和遗忘，从无尽蔓延的关系走向空无，当一切都消解后，生命的力量才能得以还原。这场危险的书写运动用人称消解的方式构建出某种与"第三性"之间的关系，这种关系不是辩证关系，也不是某种神秘的融合，而是逻辑理性和一致性都缺席时人与人之间的差异性关系。

　　滑动的关系意味着必须存在一种不可消弭的间距来让这些力量自由游走，意味着对距离和差异的刻意维护。无论是"我"与自身，还是"我"与他者，这条裂缝都是自我和他者逃逸的出口。布朗肖小说中诸多友谊或爱的联系不是思想的分享和身体的亲密，而是分离，分离遂成为一种联系。《黑暗托马》中的托马一直渴望"一个我全心渴慕与之合一的佳美伴侣，但却又与我分离，没有任何一条路将我带向他。如何能触及他？"②他与安娜总处在触不可及的位置，《在适当时刻》中的朱迪特总是在一段距离中看着"我"和克劳迪娅，而正是这种距离让她在"我"眼中变得更加明显，这是她的辉煌所在。《田园牧歌》中庇护所的主管和他的妻子之间看似彼此拥有完美的爱情，他们之间的拥抱、微笑这些

---

　　① [法]乔治·巴塔耶. 我们死在其中的这个世界[EB/OL]. Lightwhite, 译. [2017-06-20]. https://www.sohu.com/a/150459987_295306. 原文发于1957年8—9月第123-124期《批评》(*Critique*)杂志。收于《全集》(OC)第12卷，第457-466页。

　　② [法]莫里斯·布朗肖. 黑暗托马[M]. 林长杰，译. 南京：南京大学出版社，2014：123.

可以辨识和重复出现的日常行为直接与爱情这个概念联系起来，于是爱情以一种日常生活经验的方式再现，以一种经过简化的定见形式呈现出来。皮埃托在暗中告诉阿基姆主管和他妻子其实彼此相互憎恨，屋子里的勤务员也说这是一座悲伤的房子，他们之间是一种沉默的憎恨。这种爱之关系以牺牲距离为代价，是一种没有感觉的麻木状态，所谓的爱只是浮在表面上的平静和虚伪，他们只有向对方发泄自己怒气的时候，才不至于陷入绝望。争吵是分离，对他们来说这才是真正的交流，能够将有序的经验分解为特异性，此时的他们都不再是日常中的他们，而是以异于自身的力量重新面对对方，就这样距离将关系悬置从而形成一个平滑空间，每个人都可以分裂为多个内在平面，具有无尽的增殖性。这是一个无人称无名字的中性存在，他们互相交错，每一次遇见都意味着激情的碰撞和新关系的诞生。对于布朗肖来说，无论爱情或是友情都需要一种激情来维系，激情所要的就是与没有名字和形象的事物相连，"因为激情乃是陌异性（étrangeré）本身，它既不考虑他们能做什么，也不考虑他们想要什么，而是把他们诱入一个陌异之域，在那里，他们变得陌异于自己，进入了一种同样让他们彼此陌异的亲密。因此，永远地分开，仿佛死亡就在他们身上，在他们之间？不曾分开，不曾离别：遥不可达，且在此遥不可达中，处于无限之关系下"①。这种力量属于一种诗性生命，是遇见未知事物的颤栗与疯狂，无止境地给予小说新的意义。

布朗肖小说中的关系滑动还表现在对固有关系结构的打破。德勒兹认为生活在这个社会中的人几乎都处在俄狄浦斯化的模式中，这是一种以父母为确认的封闭家庭关系模式，里面隐藏着一种以权力为首的核心社会结构对欲望的压制。布朗肖的小说中少有关于家庭的书写，出现的主要集中在《至高者》中，《黑暗托马》《死刑判决》中也只有极少量描写母女关系的文字。《至高者》这部早期小说中对家庭的书写可以看出德

---

① ［法］莫里斯·布朗肖. 不可言明的共通体［M］. 夏可君，尉光吉，译. 重庆：重庆大学出版社，2016：69.

勒兹所谓的俄狄浦斯化的家庭模式对人物情感的影响，这成为他们精神上焦虑和分裂的主要缘由。故事一开始，主人公佐尔格就对家庭表现出复杂的情感，他因为在地铁上与人发生了冲突而受伤住院，妈妈和妹妹到医院去看望他，他却感觉很不自在，"拥有一个家庭——我知道这意味着什么"①。他对母亲冷淡，并且多年不去看她，这是因为他害怕自己被卷入欲望的疯狂旋涡，在法则尚未形成的时候，"我的妈妈曾是另一个人，一个不朽的人，一个可以将我卷入绝对疯狂之事的人。这就是家庭"②。家庭意味着他的欲望有了一个明确的界限，这是弗洛伊德为人类文明和道德设置的防线，家庭伦理禁忌保证了人类道德和文化生活的秩序和升华，而在德勒兹看来，这种欲望的压制却让人分裂，让家庭欲望之流在佐尔格、妹妹和妈妈之间被阻断了，导致整个家庭空气都变得脆弱和窒息。妹妹的脾气阴沉暴烈，妹妹和妈妈因为嫉妒而相互疏离甚至是憎恨，在妈妈看来妹妹身上有某种邪恶的东西。"你脑子里在想什么？你想要什么？我连想都不敢想。"③他厌恶妹妹，也无法忍受妈妈看他，这都是因为欲望触碰禁忌后给他带来的焦虑不安，他的想法只是"我需要一个女人。……因为这个原因，司法世界让人感到窒息。……我只能在没有女人的监狱里追求被判无罪。惩罚就在这里"④。妹妹身上涌动着一股难以抵挡的欲望之流，他对妹妹十分厌恶却总是失去自控地跟随她，被她吸引。佐尔格看见妹妹和继父在一起就想把她掐死，妹妹是他欲望之流的出口，也是他试图越过家庭界限的努力，而这一切是在他想象妹妹死亡的情景下完成的。妹妹和他一起到街上去，途中他看到的是不断经过的女人。他喊妹妹露易丝的时候，觉得这个名字在嘴里

---

① ［法］莫里斯·布朗肖. 至高者［M］. 李志明，译. 南京：南京大学出版社，2016：2.

② ［法］莫里斯·布朗肖. 至高者［M］. 李志明，译. 南京：南京大学出版社，2016：3.

③ ［法］莫里斯·布朗肖. 至高者［M］. 李志明，译. 南京：南京大学出版社，2016：72.

④ ［法］莫里斯·布朗肖. 至高者［M］. 李志明，译. 南京：南京大学出版社，2016：56.

融化，名字的消失解除了佐尔格和她之间的家庭关系以及社会对妹妹和其他任何一个女人之间的强行区分。她就是一个女人，她无意识地发出一种陌生的、温柔的震荡，在现实中不经意地寻求着一种回应，佐尔格感受到了这种力量。德勒兹认为固有的家庭关系从分子层面上讲就是性之流，这种流最终一定会以某种方式冲破界限，生成并不借助血缘关系，"所有的血缘关系都是虚构的"①。在这个意义上，家庭的固有结构被打破了，佐尔格和妹妹的关系可以被还原为受欲望所连接的男人和女人的关系。他开始浑身发抖，想象妹妹正在自杀，而他看见的只是躲在她身后的某个人，在一个墓穴里向他走来，在他上方俯下身子，解开头巾，头发倾泻而下……这种想象的死亡是对缺场的恐怖体验，将妹妹推向一种消散，一种无名性的体验。由此他们之间的关系界限消失了，欲望之流挣脱了家庭关系的压制和束缚，在一个平滑的平面上随意流淌并充分涌现。

第二节　未来民众的诞生

德勒兹认为作家的任务之一就是要表达出一种潜在的人群，锻造另一种意识和敏感性，文学的最终目标就是"在谵妄中引出对健康的创建或对民众的创造，也就是说，一种生命的可能性"②。潜在的人群是一种虚构的力量，是为了回应外部被创造出来的朝向未来的无限生成，总是处在未完成的状态。它不是从自身内部寻找一种固有的价值观，也不是已经存在的共同维系着某种社会关系和价值利益的某一类人群，相反，他们是缺失的一类人，徘徊在主流社会体系之外，总是一副狂热过剩的样子，在文学和艺术的召唤下形成虚拟共通体。在德勒兹的文学临床批评中，他指出作者通过参与文学作品中虚构群体的形成来缓解个人

---

① ［法］吉尔·德勒兹，费力克斯·加塔利. 资本主义与精神分裂：千高原［M］. 姜宇辉，译. 上海：上海书店出版社，2010：335.
② ［法］吉尔·德勒兹. 批评与临床［M］. 刘云虹，曹丹红，译. 南京：南京大学出版社，2012：10.（译文稍有修改）

与群体之间的冲突。作者的个体性是一种病理，他们属于那些具有特殊性格和能力的少数人，这些人无法与现有群体相融，他们具有常人所没有的敏锐感知和预见性，因此才能够召唤一个新的群体的诞生和到来。

实际上，布朗肖对共通体的概念与巴塔耶、南希也有过深入的对话和思考，1983 年，布朗肖写了《不可言明的共通体》来回应南希，他强调不仅要注意巴塔耶共通体的无效性，还要关注他所提出的不可言明性，也就是说共通体中所隐藏的，秘密的东西。① 巴塔耶主张释放内部激情的力量，关注社会与身体原始力量之间的关系。如果说巴塔耶、南希和布朗肖的研究都指向重构一种崭新的共通体来挖掘这种共通体的特征，而德勒兹的未来民众则侧重于探索共通体的形成与艺术本质中内在性的密切关联及其所具有的政治革命性力量。"美学是德勒兹思想的中心。"②德勒兹用文学、绘画、电影这些艺术的方式来思考哲学的界限和世界。艺术就是为了呈现不可见的力，表现为纯粹的情感运动和变化。情感在未来民众的形成中起了至关重要的推动作用，艺术创作所具有的自由游戏性蕴涵了情感共通体构建以及政治解放的潜能。从这个意义上来说，艺术的审美经验能够破除定见，对现实社会的感性分配秩序造成新的冲击，艺术肩负着政治革命的功能，"一场革命的成功在于革命本身，准确地说，存在于当它发生之时给人类造成的震撼、压力以及它所开启的东西，后者本身便构成了一座始终处于生成的纪念碑"③。

由此可见，德勒兹眼中的文学不仅仅关乎美学和艺术，更重要的是，它具有塑造"未来民众"的强大政治功能，这种革命性恰好是通过文学创作展开的。可以说，德勒兹对政治的思考贯穿了他的所有作品，但是他从未明确系统地阐述过他的政治思想。德勒兹和布朗肖同作为激

---

① Bataille, Georges. Visions of Excess: Selected Writings, 1927-1939[M]. Allan Stoekl, ed. Allan Stoekl, Carl R. & Donald M. Leslie, Jr., trans. Minneapolis: University of Minnesota Press, 1985: 161.

② Sholtz, Janae. The Invention of a People: Heidegger and Deleuze on Art and the Political[M]. Edinburgh: Edinburgh University Press, 2015: 125.

③ [法]吉尔·德勒兹，菲利克斯·迦塔利. 什么是哲学？[M]. 张祖建，译. 长沙：湖南文艺出版社，2007: 458. （译文略有改动）

进的左派知识分子，他们的政治思想并不是源自马克思或黑格尔，而是
与尼采、斯宾诺莎和海德格尔密不可分。德勒兹的政治批判不是为了直
接批判或破坏任何政权，而是关注少数派和弱小民族的存在，让政治争
论投入"未来民众"的创造过程中。未来民众是一种事态(etat de fait)，
是不断变动的少数派生成过程，它解放被压制的力量并勾勒出超越主流
社会关系的可能性。德勒兹的未来民众并不是民主与法制之外超越道德
律令的离散个体，尽管他们处于缺席状态，却依旧能够在彼此之间建立
联系。"作为异质部分总和的世界：(未来民众)并不是一个拼图，因为
拼图的每一片在互相调整后仍能构成一个整体，而是由可活动的、没有
用水泥固定的石块砌成的一堵墙。其中每个元素都有其独立的价值，但
这价值又是通过与其他元素的关系体现出来。"①德勒兹"未来民众"的
核心就在于构成和维持深层关系的独体超越了历史和时空，他们不一定
是同时代人，也不处于同一个地域，没有过度编码的统一性，而是通过
发挥欲望潜能在一个虚拟的平面建立起一个独立于权力体系的情感共通
体。在这个意义上，德勒兹重构了民众，让一般性的共同体政治理论转
向了特定生命形态共通性的伦理学实验。

　　如此，德勒兹的"未来民众"为我们重新思考布朗肖小说中构建的
共通体提供了更为清晰的路径，也能从艺术情感和政治功能两个层面深
入检视布朗肖小说中自我与他者相互依存与拉扯的内在矛盾关系。布朗
肖作品中人与人之间看似分裂和疏离的关系并不意味着个体之间的封闭
状态，相反，这种没有关系的关系是一种过于强大的交流，是另一种生
命形态的表达。人与人之间关系的建立不是基于社会身份、阶层或领域
划分，而是源自一种先于个体而存在的情感体验，他们通过分离来体验
一种欲望的强度和潜能。他们之间共同处在一个开放性的平面上，分享
的是一种强度和力量的流动，这类群体始终处在内部经验的不断变化生
成之中，是一个多样型的动态系统，这意味着一种文学的内在革命性。

---

　　① Deleuze, Gilles. Essays Critical and Clinical[M]. Minneapolis：University of Minnesota Press，1997：86.

这种力量是所有存在物所共有的，它意味着一种可能性，在某些情况下，将我们带离自身之外。从这一点上来看，布朗肖的文学行动与革命行动有着诸多相似之处，布朗肖的写作是从为右翼报纸撰稿开始的，他的文学行动是他从政治领域撤退后的选择，"写作就是与自己的战斗——去质疑自身的存在、价值的世界——"①文学作品既是他构建纯粹文学空间的努力，也是他介入社会政治生活的方式。布朗肖通过自己的创作来触及某一部分人和存在，进而成为这个未来群体中的一部分，它朝向个体的不完满，召唤一个未来民众的诞生。

一、情感共通体

德勒兹认为不管是小说、绘画、音乐、戏剧或舞蹈，艺术作品就应该是"情感的复合物"，是创造情感的"感觉团块"。艺术家则必须创造出一种尚不存在的集体性、尚未到来的民众，正如他分析萨德和马索克时所说："艺术家们都是临床学家，但他们不是研究个人案例或是某一类案例，而是对整个文明的诊断。"②伟大的小说家是发明未知情感的艺术家，他们拥有常人所不具备的敏锐感知，能够在生命体中看到生命，"为了从知觉里提取感知物、从情感里提取情态、从定见里提取感觉，作家拧绞语言，震动、紧抱和劈裂它，其目的全在于——希望如此——那些尚未到来的民众"③。德勒兹的未来民众是文学创作面对混沌时所投射出的一个非场域的虚构群体形象，他们从创作的混沌中涌现，被共通的情感所联结。

小说家在创作时努力寻求的这种"未知情感"并不是普通心理学意

① Blanchot, Maurice. The Work of Fire[M]. C. Mandell, trans. Stanford: Stanford University Press, 1995: 26.

② Deleuze, Gilles. The Logic of Sense[M]. Constantin V. Boundas, ed. Mark Lester & Charles Stivale, trans. London: The Athlone Press, 1990: 276.

③ [法]吉尔·德勒兹，菲利克斯·迦塔利. 什么是哲学？[M]. 张祖建，译. 长沙：湖南文艺出版社，2007：457.

义上的态度体验，而是一种"情感强度"。德勒兹经由斯宾诺莎找到了
直接作用于身体的"情感强度"。斯宾诺莎说："我把情感理解为身体的
感触，这些感触使身体活动的力量增进或减退、顺畅或阻碍，而这些情
感或感触的观念同时亦随之增进或减退、顺畅或阻碍。"①也就是说，情
感是基于身体的一种能动性的力量，在能量的增减流变过程中进行积极
的生成性实践。其次，这种情感无法被纳入话语的逻辑框架，但这并不
意味着它是完全非理性的，而是在某种特异事件中无法有效被表征或表
达出来的一种生成中的知觉。郝强②从三个层面概括了德勒兹这种情感
背后的哲学依据：首先，这种情感与消除了差异的静态"共通感"不同，
它不是通过同一性发生作用，而是基于碰撞的差异化的强度存在。其
次，这种情感无法用概念去界定，概念是定见里提取出的一种抽象性的
能量，限制了情感的可能性和丰富性，并且阻碍返回到事物独特性的路
径。只有打断情感和概念的关联，才能将情感从主体认知的局限性中解
放出来。最后，这种情感与认知主体相互分离，成为一种纯粹的能量和
强度变化，指向生命的特异性。因此，这种情感其实是脱离了知觉主体
的在场，它是"非个人的"情感，是直接诉诸身体和感官的"情动力"，
它不是某种情绪状态，而是一种力量和强度，充满让人集聚和行动的潜
能。可以说，未来民众以"情动"的方式建构起一个情感共通体，他们
参与了一场全新主体的诞生以及新思想的生产过程，以此重新激活关于
"未来"的想象。

布朗肖小说中的共通体是"情感"驱动下形成的一个生成的、尚无
任何组织结构的潜力瞬间，这个群体的形成不是语言交流中的构建，而
是充满强度的无意识体验，它让身体在具体情境中作出相应行动。《亚
米拿达》中的一群房客和房屋的侍者们在一种堕落和匿名制度中逐渐成
为一个没有界限的整体，他们在整个房屋里诉说一种听不懂的语言，房

① 斯宾诺莎. 伦理学知性改进论[M]. 贺麟, 译. 上海：上海人民出版社，
2009：83.
② 郝强. 内在性、情感与面孔——德勒兹眼中的艺术[J]. 湖北美术学院学
报，2021(2)：17-18.

屋里弥漫着一种崭新的氛围。这些人创造出一种独特又陌生的语言并不是为了交流，他们打破语言原有的逻辑序列，以便从中获得一种全新的情感力量。尽管布朗肖对异质性的语言有着自己独特的思考，指向其构建的文学空间，但不可否认的是，从德勒兹的视角来看，布朗肖在小说中书写的陌生语言其实就是德勒兹所谓的"少数人"的语言，是充满情感强度的表达，这种语言并不提供一种稳固的意义和内涵，而是流动的情感聚块，让房屋充满了崭新氛围。突然有一天，楼上的嘶吼和呼喊唤醒了他们，强音震动了这群人，这种强度直接作用于不同的身体，让它们产生共振，使思想从晦涩变得明确，"众多的感觉分子自觉地融入各种关系之中，进而使感觉——作为一个整体，凸现在意识之中"①。这一切来得突然却又蓄谋已久，他们从原来昏昏欲睡的麻木状态醒过来，一种越界的冲动将他们团结起来，这是感觉的形成过程。这种情感是群体力量的实现，行动的欲望变得清晰而又强烈，他们冲上原本不允许他们越过的二楼，他们想要毁灭驱散一切，连同他们自身。巴迪欧说："在真理形成过程中的合体，这包含在让身体成为真理的支撑过程中，那么你身体中的一切具有了一种强度，这个强度让你同原始陈述具有了同一性关系。"②巴迪欧准确地把握了未来民众形成的核心要素，这种形成是由身体支撑的，在某种特定的事件强度下产生的共振，引发某种经验的发生和思想运动，未来民众是在同一个内在平面上的集合。

如此我们就能够理解布朗肖在《至高者》中描述的场景："一场全国性的哀悼仪式正在进行，葬礼进行曲过来找寻我们每个人，不管是在家里的，还是在街上的，并用集体的悲伤把大家聚集起来。"③这是布朗肖对五月风暴中夏洪尼惨案的书写，这意味着"'人民'的在场……当人们

---

① 李科林. 真理的自由和自由的真理——德勒兹对康德思想的超越[J]. 世界哲学，2009(5)：151.

② [法]巴迪欧. 第二哲学宣言[M]. 蓝江，译. 南京：南京大学出版社，2014：118.

③ [法]莫里斯·布朗肖. 至高者[M]. 李志明，译. 南京：南京大学出版社，2016：90.

列队行走，以纪念夏洪尼惨案的死难者时，一个稳固的、沉默的群体便聚集起来……它是一个总体，无法清点，无法计数，甚至不能作为一个封闭的整体，而是作为一个超越了一切总体的整体，迫使自身平静地超出了自身"①。这种集体性的悲伤看似源自对某个具体事件的共同感知，但它根本上并不是一个具有同一性的悲伤概念，而是一出震动性的情感事件，无法用语言来界定。这种悲伤没有哭诉和群体间的交流，而是以沉默的方式构造出一种新的共同经验，这就是布朗肖不可言明的共通体，它在语言的失败中与书写相联系，这里的痛苦可以被身体感知，却无法用语言来定义。"我的呕吐同样表现出他们的悲伤，每个人都会觉得自己在和我一起吐，共同的感觉使我的昏厥变得毫无意义。"②"我"的呕吐是悲伤作用于身体的表现，其他人会觉得自己和"我"正在一起呕吐，是因为他们的身体感受到了"我"所感受到的悲伤。这种共同的感觉源自同一种情感强度的刺激，是身体经历了情感碰撞之后产生的差异与强度变化，正是透过情感这个概念，让身体成为了差异性的保证。在此，身体就是能够主动激发和受到触动的行动力与存在力，是生命的表现。"我"的昏厥变得毫无意义是因为这种共同的感觉并非源自某个主体性的、个人性的生命，而是一种特异性非个人情感的表达。他们经历的共同悲伤不是能够被语言和理性所认知的情绪，而是一种模糊的、难以描述的感受，只能用呕吐这种激烈的身体反应来表达，他们共同演示了一种流动中的情动状态，他们的悲伤和苦痛表现出社会历史变迁中人们思想与情感出现的混乱与错位，这正是布朗肖理解历史与抵达现实的一种方式。德勒兹强调这种"情感不是从一种体验状态向另一种体验状态的过渡，而是指人的一种非人生成（non-human becoming）"③。"非

---

① ［法］莫里斯·布朗肖. 不可言明的共通体［M］. 夏可君，尉光吉，译. 重庆：重庆大学出版社，2016：49-50.

② ［法］莫里斯·布朗肖. 至高者［M］. 李志明，译. 南京：南京大学出版社，2016：91.

③ ［法］吉尔·德勒兹，菲利克斯·迦塔利. 什么是哲学？［M］. 张祖建，译. 长沙：湖南文艺出版社，2007：451.

人生成"意味着主体的消解，而情感只是微观层面分子的运动和强度。依靠这种方式，身体逃离了逻辑层化和理性的社会划分，完全变成了充盈着情感强度的身体。这些躯体在强度的影响下是生成的、不确定的，一直保持在潜能状态，随时准备迎接情感强度的穿透，它们以这种游移的姿态逃离了规范和权力的捕捉。未来民众就是这样的情感共通体，它不再是一个僵化定型的整体，也不是某种同一性的聚合，而是一个容贯性平面，在这个过程中，个体的"我"不再重要，情感已经脱离主体掌控，成为一种非限定性力量，贯穿人物、事件和环境，不断连接起异质性的个体，突破原有界限向外延展生成。正如布朗肖所说："人民不是国家（Etat），也不是人格化的社会……与其说是一种聚集，不如说是一种在场的始终紧迫的散布……仅仅宣布了其自主和无作。"①

　　布朗肖在《田园牧歌》《亚米拿达》和《至高者》中书写的冷漠麻木、没有方向却内心挣扎痛苦的这群人，他们都有一种特殊的难以忍受和面对的存在问题，这个未来民众群体在形成过程中带有一种挣扎和痛苦。德勒兹与迦塔利写道："一个群体是经过可怕的磨难缔造出来的……他们的共同之处是反抗，反抗死亡和奴役，反抗令人无法容忍的东西，反抗耻辱，反抗当今。"②《至高者》中书写的疾病从根本上是一种社会疾病，将它所触碰到的一切都变成了坟墓，而身处其中的人"仿佛在幻想自己处于永久的昏迷之中，他们什么都不做，既不求生，也不求死"③。他们感觉到痛苦和匮乏，只能用某种异常状态来打破这种困境，从而恢复与真实的接触。这种强烈的情感在当前无法逃脱的社会现实面前灼伤了他们，他们自身的孤独、无法逃离的困境以及支离破碎的情感动机都在呼唤一个缺失群体的到来，因为"没有人可以独自承受这分量。而

---

①　[法]莫里斯·布朗肖. 不可言明的共通体[M]. 夏可君，尉光吉，译. 重庆：重庆大学出版社，2016：51-52.

②　[法]吉尔·德勒兹，菲利克斯·迦塔利. 什么是哲学？[M]. 张祖建，译. 长沙：湖南文艺出版社，2007：110.

③　[法]莫里斯·布朗肖. 至高者[M]. 李志明，译. 南京：南京大学出版社，2016：198.

且，即使把发生在我们所有人身上最不幸的事情汇集起来，也不足以回应这样深重的苦难"①。这些病人包含了一种强烈而无法宣泄的痛苦，对于他们而言，最反叛的事物就是激发力量最强有力的方式，他们一部分人选择在痛苦中溃烂，以一种极为消极的方式毁灭自身，另一部分人的身体中带着某种野蛮和狂热的东西行走，为了拼上最后一口气将这种疾病传染给他人。他们既是背离社会的反常者又是孤独的人，《至高者》中布克斯的秘密组织不再躲在地窖里工作，而是以一种肆无忌惮的方式直接树立自己的威望，"他们常做的是以羞耻的名义说话，或是以卑鄙和耻辱为理由，因为这些观念在他们看来仍然是最通情达理，而又最不妥协的"②。《亚米拿达》房屋中的房客、侍者以及布克斯的秘密组织，他们都是被某种狂乱的情感所控制，他们只有站在群体外面才能表达另一种共性。他们将这种痛苦转化成为一种革命性，用一种近乎残酷的方式来让死亡和荒诞性穿透自己的生命。他们在消极堕落中展示出最激情勃发的生命力，在最强悍野蛮的肉欲中表达出最纯洁崇高的理想境界，通过这种极为分裂的痛苦他们获得了独特的启示，从而创生一个新的人群。

布朗肖召唤的未来民众，他们因为身体的某种特殊状态而对这个世界呈现出与常人不同的感受和思维方式，他们身上拥有一种普通知觉无法企及的生命力。未来民众与其说是某一类人的集合，不如说是某种特殊力量的集结，这种力量是一种全新感知，指向身体感知方式的阈限，同时也让布朗肖的小说产生一种奇特的压迫性氛围。未来民众的诞生就意味着一种全新感知的诞生，"新感知就像思想的暗黑前驱。换句话说，艺术的揭示性就在于，它不仅让思想成为可见，也创造出全新的独特的感觉"③。布朗肖笔下的未来民众有一种爆发性的危险力量，这是

① [法]莫里斯·布朗肖. 至高者[M]. 李志明，译. 南京：南京大学出版社，2016：226.

② [法]莫里斯·布朗肖. 至高者[M]. 李志明，译. 南京：南京大学出版社，2016：254.

③ Sholtz, Janae. The Invention of a People：Heidegger and Deleuze on Art and the Political[M]. Edinburgh University Press，2015：150.

欲望冲破束缚开启生成的力量，无论是《至高者》中的佐尔格、他妹妹露易丝、女邻居、女护士让娜，还是《在适当时刻》中的主人公"我"和克劳迪娅，《死刑判决》中的"我"和娜塔莉，这些人身上都存有一种兽性蛮横的情感被包裹着难以发泄，这是自然本能狂暴的驱动力量，最终在一个触发事件后以冲击性的力量爆发出来。佐尔格看到让娜有"一种野兽的本能在她身上苏醒过来"①。而这让他感觉让娜和他妹妹有点像，她们身上这种暴烈的情感实际上是被改造和压制过的性本能，这是一种越界的力量，是布朗肖借此向下超越的方式，"神圣形式的二元性，是社会人类学的重大发现之一：这些形式必须分布在对立的两个阶层之中，即纯洁的事物和污秽的事物之中"②。布朗肖与他的朋友巴塔耶不同，尽管他们都推崇萨德作品中的变态色情所带来的极限体验，但布朗肖在作品中处理情色关系时没有直白的性语言描写，而是要呈现身体里一种赤裸裸的力量，里面包含着激动和不安、恐惧和颤栗，这种力量因为世俗禁忌而充满神秘的魅力。布朗肖笔下的这些人物在面对自己的欲望时都有一种否定的恐惧感和羞耻感，这从反面强化了性的冲动和欲望，兽性的力量在禁令和恐惧中前行，从而使其作品中的快感都披上了危险的色彩。女邻居发疯似的抓住佐尔格，把他往后推，突然又把他紧紧地箍在自己的铁臂之间，佐尔格与让娜之间的身体激烈搏斗，克劳迪娅、娜塔莉向后退的场景中，"我"以一种十分凶猛的兽性力量扑过去把她们抓住，这种压迫性和阻力从反面助长了原始欲望之力的疯狂僭越，危险的越界使他们兴奋。这些人物暗黑色调的情感下涌动着不安和希望，他们能够唤起生命深处的原始力量，让人不顾一切与自身决裂，毅然决然地走向他们。对于他们来说，这是能够净化自身的原始力量，只有摆脱了肉体的束缚，才能真正返回自身，正如佐尔格所说，他需要的只是一个女人，他与让娜这样一个可以说是十分粗鄙的女人厮打在一

---

① [法]莫里斯·布朗肖. 至高者[M]. 李志明，译. 南京：南京大学出版社，2016：285.

② [法]乔治·巴塔耶. 色情、耗费与普遍经济：乔治·巴塔耶文选[M]. 汪民安，编. 长春：吉林人民出版社，2003：53.

起，事情过后他对她感到恶心，只想自己安静地待着，肉体和精神被分成了痛苦和欢愉的两极，"欢愉，痛苦，尝试只保留此二者的强度"①。在此，未来民众也表现为爱的不可能性，这是布朗肖式的情人共通体。情人关系通过身体的暴力沟通，这种残酷的力量是对感知共通体通道的探求，其毁灭性超出了一切情感，就是为了在断裂之处涌现出作为绝对他者的全新感知，唯有在对他者的无限敞开与迫近中，自我才能打破自身的封闭性，而爱，也只能通过分离来完成。

　　未来民众彼此聚合，也相互排斥，这正是布朗肖的未来民众所存有的悖论。如果说身体的原力是他们的共有特征并将他们聚集在一起，他们身上还有一股相互拒斥的力量，源自一种极致的孤独。这种孤独打开了一个完全中性的空间，让他们成为彼此异质性的存在，所有的差异和对立都能在其中得以调和。"我把自己锁在房间，整栋房子都无旁人，房外亦无一人，但孤独本身开始张口说话，我则不得不反过来言说这一说话的孤独。不是想要嘲弄它，而是因为有一个更大的孤独盘旋于它之上，而在这更大的孤独之上，还有更大的孤独。每个孤独都相继接话，想要压制那话语，让它沉默，结果反而都在无限重复它，并使无限变成它的回声。"②孤独让"我"处在一个与他人完全不同的世界中，孤独不断地自我叠加，让思想逐步走向绝对的自由和无限。每一层孤独就意味着一个更为广阔的思想经验诞生，它让人回到一个剥落一切形式属性的空无，也正是这种空无容纳了差异和繁多，向人们敞开一个无比深邃、尚未发掘的心灵空间。这些孤独的人不是被人群疏离，即使他们身在人群中，也是主动选择隐退沉默，布朗肖笔下的最后之人，人群的在场反而让他成了那所有人中最孤独的一个，《死刑判决》中的"我"是主动把自己锁在一个空无一人的房子里，他们形成一个巨大的缺场，在这种彻底的孤独中挣脱社会理性的束缚转身投入一片虚空，并从虚无中创造出

---

① 　[法]莫里斯·布朗肖. 灾异的书写[M]. 魏舒，译. 南京：南京大学出版社，2016：65.

② 　[法]莫里斯·布朗肖. 死刑判决[M]. 汪海，译. 南京：南京大学出版社，2014：41-42.

一个完全属于自己的世界，去寻找"那没有伴着我的一个"，体验远离自身的孤独。"每当我远离自己的时候，'我们是孤单的'这句用来反驳我的话中的孤独就会将这里包围。"①布朗肖召唤这些人身上的否定性力量，以晦暗的思想深处和死亡的虚无为起点来建构一切，向着不确定的深处冒险。这是通往新弥赛亚主义的必经之途，德勒兹引用劳伦斯的话说，新弥赛亚主义是"一种生活道德，灵魂只有在漫无目的地上路时才能实现，令自己接触到各种事物，从不试图去拯救其他灵魂，远离那些发出太过专横或太过痛苦的声音的灵魂，跟与它同等的灵魂共同建立起一些哪怕是太过短暂或不够坚决的约定，除了自由没有其他成就，时刻准备着解放自身以实现自身的完满"②。孤独能够让灵魂挣脱桎梏，展现出意想不到的巨大力量，只有等这些人在孤独中无限地消失后才能开启一种新的意义：每个人只是宇宙中某种思想的反射，在孤独造成的无限距离中，一些更为根本性的东西将人们联结起来，他们以一种陌生的关系相互敞开。最后之人绝对性的孤独和隐退反而成为一种强大的召唤力量，"仿佛面对着他，原本的我即怪异地觉醒为我们，这共同精神的聚力及在场"③。这种孤独所营造的虚空不是毫无生命力的一潭死水，而是永不枯竭的生命之源，是激情的最高表现形式。这共同的精神聚力和思想联结并不会抵达一个确定的终点，它存在着一种朝向不同方向的渐变，"我们因此拥有那最大的世界。因此，在我们每个人内中，所有人都在那无尽的镜照中被反射着，而从我们被投射出的辐光般的亲密里，人人回神转醒，被那仅是全体之反光所启明"④。未来民众的聚集不是建立在共享某种理性目标之上，而是基

---

① [法]莫里斯·布朗肖. 那没有伴着我的一个[M]. 胡蝶, 译. 南京：南京大学出版社, 2015：91.
② [法]吉尔·德勒兹. 批评与临床[M]. 刘云虹, 曹丹红, 译. 南京：南京大学出版社, 2012：185-186.
③ [法]莫里斯·布朗肖. 最后之人[M]. 林长杰, 译. 南京：南京大学出版社, 2014：5.
④ [法]莫里斯·布朗肖. 最后之人[M]. 林长杰, 译. 南京：南京大学出版社, 2014：103-104.

于布朗肖所说的一种分离的友谊,"这种友谊以通过对共同未知的承认的方式进行……即使在理解活动之中,他们对我们言说也始终维持一种无限的距离,哪怕关系再为要好,这种距离是一种根本的分离,在这个基础上,那分离遂成为一种联系"①。他们对孤独保持一种敏锐的感知,这是对虚无的一种积极渴求和对个体独一性(singularity)的坚守,他们有意识地维持这种距离以及其中存在的原始自由;另一方面,这种孤独也是超越自身而共在的,在这种缺席中面向差异性和他者无限敞开。

二、潜在革命民众

布朗肖在他的作品中召唤着一个潜在的革命群体,这种政治性在他前期的文学作品《田园牧歌》《亚米拿达》和《至高者》中表现得较为明显,他通过文学叙事直接展示共通体的存在样态,这个群体无法容忍被社会规范划分的集体观念,它是一种潜在性,如德勒兹所说,"人民"本身永远不可能存在,只有"总是几个人民,无限的人民",他们不能也不应该成为一个。② 这些"未来民众"对现实有着深刻的认知,他们能够去看"无法容忍和无法忍受的事情"③,这是一种对政治社会的挑衅行为,其动机是为了打破原有秩序,建立某种新的社会规则。布朗肖的后期作品随着叙事的淡化,这种政治特征也逐渐变得隐蔽,他让文学回到它的源头,将语言看作共通体的根源,用一种离散的语言让作品走向域外,以这种特殊的方式来呈现日常理性所无法把握的东西,赋予看不见的事物以虚构的统一性。布朗肖赋予文学的这种革命性力量与德勒

---

① [法]莫里斯·布朗肖. 论友谊[M]// 何卫华,译. 生产(第二辑). 桂林:广西师范大学出版社,2005:152.

② Deleuze, Gilles. Cinema 2: The Time-Image[M]. H. Tomlinson & R. Galeta, trans. London: Athlone Press, 1989:220.

③ Deleuze, Gilles. Cinema 2: The Time-Image[M]. H. Tomlinson & R. Galeta, trans. London: Athlone Press, 1989:18.

兹赋予电影的力量是一致的：使不可见之物被看见的力量。① 这是一个"典型化"的过程，来确立艺术家创作的某种主观类别，这些主观类别构成了在某种"基本类型"的生产中看不见的人。② 布朗肖所考量的政治关乎人的存在和群体构建问题，未来民众是构成布朗肖文学政治性的重要因素：在当时的社会背景下，他们的生存中有一种无法忍受的东西，从政治功能上来说，布朗肖召唤的并不是一个能够统治社会的民族，而是卷入革命生成中的一个少数群体，这是对社会同质化和整体性的抵制。

布朗肖作品中未来民众的诞生是一个解辖域的过程。《亚米拿达》的房屋里弥漫着一种共有的气氛和集体享乐激情。一开始侍者将他们自己与房客们区分开来，他们有着辖域划分，只有房客们享受其中，然而现时性享乐取消了生活的共同目标和意义，吸引所有人逃离体制阶层的分类区隔。侍者最终混到房客中去享受堕落放纵的生活，一开始他们遮遮掩掩，到后来就完全与房客们融为一体，成为一个难以摧毁的整体。欲望享乐推动了解辖域化，这种过度的自由打破了房屋里的体制分层，原有的辖域遭到解体，侍者和房客之间的界限消失了，身份模糊化了。"我们"甚至认为侍者们是根本不存在的，时间的分层也被取消，延伸为无穷无尽的当下，他们被还原为纯粹差异性的个体实存，这种无目标无意义的聚集构成了一个打破任何日常归类认同的"我们"，"我们"就是当下"存有"最直接真实的在场与集结。《至高者》中布克斯在地下遇见了另一类完全不同的人，解辖域是一种行动，让他们从原有社会体制中脱离出来，离开原有的生活和活动区域。他们游离在社会秩序之外，与真实的生活范围隔离，用一种消极的力量来与社会对抗，并把这种羞辱变成他们的骄傲。这些人在社会中没有位置，没有身份，没有名字，他们先于任何阶级、种族、性别、年龄而存在，是充满着喧嚣和躁动的

① Badiou, Alan. Handbook of Inaesthetics [M]. Stanford: Stanford University Press, 2005: 76.

② Miller, V. The Unmappable: Vagueness and Spatial Experience [J]. Space and Culture, 2006(9).

沉默空白。《亚米拿达》中托马经过大厅时，尽管人们低声耳语地交流，但是最微弱的喘息声却变成了雷鸣般的巨响，让整个大厅里喧嚣震耳，这种低语交流之下产生的喧嚣声实际上是一种内心情感的膨胀和放大，表明了一种开放性，展示出一种齐聚一堂的可能性，允许每个人跳出任何社会层化的区分和遇到的人倾心交流。布朗肖作品中这个未来民众之所以成立，正是在于解辖域后他们所属领域的不确定性，这些人物的行为突然变得异常，经历某种群体性功能失调，进而产生漫无目的的游荡和一系列随机的、松散的联系。传统的领域划分一般是基于共同的理想、目标、利益或价值观，具有极强的连贯性和一致性，而布朗肖召唤的未来民众是一群没有明确的目标，却充满着越界冲动的人，他们通过撕裂世界而发挥力量。这种完全的空白赋予了未来民众一种动态生成的空间，他们处在一个偶然性占主导地位的世界中，不在意自己寻找什么，漫无目的地徘徊，随时准备遇见不同的人，与他们临时结盟，进行异质性的交流。

未来民众所具有的空白性表达出一种潜在的社会层面并获得革命性的意义。这群人没有清晰明确的革命目标，也不会朝着某个理念开展完整的革命行动，没有革命计划，也没有预谋。这群人处在一个纯粹的空白顿挫中，他们不设自我限制，接受什么也不做，本能式地拒绝承担任何权力，他们之间只是一种随机性的遇见结盟和爆发性的沟通交流。这群人的麻木和漫无目的是因为他们过早看清了事件的真相，他们以松散混沌的状态来秘密聚集力量。《至高者》中布克斯分析当前组织形势时对佐尔格说："任何人都想象不到，山体受到了多么严重的破坏：我自己也只是其中的一环，单条链子上的一环，可无数的链条正秘密地连在一起，形成一股足以废除其他链条的力量。"[①]他们的支持者遍布全国各个阶层，佐尔格是国家公务员，布克斯属于这个城市的外来者，布克斯找到佐尔格是因为佐尔格身上潜藏着一种背叛性力量。这种力量是隐蔽

① ［法］莫里斯·布朗肖.至高者［M］.李志明，译.南京：南京大学出版社，2016：167.

的，他处在一个模糊地带，他是公务员却并不认同自己的职责，他不是法则的敌人，但却不为它效力，他想摆脱。布克斯和佐尔格都是这样的单条链条，他们秘密地连在一起，佐尔格不喜欢他，却仍希望再见到他，他们之间这种陌生的遭遇彼此触动，这种蛰伏状态最终是为了动摇这种冷漠麻木，迎接未来民众的诞生和真理的到来。这拨混乱的人群处在时间和行动的夹缝中，他们的行为脱离了日常轨迹，处于消沉昏睡的状态。这些人在时间中将一切行动悬置延宕，时间在这种状态中耗竭了一切行动的能量，从现在到未来的那种时间连续感已经崩溃了，"假设这种停滞里包含着由人群的庞大带来的某种错觉，人们就只好寄希望于一种不能确定的、总之无法察觉到的前进"①。他们停留在现时，除此之外什么也没有，然而时间断裂之后所产生的这种忧郁无力、悬而未决的一刻，同时也指向一个决定性的行动瞬间。这种沉默无声的断裂隐藏着真正的危机，他们其实是一则最激进的革命公式，有待颠覆一种可预期的社会形势，唯有"他们"才能释放出真正的革命性。房屋中那群无所事事的人经历了漫长的等待后最终采取了冲向二楼的越界行动，这是延宕的行动蓄积的爆发性的力量，最激昂亢奋的一刻，暴动释放出一种纯粹虚空的时间，一切都被摧毁了，在可怕的塌方中结束了。

未来民众的革命性还表现在赤裸生命对政治存在的排斥和挣脱。《田园牧歌》中的庇护所看似一个热情友善的集体，里面能够接纳不同的外来者，但不时也会有人因为工作不认真或行为异常受到处罚。阿基姆进来后前方百计地想要获得自由，当他问护理员他什么时候能够回到社会公共生活中去，护理员回答说："社会公共生活？这里每个人都住在一起，但是我们没有公共生活。"②阿基姆所谓的社会公共生活是一种

---

① [法]莫里斯·布朗肖. 亚米拿达[M]. 郁梦非，译. 南京：南京大学出版社，2016：64.

② Blanchot, Maurice. The Station Hill Blanchot Reader[M]. George Quasha, ed. Lydia Davis, Paul Auster & Robert Lamberton, trans. New York：Station Hill Press, 1999：8.

能够容纳异质性的生活，而庇护所的人生活在一起却是一种同质化的努力，没有公共生活。阿基姆为了逃离这里，不断触及这个集体的边界，最终被鞭打致死，对同质化的拒绝是一种政治过程，阿基姆是从这个群体中分离出来的异类。庇护所这个田园牧歌似的政治存在要求毫无剩余地包容所有人，但事实上，里面的平民无法真正成为这个集体中的一员。阿基姆没有任何亲人，他在这个庇护所中就是一个光秃秃的生命，没有任何保护和权利，他的生死也不会引起任何人的重视和关注。总体而言，阿基姆只是未来民众中的一个代表，他代表着一种无价值的、纯粹生物性存在的生命，庇护所中任何扰乱社会同质性的行为都要被绝对禁止，如果有任何越轨行为，这样赤裸的生命可以随意被鞭打致死，他的逃离行为在庇护所的现有秩序与生命可感存在中制造出裂缝。未来民众的诞生是一个动态的生成少数的装配，装配不是商品生产，而是社会中混合主体的一种状态，是各种独特性赤裸生命的集合，他们之间没有通约性。正是这一小群断裂的力量成为未来民众的主要构成，他们身上有一种不可调和的个体性和群体主观性，他们因为没有完全融入集体而成为赤裸的生命，造成了整个政治存在的断裂。

　　未来民众表面上看来没有目标，游离在秩序之外，实际上他们遵循着一种隐性的秩序。这种秩序根本无法用明确的法则来描述，他们彼此保持着距离，事件将他们召唤出来聚集在一起。这里的事件不等于现实中发生进行的事态，德勒兹将这种事件看作非物质的独一性实体，"它在一种事态、一个物体、一条体验当中得到实显化，可是，事件具有一个晦暗和秘而不宣的部分，这个部分不停地或进入或脱离它的实显化过程"①。德勒兹的"事件"可以在现实中得以实显，却无法被格式化纳入历史的线性进程中，它本身的晦暗性让它难以被定性和辨认，处在不断的生成变化中。德勒兹在《意义的逻辑》一书中明确指出："令人苦恼的是，纯粹事件一方面总是并且同时是刚刚已经发生的某事和即将发生的

_____

① 吉尔·德勒兹，菲利克斯·迦塔利. 什么是哲学？[M]. 张祖建，译. 长沙：湖南文艺出版社，2007：423.

某事；从不是正在发生的某事。"①《至高者》中两栋完好无损的房屋后冒起浓烟，导致街上聚集了一群人，他们站在那里，并小心地与其他人隔开，保持一个走道宽的距离，有人还用手帕遮住脸来隐藏自己。群众出来围观，但并没有形成真正的围观群体，他们以一种看不见的集体出现，说话时既不看着对方，也不互相靠近。相反，那些在事件中聚集在一起的群体却发生冲突被强力驱散，佐尔格的继父讲述他们按照规则驱散了一群前来观看集市阅兵的群众，最后引发了冲突，这就说明分散反而是一种更为强大的力量，因为彼此分散，所以根本就无从驱赶。他们围观的房屋完好无损，后面却冒滚滚浓烟，第一栋没人住却死亡人数最多，这样怪异反常的事件意味着思想上的不理解和断裂。这里我们可以清楚地感受到法国五月风暴政治事件对布朗肖创作的影响，布朗肖在《论运动》②一文中指出，五月革命席卷一切，改变一切，但它也把一切完好无损地留下，正如文中描写的冒着浓烟却完好无损的房屋。布朗肖认为五月风暴就是一场凭由理念、欲望和想象进行的革命，存在变成一起理想的和想象的纯粹事件的风险，这是一种充满危险（或许也是希望）的日常之不可能性。德勒兹区分了纯粹事件（事件时间）与历史事件（历史），他也认为1968年的五月风暴属于"纯粹的事件"③，这个纯粹事件蕴藏着爆发和转变的可能性，不断改变着事件发展的既定运动轨迹。纯粹事件呈现给观众的是它产生的独特效果和社会氛围，以及它发生时给人们带来的撼动，对于这出事件，重要的不是追问发生的缘由，而是事件的潜在进程与现实相互作用后所产生的效应。小说中发生的围观事件标志着一个特异性的时刻，人们虽然保持着距离，也没有相互交流，但他们是被同一出事件聚集起来，共同察觉到事件的异质性。在这

---

① Deleuze, Gilles. The Logic of Sense[M]. Mark Lester & Charles Stivale, trans. New York: Columbia University Press, 1990: 63.

② 莫里斯·布朗肖. 论运动[EB/OL]. Lightwhite 译. [2021-12-06]. https://baijiahao.baidu.com/s? id=1718400329782634598&wfr=spider&for=pc.

③ Deleuze, Gilles. Desert Islands and Other Texts(1953-1974)[M]. Mike Taormina, trans. New York: Semiotexte, 2003: 233.

个意义上，未来民众的诞生是在事件之后留下的真实痕迹的合体，指向潜在的、未被实现的"虚"的维度，它持有一种能够打开未来的力量。"人民是一个生产的概念，它是事件之后的生产，在事件之后，那种忠实于事件，并积极认同于事件所开辟的真理的人合体为新的人民，他们一起面对当下的时代，开创一个新的国度，让既有的苟延残喘的现有国度都慢慢在事件的光芒中逝去。"①未来民众的诞生打开了一个临时世界的秩序，这是一个分裂的在场，它存在于自身的回撤当中。在这个世界中它不会对秩序进行辩护，而是秩序本身组织起了含义和一个临时的真理，未来民众代表了一种虚无主义的形式，在这种虚无的背后隐藏着拯救的秘密。

① 蓝江. 什么是人民？抑或我们需要什么样的人民？——当代西方激进哲学的人民话语[J]. 理论探讨，2016(4)：54.

结论：沉默的布朗肖？

巴塔耶说："布朗肖的作品具有一个唯一的对象，那就是沉默，并且，作者的确让我们听到了沉默，几乎就像威尔斯让我们看见了他的隐身一样。"①2017年南京大学出版社和"泼先生"②主办的纪念布朗肖诞辰110周年活动举办了三场讲座，"沉默"几乎是谈论布朗肖不可回避的一个关键词。从他的个人生活、思想到文学书写，布朗肖的确如他自己所说将一生奉献给了文学和属于文学的沉默，他远离20世纪西方热闹的思想界，默默无闻地退居边缘去探讨沉默、死亡、黑暗等一些几乎无法表达的事物。维特根斯坦在《逻辑哲学论》的结尾说：凡不可言说的，皆应当沉默。维特根斯坦的沉默是一种对待不可言说之物的态度，而布朗肖的沉默诚如巴塔耶所说已经对象化了，它是不可言说之物的替代，沉默之处的缺场反而成为一个巨大的存在，沉默是他接近未知的方式。不论怎样，布朗肖的沉默让言说他变得尤为困难，怎样才能将一个把沉默当作文学对象的作家说清楚，这似乎是一个不可能的任务。对布朗肖的解读也陷入了一个怪圈，他的沉默使作品显得晦涩、难以理解，而这种阅读困难又进而加深了他的沉默，在一定程度上也让我们对布朗肖的作品产生了某种定见。

---

① 乔治·巴塔耶：沉默与文学[EB/OL]. Lightwhite，译. [2018-03-19]. http://www.chinawriter.com.cn/n1/2018/0319/c404092-29875731.html. 原文发表在1952年2月第57期的《批评》（Critique）杂志上，收于《全集》第12卷，第173-178页。
② "泼先生"（订阅号：Pulsasir）是一个组织，发起于2007年，是非正式的团体，致力于歧异情境中的写作实践、学术思考和艺术行动。

所幸德勒兹为我们阅读布朗肖指明了一条道路，德勒兹深入阅读过布朗肖，布朗肖也了解德勒兹，但他们之间并没有直接的来往，德勒兹不断向外扩张逃逸分裂的激进路线与布朗肖文学创作的退隐沉默表面上看来是截然相反的路径，实则可以穿透布朗肖的沉默直抵他的核心。他在《什么是哲学?》中明确地指出，感觉(情感 affect)是对抗定见的武器，感觉能够照亮混沌，借混沌之石攻定见之玉。感觉(情感)是包括文学创作在内的一切艺术形式的真正基础和对象，一切艺术都遵循"感觉的逻辑"，它所建造的是一座以感受和感觉的聚块构成的感知物的纪念碑。在德勒兹看来，作家就像是诊断者，他们发现一种生命的可能性，一种新的情感和存在模式。这样看来，布朗肖的沉默也是一种症候。既然布朗肖用沉默来拒绝读者对思想的完全介入，那么循着德勒兹这条路径，我们能够将他的文学作品当作艺术来解读，看到沉默背后所凝聚的生命力和情感。可以说，沉默是布朗肖对情感的终极体验，其中激荡的欲望是推动情感自由流动的生产机器，这是一种精神分裂的过程，"文学创作就像精神分裂：这是一个过程而不是一个目标，一种生产而不是一种表达"①。由此看来，布朗肖这个内缩式的文学空间并不是为了企及某种固有的创作目标，或是表达某种完整的思想，而是向着精神的外域自由敞开，让体验随性而行，随时准备迎接一场精神和情感的内爆。他用词语构建的文学空间就是进入感觉的通道，作品中所呈现出的沉默和被动性看起来极为单调并且难以琢磨，实际上充满着强大的激情和战斗力。这是一种几乎无法承受的精神紧张状态，在他看似沉默晦暗的文学空间的背后有一种歇斯底里的叫喊和精神上肆无忌惮的游牧。布朗肖试图在人物精神存有状态、话语、躯体和交往这些方面突围，将个体身上的力量和欲望情感从社会压抑的状态中解放出来，召唤一个全新未来民众的诞生。这是他进入世界的方式，一种存在的最根本状态，纯粹的自我，时刻对整个世界保持敏锐的感知。因此，在作品中用暗夜、死

---

① Deleuze, Gilles & Guattari, Felix. Anti-Oedipus [M]. Robert Hurley, Mark Seem & Helen R. Lane, trans. Minneapolis：University of Minnesota Press, 2000：133.

亡、遗忘、沉默和被动性来隐退自己的布朗肖与激进、分裂、游牧的德勒兹并不矛盾，沉默和被动性就是布朗肖进击的方式，他以此回到内在来寻求一种人之可能性的极限。

德勒兹从尼采的理论中提取出强力意志来寻找反叛的裂缝，这是一种强大的生命内驱力和能动的生命意志，并借此勾画出一条条逃逸线穿透整体，冲毁囚禁。布朗肖的文本内部也回响着尼采的强音，他其实并不沉默，沉默掩盖的是一种极为深刻的激情，一种膨胀的内在生命，在某种程度上，尼采可以看作连接布朗肖和德勒兹的桥梁。小说中的谵妄、疯狂、梦幻、扭曲这类反常态的情感使作品弥漫着让人焦灼不安、带有强烈压迫性的迷狂氛围。这种情感传达出一种特殊的智慧和一种极为卓越的主体姿态，也是布朗肖从深层意义上追问上帝死后人该如何存在。这是主体挣脱理性和经验的束缚之后在死亡边缘的残酷舞蹈，疯人与高烧中谵妄之人在歇斯底里的抽搐、尖叫和变形中穿过神殿，留下了一个在痛苦和狂热中探寻走向思想域外出离自我的极限体验的身影。德勒兹颂扬悲剧之神狄奥尼索斯，他肯定了情感在快乐和痛苦两极之间流动和转化，他在《残酷与冰冷》中分析施虐受虐经验时看到的痛苦-快乐之间的联系，极度的痛苦也能带来极度的欢愉。疾病的谵妄、死亡、遗忘、发疯的体验、带有暴力冲击的欲望这类痛苦是布朗肖小说中大部分人的生命存在方式，对于他们来说，痛苦能够刺激生命，唤醒新的感受，让他们触及未知，在痛苦中体验到一种神性的极乐。这也是布朗肖在孤独沉默的文学空间中隐藏的秘密：一种酒神精神的表达，这种痛苦迫使个体面对生存的恐怖，在短促的瞬间体验到一种出离自我、回归本源的痛苦与狂欢。孤独和沉默不是麻木和冰冷的理性，而是在理性掩盖下的彻底疯狂，是一头兽与自身相互对峙。在《灾异的书写》中，布朗肖指出沉默是一个悖论性的词语，"它借由哭喊经过，没有声音的哭喊，分割一切语言，不指向任何人也没有任何人接收"①。沉默中的哭

① [法]莫里斯·布朗肖. 灾异的书写[M]. 魏舒，译. 南京：南京大学出版社，2016：67.

喊是一种过剩的情感强度，它不指向任何人，而是一种奔赴死亡的激情通过重复性不断回返自身。从德勒兹的角度来看，布朗肖的小说实际上是一种过于强大的生命表达，表现为一些反常情感和狂野力量的流动和聚块，构建出"非特指的一个生命"："绝对的内在性：它是完整的力，完整的极乐。"①

也正是这种力改变了布朗肖小说的书写和言说方式，将文本变成支离破碎却相互缠绕的迷宫。布朗肖强调文学中语言和否定性之间的关系，取消了语言的再现功能，让语言在言说中折返自身。小说中的语言化作一种连续不断、永无止尽的喃喃低语，这种语言对理解的抵制已然成为阅读布朗肖经验内在的一部分，让小说的文本变得晦涩沉默。德勒兹在语言非再现的基础上强调语言的物质性特征，将语言看作文学生命的表现和情感流动的介质，是一种情感强度的体现，因此布朗肖作品中对语言的书写，以及小说文本自身断裂缠绕的语言就能够得以进入。一方面，小说中人物对语言的少数化使用表现出语言的解辖域风格，语言自身具有一种行动性的力量，能够直接介入存在，他们表现出一种对语言的焦虑，在语言的秩序中挣扎，却不得不面对语言对身体和存在的干涉，在此过程中，他们创造出逃逸的路线，用语言的少数用法来颠覆语言规则，揭开意识形态中的裂缝；另一方面，布朗肖写作中对自由间接引语、自由直接引语的使用在某种程度上确立了其中性书写风格，小说语言的枯竭和重复使句型结构发生变异，让有限的词汇生成新的语义，通过不断消解自身意义让语言脱离稳定的秩序，表现出特有的回环矛盾的风格。布朗肖不仅不沉默，他还对声音尤为敏感，他笔下的声音脱离了语言和表意的需要，是一种中性而冷漠的物质，以声音的枯竭形态来召唤其丰富性，执意于唤醒沉睡的情感强度，让主体与自身和他者分离，转向与声音中隐藏的未知相遇。

身体是德勒兹理论中的核心关键词，而布朗肖在他的文学理论中却

---

① Deleuze, Gilles. Pure Immanence: Essays on a Life[M]. Anne Boyman, trans. Cambridge: MIT Press, 2002: 27.

很少提到身体，这绝不是说身体在他的作品中不重要，布朗肖抹除一切的文学姿态，让身体在作品中成为一个令人焦虑的存在，身体是精神走向外域的阻碍同时也是必经之途。德勒兹让我们看到布朗肖这种消解的努力实际上是将身体提到了一种极为显眼的位置，布朗肖要抹除的是将身体层化的理性力量，展现出身体最直接的样子。他笔下那些与动物之间丧失界限的身体、狂暴扭曲的身体、垂死中的身体都是无器官的身体，充盈着欲望的身体。他将身体作为集聚情感力量的场所，使不可见的力量变得可见，他要打破身体中存在的阻碍，让身体成为一个力量流动的自由通道。情感作用下的身体也成为布朗肖小说中叙事走向的一条若隐若现的线索。布朗肖笔下的身体不仅仅是解辖域化的实践场所，也是一种隐性的建构和通达，他要迫近身体的极限，解域的身体代表着灵魂在身体痛苦时的巅峰体验，将某种未知从思想外域翻转成身体体验的核心。

布朗肖的沉默和被动并不是为了构建一个纯粹封闭的文学空间，断绝与外界的联系，而是执意于一种更为广阔的联系。他召唤未来民众的诞生，这是一个基于共同情感体验和极限经验的感知共通体。他笔下人物之间的疏离是他刻意保留的开放性距离，其中隐藏着无限生成拓展的力量，充满着未完成性。这形成了一个逃逸的空间，从而抵制社会力量层化所导致的人类关系的贫乏，呈现出情感之力作用下关系构建的巨大可能性。在这个方面，布朗肖的作品表现出了一种文学人类学倾向，未来民众意味着一个可塑性的人群，是无形潜在力量的一种意向性越界行为。他将人类身上的死亡、欲望、冲动等否定性力量作为一种越界驱动，于沉默和空白之处形成文本的召唤结构，召唤尚未到来的民众。这是一个解构的共通体，通过情感越界产生的逃逸线路解构社会的权力主体关系，预示了一种尚未到来的丰富平等的社会关系新形势和一个美学自由游戏的空间。

布朗肖用沉默将我们带入一个未知空间，沉默以一种不断隐退的方式表现为理性的存有与疯狂的虚无之间的无止尽纠缠。福柯认为"正是因为疯狂是非理性（non-raison），在疯狂身上找到一个合理的（ratio-nnelle）掌握点，总是可能而且必要的"①。沉默就是布朗肖在书写中找到的那个合理的支撑点，沉默的虚空让作品成为不可能性的起点，是一场关于书写的生死对抗游戏。作品通过这种沉默中的疯狂打开了虚空的、沉寂的时间，呈现出的是一个无法调和的断裂。布朗肖的写作是一个生成的事件，朝向未来敞开，一直在进行中，它们由一个个穿越未来与过去的生命片段组成，是事件的堆叠，这是一种生命的书写，指向文学中的生命本体论。阅读他的小说就像在看一位画家的画展，画与画之间的间距恰好解释了小说情节的断裂，每一幅画面都是一个事件，凝聚着不同层次的情感强度和情感的流向。他要向我们展示的其实是一种非个人力量，它能够生成各种变量和差异，并重新整合这些变量成为创造的力量。这是一种艺术创造的力量，对于布朗肖来说，"艺术和写作并无差别"②。语言承载着象征，"在符号和'物件'之间引入一种艺术，作为文学的艺术所维持和更新的不稳定的在场-缺席"③。这个晦暗却透露着隐秘光亮的文学空间是布朗肖对写作和艺术之间关系所展开的持久而深刻的思考，而德勒兹对艺术的激情最终成为划开布朗肖晦暗空间的一道光，搅动这种深不见底的沉默，让感觉的逻辑穿行于布朗肖小说中生活、语言、身体、社会等各个领域和层面，感知作品中的呐喊和沉默、痛苦和欢愉、疯癫与理性，捕捉其中蕴涵的独有生命力。布朗肖小说的灵魂在于一种思想的运动和游牧变化本身，关键不是生成变化的结果，而是作为变化驱动力的生命、欲望和情感。这种越界的力量不存在伦理价值上的善恶评判，而是一种中性的艺术意志，潘诺夫斯基认为艺术意志体现于艺术现象之中，从根本上揭示了作品的内在意义和存在的

---

① ［法］米歇尔·福柯. 古典时代疯狂史［M］. 林志明，译. 北京：生活·读书·新知三联书店，2016：426.

② ［法］莫里斯·布朗肖. 灾异的书写［M］. 魏舒，译. 南京：南京大学出版社，2016：140.

③ ［法］莫里斯·布朗肖. 灾异的书写［M］. 魏舒，译. 南京：南京大学出版社，2016：140-141.

实际根源，是它们所有风格特性的基础。① 这种中性艺术意志正是布朗肖小说的独特性之所在，是一种来自别处的声音，如果说意志朝向的是已知对象和世界，布朗肖作品中的中性艺术意志则指向死亡、黑暗、沉默、谵妄等未知领域。尽管他作品中看到的是一种拒绝进入和否定性的文学姿态，德勒兹却告诉我们，沉默和拒绝的背后是涌动的生命欲望和激情。可以说，布朗肖的一生献给了文学沉默之下的澎湃。

---

① Panofsky, Erwin. The Concept of Artistic Volition[J]. Kenneth J. Northcott & Joel Snyder, trans. Critical Inquiry, 1981, 8(1): 17-33.

参 考 文 献

一、德勒兹部分

[1] Badiou, Alain. Deleuze: The Clamor of Being[M]. Louise Burchill, trans. Minneapolis: University of Minnesota Press, 2000.

[2] Beckman, Frida, ed. Deleuze and Sex[M]. Edinburgh: Edinburgh University Press, 2011.

[3] Bogue, Ronald. Deleuze on Literature [M]. New York: Routledge, 2003.

[4] Buchanan, Ian & Parr, Adrian, ed. Deleuze and the Contemporary World[M]. Edinburgh: Edinburgh University Press, 2006.

[5] Buchanan, Ian & MacCormack, Patricia. ed. Deleuze and the Schizoanalysis of Cinema[M]. New York: Continuum, 2008.

[6] Bryant, Levi R. Difference and Giveness: Deleuze's Transcendental Empiricism and the Ontology of Immanence[M]. Illinois: Northwestern University Press, 2008.

[7] Crockett, Clayton. Deleuze Beyond Badiou: Ontology, Multiplicity and Event[M]. New York: Columbia University Press, 2013.

[8] Clancy, Rockwell F. Towards a Political Anthropology in the Work of Gilles Deleuze[M]. Belgium: Leuven University Press, 2015.

[9] Cole, David R. The Actions of Affect in Deleuze: Others Using Language and the Language That We Make...[J]. Educational Philosophy

and Theory, 2011, 43(6): 549-561.

[10] Deleuze, Gilles. Nietzsche and Philosophy [M]. Hugh Tomlinson, trans. London: The Athlone Press, 1983.

[11] Deleuze, Gilles. La Philosophy Critique de Kant[M]. Hugh Tomlinson & Barbara Habberjam, trans. London: The Athlone Press, 1984.

[12] Deleuze, Gilles. Pure Immanence: Essays on a Life[M]. Anne Boyman, trans. Cambridge: MIT Press, 2002.

[13] Deleuze, Gilles. Proust and Signs[M]. Richard Howard, trans. London: The Athlone Press, 2000.

[14] Deleuze, Gilles. Nietzsche [M]. Anne Boyman, trans. New York: Zone Books, 2001.

[15] Deleuze, Gilles. Masochism: Coldness and Cruelty[M]. Jean McNeil, trans. New York: Zone Books, 1989.

[16] Deleuze, Gilles. Difference and Repetition[M]. Paul Patton, trans. New York: Columbia University Press, 1994.

[17] Deleuze, Gilles. Expressionism in Philosophy: Spinoza [M]. Martin Joughin, trans. New York: Zone Books, 1990.

[18] Deleuze, Gilles. The Logic of Sense[M]. Constantin V. Boundas, ed. Mark Lester & Charles Stivale, trans. London: The Athlone Press, 1990.

[19] Deleuze, Gilles. The Logic of Sense[M]. M. Lester, trans. London: Continuum, 2001: 348.

[20] Deleuze, Gilles. Spinoza: Practical Philosophy[M]. Robert Hurley, trans. San Francisco: City Light Books, 1988.

[21] Deleuze, Gilles. Hume[M]. Anne Boyman, trans. New York: Zone Books, 2001.

[22] Deleuze, Gilles & Guattari, Felix. Anti-Oedipus[M]. Robert Hurley, Mark Seem & Helen R. Lane, trans. Minneapolis: University of Minnesota Press, 2000.

[23] Deleuze, Gilles & Guattari, Felix. Kafka: Towards a Minor Literature[M]. Dana Polan, trans. Minneapolis: University of Minnesota Press, 1986.

[24] Deleuze, Gilles. Dialogues[M]. Paris: Flammarion, 1977.

[25] Deleuze, Gilles. Dialogue II[M]. Hugh Tomlinson & Barbara Habberjam, trans. New York: Columbia University Press, 2007.

[26] Deleuze, Gilles. Guattari Felix. A Thousand Plateaus[M]. Brian Massumi, trans. Minneapolis: University of Minnesota Press, 1987.

[27] Deleuze, Gilles. Francis Bacon: Logic of Sensation[M]. Daniel W. Smith, trans. New York: Continuum, 2003.

[28] Deleuze, Gilles. Foucault[M]. Sean Hand, trans. Minneapolis: University of Minnesota Press, 2006.

[29] Deleuze, Gilles. Cinema 1: The Movement-Image[M]. Hugh Tomlinson & Barbara Habberjam, trans. Minneapolis: University of Minnesota Press, 1997.

[30] Deleuze, Gilles. Cinema 2: The Time-Image[M]. Hugh Tomlinson & Robert Galeta, trans. Minneapolis: University of Minnesota Press, 1997.

[31] Deleuze, Gilles. Negotiations: 1972-1990[M]. Martin Joughin, trans. New York: Columbia University Press, 1995.

[32] Deleuze, Gilles & Guattari, Felix. Nomadology: The War Machine[M]. Brian Massumi, trans. Seattle: Wormwood Distribution, 2010.

[33] Deleuze, Gilles & Guattari, Felix. What Is Philosophy[M]. Hugh Tomlinson, trans. New York: Columbia University Press, 1994.

[34] Deleuze, Gilles. The Fold: Leibniz and the Baroque[M]. Tom Conley, trans. London: The Athlone Press, 1993.

[35] Deleuze, Gilles. Essays Critical and Clinical[M]. Daniel W. Smith & Michael A. Greco, trans. UK: Verso, 1998.

[36] Deleuze, Gilles. L' Immanence: Une Vie[M]. Anne Boyman, trans. New York: Zone Books, 2001.

[37] Deleuze, Gilles. Deserted Islands and Other Texts: 1953-1974[M]. David Lapoujade, ed. Michael Taormina, trans. New York: Semiotext (e), 2004.

[38] Deleuze, Gilles. Two Regimes of Madness: 1975-1995 [M]. David Lapoujade, ed. Ames Hodges & Mike Taormina, trans. New York: Semiotext(e), 2006.

[39] Deleuze, Gilles. Literature and Life[J]. Critical Inquiry, 1997, 23 (2): 7.

[40] Deleuze, Gilles. The Exhausted[J]. Anthony Uhlmann, trans. Sub-Stance, 1995, 24(3): 3-28.

[41] De Bolle, Leen., ed. Deleuze's Passive Syntheses of Time and the Dissolved Self in Deleuze and Psychoanalysis: Philosophical Essays on Deleuze's Debate with Psychoanalysis[M]. Belgium: Leuven University Press, 2010.

[42] Guillaume, Laura. Hughes, Joe., ed. Deleuze and the Body[M]. Edinburgh: Edinburgh University Press, 2011.

[43] Gaffney, Peter., ed. The Force of the Virtual: Deleuze, Science, and Philosophy[M]. Minneapolis: University of Minnesota Press, 2010.

[44] Goh, Irving. The Question of Community in Deleuze and Guattari (I): Anti-Community[J]. Symploke, 2006, 14(1-2): 216-231.

[45] Hegel, Henry Somers-Hall. Deleuze and the Critique of Representation[M]. Albany: State University of New York Press, 2012.

[46] Kennedy, Barbara M. Deleuze and Cinema: The Aesthetics of Sensation[M]. Edinburgh: Edinburgh University Press, 2000.

[47] Lecercle, Jean-Jacque. Deleuze and Language[M]. New York: Palgrave Macmillan, 2002.

[48] Lecercle, Jean-Jacque. Philosophy of Nonsense[M]. New York: Routledge, 1994.

[49] Lambert, Gregg. Who Is Afraid of Deleuze and Guattari? [M]. Lon-

don: Continuum International Publishing Group, 2006.

[50] Massumi, Brian, ed. A Shock to Thought: Expression After Deleuze and Guattari[M]. London: Routledge, 2002.

[51] Miguel de Beistegui. Immanence: Deleuze and Philosophy[M]. Edinburgh: Edinburgh University Press, 2010.

[52] Moulard-Leonard, Valentine. Bergson-Deleuze Encounters: Transcendental Experience and the Thought of the Virtual[M]. Albany: State University of New York Press, 2008.

[53] Marie-Claire, Ropars-Wuilleumier. La "pensée du dehors" dans L'image-temps (Deleuze et Blanchot) [J]. Cinémas: Revue D'études Cinématographiques / Cinémas: Journal of Film Studies, 2006, 16(2-3): 12- 31.

[54] Poster, Mark. Savat, David, ed. Deleuze and New Technology[M]. Edinburgh: Edinburgh University Press, 2009.

[55] Patton, Paul. Deleuze and the Political [M]. London: Routledge, 2000.

[56] Robinson, Keith. Deleuze, Whitehead, Bergson: Rhizomatic Connections[M]. New York: Palgrave Macmillan, 2009.

[57] Sholtz, Janae. The Invention of a People: Heidegger and Deleuze on Art and the Political[M]. Edinburgh University Press, 2015.

[58] Smith, Daniel W. Essays on Deleuze[M]. Edinburgh: Edinburgh University Press, 2012.

[59] Toscano, Alberto. The Theatre of Production: Philosophy and Individuation Between Kant and Deleuze[M]. New York: Plagrave Macmillan, 2006.

[60] Wilmer, S. E. Deleuze and Beckett[M]. New York: Plagrave Macmillan, 2015.

[61] Ruddick, Susan. The Politics of Affect: Spinoza in the Work of Negri and Deleuze[J]. Theory, Culture & Society, 2010, 27(4): 21-45.

[62] Widder, Nathan. The Rights of Simulacra：Deleuze and the Univocity of Being[J]. Continental Philosophy Review, 2001(34)：437-453.

[63] Wood, Geoffrey. The Delirium of Change：Gilles Deleuze's Optimistic Postmodernism[J]. Koers, 1997, 62(2)：177-188.

[64] [法]吉尔·德勒兹. 批评与临床[M]. 刘云虹, 曹丹红, 译. 南京：南京大学出版社, 2012：286.

[65] [法]吉尔·德勒兹, 费力克斯·加塔利. 资本主义与精神分裂：千高原[M]. 姜宇辉, 译. 上海：上海书店出版社, 2010：353.

[66] [法]吉尔·德勒兹. 德勒兹论福柯[M]. 杨凯麟, 译. 南京：江苏教育出版社, 2006.

[67] [法]吉尔·德勒兹. 尼采与哲学[M]. 周颖, 刘玉宇, 译. 北京：社会科学文献出版社, 2001.

[68] [法]吉尔·德勒兹. 福柯 褶子[M]. 于奇智, 杨洁, 译. 长沙：湖南文艺出版社, 2001.

[69] [法]吉尔·德勒兹, 费利克斯·瓜塔里. 游牧思想：吉尔·德勒兹, 费利克斯·瓜塔里读本[M]. 陈永国, 编译. 长春：吉林人民出版社, 2003.

[70] [法]吉尔·德勒兹. 哲学与权力的谈判——德勒兹访谈录[M]. 刘汉全, 译. 北京：商务印书馆, 2000.

[71] [法]吉尔·德勒兹. 电影2：时间-影像[M]. 谢强, 蔡若明, 马月, 译. 长沙：湖南美术出版社, 2004.

[72] [法]吉尔·德勒兹, 菲利克斯·迦塔利. 什么是哲学? [M]. 张祖建, 译. 长沙：湖南文艺出版社, 2007.

[73] [法]吉尔·德勒兹. 弗兰西斯·培根：感觉的逻辑[M]. 董强, 译. 桂林：广西师范大学出版社, 2007.

[74] 麦永雄. 德勒兹哲性诗学：跨语境理论意义[M]. 桂林：广西师范大学出版社, 2013.

[75] 汪民安. 生产：德勒兹机器[M]. 桂林：广西师范大学出版社, 2008.

[76]韩桂玲.吉尔·德勒兹身体创造学研究[M].南京：南京师范大学
出版社，2011.

[77]黄小慧.欲望·游牧·政治——吉尔·德勒兹的政治哲学思想研
究[M].北京：知识产权出版社，2013.

[78]葛跃.德勒兹生成文学思想研究[M].合肥：安徽教育出版社，
2014.

[79]姜宇辉.德勒兹身体美学研究[M].上海：华东师范大学出版社，
2007.

[80]麦永雄.德勒兹与当代性：西方后结构主义思潮研究[M].桂林：
广西师范大学出版社，2007.

[81]潘于旭.断裂的时间与异质性的存在——德勒兹差异与重复的文本
解读[M].杭州：浙江大学出版社，2007.

[82]张中.皱褶、碎片与自由的踪迹——德勒兹论文学[J].法国研究，
2013(2)：33.

[83]姜宇辉.德勒兹的事件哲学与当代前卫艺术[J].艺术时代，2013
(9)：48-53.

[84]姜宇辉."喧哗"与"沉默"——从德勒兹事件哲学的视角反思波洛
克的"醉"与"线[J].哲学分析，2014，5(4)：90-102.

[85]潘于旭，夏传海.德勒兹的"死亡本能"探源——德勒兹前期哲学观
简论[J].浙江社会科学，2006(2)：129-134.

[86]韩桂玲.吉尔·德勒兹身体创造学的一个视角[J].理论月刊，2010
(2)：51-53.

[87]陈瑞文.德勒兹的双重音乐系谱[J].视觉艺术论坛，2012(7)：70-
96.

[88]陈瑞义.德勒兹创造理论的非人称与非人称性[J].台湾政治大学哲
学学报，2011(25)：1-45.

[89]张国贤.语言之道：从德勒兹的语言哲学到庄子的"天籁"[J].揭
谛，2015(28)：95-114.

[90]杨凯麟.起源与重复：德勒兹哲学的差异问题性[J].台湾政治大

学哲学学报，2014(31)：107-140.

[91]夏光. 德鲁兹和伽塔里的精神分裂分析学(上)[J]. 国外社会科学，2007(2)：30-38.

[92]夏光. 德鲁兹和伽塔里的精神分裂分析学(下)[J]. 国外社会科学，2007(3)：30-38.

[93]李科林. 真理的自由和自由的真理——德勒兹对康德思想的超越[J]. 世界哲学，2009(5)：143-152.

[94]方成. 精神分裂分析文学批评初探[J]. 外国文学，1997(2)：74-80.

[95]刘妙桃. 精神分裂分析：解析资本主义的新视角——读《反俄狄浦斯：资本主义与精神分裂症》[J]. 学术探索，2013(1)：34-37.

[96]胡新宇. 德勒兹差异哲学与美学研究[D]. 上海：复旦大学，2012.

二、布朗肖部分

(一) 著作

[1] Blanchot, Maurice. L'arret de Mort[M]. Paris：Gillimard，1948.

[2] Blanchot, Maurice. L'Attente L'Oubli[M]. Paris：Gillimard，1963.

[3] Blanchot, Maurice. Faux Pas[M]. Paris：Gillimard，1943.

[4] Blanchot, Maurice. La Part du Feu[M]. Paris：Gillimard，1949.

[5] Blanchot, Maurice. Le Livre a Venir[M]. Paris：Gillimard，1959.

[6] Blanchot, Maurice. L'Entretien Infini[M]. Paris：Gillimard，1969.

[7] Blanchot, Maurice. L'Ecriture du Desastre [M]. Paris：Gillimard，1980.

[8] Blanchot, Maurice. L'Amitié[M]. Paris：Gillimard，1980.

[9] Blanchot, Maurice. Le Space Litéraire[M]. Paris：Gillimard，1955.

[10] Blanchot, Maurice. The Station Hill Blanchot Reader [M]. George Quasha, ed. Lydia Davis, Paul Auster & Robert Lamberton, trans. New York：Station Hill Press, 1999.

[11] Blanchot, Maurice. The Writing of the Disaster[M]. Ann Smock, trans. Lincoln and London: University of Nebraska Press, 1995.

[12] Blanchot, Maurice. Infinite Conversation[M]. Susan Hanson, trans. Minneapolis: University of Minnesota Press, 2003.

[13] Blanchot, Maurice. The Space of Literature[M]. Ann Smock, trans. London: University of Nebraska Press, 1982.

[14] Blanchot, Maurice & Foucault, Michel. Foucault/Blanchot[M]. Brian Massumi, trans. New York: Zone Books, 1987.

[15] Blanchot, Maurice. The Instant of My Death/Demeure: Fiction and Testimony[M]. Stanford: Stanford University Press, 2000.

[16] Blanchot, Maurice. Into Disaster: Chronicles of Intellectual Life, 1941[M]. Michael Holland, trans. New York: Fordham University Press, 2013.

[17] Blanchot, Maurice. Lautreamont and Sade[M]. Stuart Bendali, trans. Stanford: Stanford University Press, 2004.

[18] Blanchot, Maurice. The Step Not Beyond[M]. Lycette Nelson, trans. New York: State University of New York Press, 1992.

[19] Blanchot, Maurice. Vicious Circles[M]. Paul Auster, trans. New York: Barry Town & Station Hill Press, 1995.

[20] Bident, Christophe. Maurice Blanchot: Partenaire Invisible[M]. Seyssel: Champ Vallon, 1998.

[21] Bident, Christophe. Reconnaissances: Antelme, Blanchot, Deleuze[M]. Paris: Calmann-Lévy, 2003.

[22] Bruns, Gerald L. Maurice Blanchot: The Refusal of Philosophy[M]. John Hopkins University Press, 2005.

[23] David, Appelbaum. In His Voice: Maurice Blanchot's Affair With the Neuter[M]. New York: State University of New York Press, 2017.

[24] Fort, Jeff. The Imperative to Write: Destitutions of the Sublime in Kafka, Blanchot, and Beckett[M]. New York: Fordham University

Press, 2014.

[25] Hill, Leslie. Blanchot: Extreme Contemporary[M]. New York: Rout-ledge, 1997.

[26] Hill, Leslie. Maurice Blanchot and Fragmentary Writing: A Change of Epoch[M]. New York: Bloomsbury Academic, 2012.

[27] Hart, Kevin. The Dark Gaze: Maurice Blanchot and the Sacred[M]. Chicago: The University of Chicago Press, 2004: 13.

[28] Hart, Kevin. Clandestine Encounters: Philosophy in the Narratives of Maurice Blanchot[M]. Notre Dame: University of Notre Dame Press, 2010.

[29] Hurault, Andrew. Maurice Blanchot: Le Principe de Fiction [M]. Saint-Denis: Presses Universitaires de Vincennes, 1999: 235.

[30] Hess, Deborah M. Politics and Literature: The Case of Maurice Blan-chot (Currents in Comparative Romance Languages and Literatures)[M]. New York: Peter Lang Publishing, 1999.

[31] Levinas, Emmanuel. On Maurice Blanchot[M]// Proper Names. Mi-chael B. Smith, trans. Stanford: Stanford University Press, 1996.

[32] Labarthe, Philippe. Ending and Unending Agony: On Maurice Blan-chot[M]. New York: Fordham University Press, 2015.

[33] Londyn, Jacque. Maurice Blanchot Romancier [M]. Paris: Nizet, 1976.

[34] Derrida, Jacque. Comment on L'arret de Mort, published as "LIVING ON. Border Lines" in Deconstruction and Criticism[M]. New York: Seabury Press, 1979.

[35] Derrida, Jacque. La Folie du Jour Entitled "La Loi du Genre" Ap-peared Firstly in Glyph, 1980(7): 202-229, Then Gathered Together in Parages[M]. Paris: Edition Galilee, 1986.

[36] Mckeane, John. Opelz, Hannes, ed. Blanchot Romantique: A Collec-tion of Essays[M]. Bern: Peter Lang, 2010.

[37] Shaviro, Steven. L'arret de Mort and Au Moment Voulu in Passion and Excess: Blanchot, Bataille and Literary Theory [M]. Tallahassee: Florida State University Press, 1990.

[38] Gregg, John. Maurice Blanchot and The Literature of Transgression[M]. New Jersey: Princeton University Press, 1994.

[39] Gill, Carolyn Bailey. Maurice Blanchot: The Demand of Writing[M]. New York: Routledge, 1996.

[40] Rabaté, Jean-Michel. The Pathos of Distance[M]. New York: Bloomsbury, 2016.

[41] Wall, Thomas Carl. Radical Passivity: Levinas, Blanchot, and Agamben[M]. New York: State University of New York Press, 1999.

[42] William S. Allen. Aesthetics of Negativity: Blanchot, Adorno, and Autonomy[M]. New York: Fordham University Press, 2016.

[43] [法]莫里斯·布朗肖. 无尽的谈话[M]. 尉光吉, 译. 南京: 南京大学出版社, 2016: 315-316.

[44] [法]莫里斯·布朗肖. 不可言明的共通体[M]. 夏可君, 尉光吉, 译. 重庆: 重庆大学出版社, 2016: 315-316.

[45] [法]莫里斯·布朗肖. 亚米拿达[M]. 郁梦非, 译. 南京: 南京大学出版社, 2016: 31-32.

[46] [法]莫里斯·布朗肖. 死刑判决[M]. 汪海, 译. 南京: 南京大学出版社, 2014: 31-32.

[47] [法]莫里斯·布朗肖. 黑暗托马[M]. 林长杰, 译. 南京: 南京大学出版社, 2014: 31-32.

[48] [法]莫里斯·布朗肖. 在适当时刻[M]. 吴博, 译. 南京: 南京大学出版社, 2015: 31-32.

[49] [法]莫里斯·布朗肖. 至高者[M]. 李志明, 译. 南京: 南京大学出版社, 2016: 31-32.

[50] [法]莫里斯·布朗肖. 最后之人[M]. 林长杰, 译. 南京: 南京大学出版社, 2014: 31-32.

[51] [法]莫里斯·布朗肖. 那没有伴着我的一个[M]. 胡蝶，译. 南京：南京大学出版社，2015：31-32.

[52] [法]莫里斯·布朗肖. 等待，遗忘[M]. 鹜龙，译. 南京：南京大学出版社，2015：31-32.

[53] [法]莫里斯·布朗肖. 灾异的书写[M]. 魏舒，译. 南京：南京大学出版社，2016：31-32.

[54] [法]莫里斯·布朗肖. 从卡夫卡到卡夫卡[M]. 潘怡帆，译. 南京：南京大学出版社，2014：31-32.

[55] [法]莫里斯·布朗肖. 未来之书[M]. 赵苓岑，译. 南京：南京大学出版社，2015：31-32.

[56] [法]莫里斯·布朗肖. 来自别处的声音[M]. 方琳琳，译. 南京：南京大学出版社，2016：31-32.

[57] [法]莫里斯·布朗肖. 文学空间[M]. 顾嘉琛，译. 北京：商务印书馆，2003：31-32.

[58] [英]乌尔里希·哈泽，威廉·拉奇. 导读布朗肖[M]. 潘梦阳，译. 重庆：重庆大学出版社，2014：1.

[59] [法] 莫里斯·布朗肖. 艺术的前途及问题[M]// 周宪，等. 当代西方艺术文化学. 北京：北京大学出版社，1988：334-335.

（二）论文

[1] Allen, William S. Dead Transcendence: Blanchot, Heidegger, and the Reverse of Language [J]. Research in Phenomenology, 2009, 39(1): 69-98.

[2] Allen, William S. The Image of the Absolute Novel: Blanchot, Mallarmé, and "Aminadab"[J]. MLN, Comparative Literature Issue, 2010, 125 (5): 1098-1125.

[3] Anne, Leslie Boldt-irons. Blanchot and Bataille on the Last Man[J]. Journal of the Theoretical Humanities, 2006, 2(2): 3.

[4] Benjamin, Andrew Benjamin. Another Naming, a Living Animal: Blanchot's Community[J]. SubStance, 2008, 37(3): 207-227.

[5] Champagne, Roland A. Book Review of Maurice Blanchot: Partenaire Invisible[J]. World Literature Today, 1999, 73(1): 115.

[6] Dowd, Garin V. "Glisser dans le Vide": Blanchot, Thomas l'obscur and the Space of Literature[J]. Angelaki Journal of the Theoretical Humanities, 1999, 4(3): 153-169.

[7] Hill, Leslie. Blanchot and Mallarmé[J]. MLN, Comparative Literature, 1990, 105(5): 889-913.

[8] Hill, Leslie. Not in Our Name: Blanchot, Politics, the Neuter[J]. Paragraph, Blanchot's Epoch, 2007, 30(3): 141-159.

[9] Holland, Michael. Bataille, Blanchot and the 'Last Man'[J]. Paragraph, Editors' Anniversary Issue, 2004, 27(1): 50-63.

[10] Hanafin, Patrick. 'As Nobody I Was Sovereign': Reading Derrida Reading Blanchot[J]. Societies, 2013(3): 43-51.

[11] Iyer, Lars. The Impossibility of Loving: Blanchot, Community, Sexual Difference[J]. Journal for Cultural Research, 2003, 7(3): 227-242.

[12] Ionescu, Arleen. Waiting for Blanchot: A Third Act for Beckett's Play[J]. Journal of Literature and the History of Ideas, 2013, 11(1): 71-86.

[13] Lessana, Marie-Magdeleine. 'De Borei à Blanchot, une joyeus Georges Bataille' in Georges Bataille, Histoire de l'oeil[M]. Madame Edwar Jean-Jacques Pauvert, 2001: 5-56.

[14] Khatab, Rhonda. Timelessness and Negativity in Awaiting Oblivion: Hegel and Blanchot in Dialogue[J]. Colloquy Text Theory Critique, 2005(10): 83-101.

[15] Massie, Pascal. The Secret and the Neuter: On Heidegger and Blanchot[J]. Research in Phenomenology, 2007, 37(1): 32-55.

[16] Madou, Jean-Pol. The Law, the Heart: Blanchot and the Question of Community[J]. Yale French Studies, The Place of Maurice Blanchot, 1998(93): 60-65.

[17] Sheaffer-Jones, Caroline. The Point of the Story: Levinas, Blanchot and "The Madness of the Day"[J]. MFS Modern Fiction Studies, 2008, 54(1): 160-180.

[18] Strauss, Walter A. Siren-Language: Kafka and Blanchot[J]. Sub-Stance, 1976, 5(14). Flying White: The Writings of Maurice Blanchot[C]. Baltimore: The Johns Hopkins University Press, 1976: 18-33.

[19] Safhafi, Kas. Thomas the Marvellous: Resurrection and Living-Death in Blanchot and Nancy[J]. Mosaic: A Journal for the Interdisciplinary Study of Literature, 2012, 45(3): 1-16.

[20] Safhafi, Kas. The Passion for the Outside: Foucault, Blanchot, and Exteriority[J]. International Studies in Philosophy, 1996, 28(4): 79-92.

[21] 朱玲玲. 自杀与主体性: 布朗肖的死亡观[J]. 法国研究, 2011(2): 1-9.

[22] 朱玲玲. 布朗肖的语言观[J]. 外国文学, 2011(4): 126-133.

[23] 朱玲玲. "自我之狱"与"外边"——布朗肖思想研究[D]. 上海: 复旦大学, 2012.

[24] 朱玲玲. 走出"自我之狱"——布朗肖论死亡、文学以及他者[J]. 文艺理论研究, 2013(4): 211-216.

[25] 朱玲玲. 无限的他者与复数的言语——从海德格尔、列维纳斯到布朗肖[J]. 江淮论坛, 2014(4): 41-48.

[26] 王嘉军. 存在、异在与他者: 列维纳斯与法国当代文论[D]. 上海: 华东师范大学, 2015.

[27] 王嘉军. "il y a"与文学空间: 布朗肖和列维纳斯的文论互动[J]. 中国比较文学, 2017(2): 116-128.

[28] 王若存. 外部与越界: 论布朗肖的文学灵感观[J]. 浙江学刊, 2017(4): 199-206.

[29] 汪民安. 友谊和语言中的沉默——福柯对布朗肖的解读[J]. 求是学

刊，2014（2）：15-22.

[30]臧小佳.“向死而生”——布朗肖与朗西埃论文学[J].当代外国文学，2017（4）：123-129.

[31]王丽芳.论布朗肖《文学空间》中的写作思想[D].重庆：西南大学，2011.

[32]赵苓岑.莫里斯·布朗肖《未来之书》中récit一词汉译探讨[D].南京：南京大学，2015.

[33]姚亚峰.莫里斯·布朗肖“沉默”文学叙事理论研究[D].桂林：广西师范大学，2017.

[34]耿幼壮.文学的沉默——论布朗肖的文学思想[J].外国文学研究，2014（5）：73-80.

[35]姚云帆.作为研究的写作 对布朗肖“思想和对断裂的要求”的评注[J].新美术，2015（2）：42-49.

[36]陈镭.布朗肖与萨特[J].国外理论动态，2010（4）：78-82.

[37]邓刚.布朗肖和巴特论作者之死[J].当代作家评论，2016（4）：200-207.

[38]张亮.忠诚于知识友谊的福柯想象——布朗肖《我所想象的米歇尔·福柯》解读[J].苏州大学学报（哲学社会科学版），2014（4）：47-51.

[39]胡怡君.1950年前后布朗肖对贝克特语言观的影响——兼《无名者》叙事分析[J].外国文学，2014（2）：57-66.

[40]刘文瑾.布朗肖与“灾难的书写”[N].中国社会科学报，2013-07-12.

[41]苏立君.后结构主义视域下的“共通体”观探析——以巴塔耶、南希、布朗肖思想为例[J].龙岩学院学报，2017（6）：103-107.

[42]何吉光.主体的流亡——布朗肖小说《黑暗托马》中的主体与他者关系问题[D].北京：北京外国语大学，2016.

三、其他重要资料

[1] Agamben, Giorgio. Notes on Gesture[M]// Means Without End: Notes on Politics. Binetti, Vincenzo & Casarino, Cesare, trans. Minneapolis: University of Minnesota Press, 2000.

[2] Adorno, Theodor W. Prisms[M]. Samuel Weber & Shierry Weber Nicholsen, trans. Cambridge: MIT Press, 1981.

[3] Bataille, Georges. Visions of Excess: Selected Writings, 1927-1939[M]. Allan Stoekl, ed. Allan Stoekl, Carl R. & Donald M. Leslie, Jr., trans. Minneapolis: University of Minnesota Press, 1985.

[4] Bataille, Georges. Literature and Evil: Essays by Georges Bataille[M]. Alastair Hamilton, trans. New York: Marion Boyars, 1993.

[5] Benjamin, Andrew. Of Jews and Animals[M]. Edinburge: Edinburge Universtiy Press, 2010.

[6] Bourriaud, Nicolas. Relational Aesthetics[M]. Dijon: Les Presses du Reel, 1998.

[7] Bloom, Harold. Deconstruction and Criticism [M]. London and New York: Continuum Publishing Group, 1979.

[8] Benjamin, Walter. Walter Benjamin: Selected Writings, 1927-1930[M]. Rodney Livingstone and Others, trans. Michael W. Jennings, Howard Eiland & Gary Smith, eds. Cambridge: Harvard University Press, 2003.

[9] Benjamin, Walter. Illuminations[M]. Harry Zohn, trans. New York: Schocken Books, 1969.

[10] Chion, Michel. Audio-Vision[M]. New York: Columbia University Press, 1990.

[11] Chion, Michel. The Voice in Cinema[M]. Claudia Gorbman, trans. New York: Columbia University Press, 1999.

[12] Clift, Sarah. Committing the Future to Memory: History, Experience, Trauma[M]. New York: Fordham University Press, 2014.

[13] Connerton, Paul. Seven Types of Forgetting [J]. Memory Studies, 2008(1): 59-71.

[14] Derrida, Jacque. Living on: Border Lines, in Deconstruction and Criticism[M]. London and Henley: Routledge & Kegan Paul, 1979.

[15] Derrida, Jacque. Spurs [M]. Chicago: The University of Chicago Press, 1978.

[16] Derrida, Jacque. On Touching: Jean-Luc Nancy[M]. Chirstine Irizarry, trans. Stanford: Stanford University Press, 2000.

[17] Elizabeth, Grosz. Volatile Bodies: Towards a Corporeal Feminism[M]. Bloomington: Indiana University Press, 1994.

[18] Emmanuel Levinas. On Escape [M]. Jacques Rolland, ed. Bettina Bergo, trans. Stanford: Stanford University Press, 2003.

[19] Focillon, Henri. The Life of Forms in Art[M]. New Haven: Yale University Press, 1942.

[20] Freeman, Walter J. How Brains Make Up Their Minds[M]. London: Phoenix, 1999.

[21] Garrington, Abbie. Haptic Modernism: Touch and the Tactile in Modernist Writing[M]. Edinburgh: Edinburgh University Press, 2013.

[22] Gillespie, Michael Patrick. The Aesthetics of Chaos: Nonlinear Thinking and Contemporary Literary Criticism[M]. Florida: University Press of Florida, 2008.

[23] Husserl, Edmund. Ideas Pertaining to a Pure Phenomenology and to a Phenomelogical Philosophy: Second Book Studies in the Phenomenology of Constitution [M]. Richard Rojcewicz & Andre Schuwer, trans. Netherlands: Kluwer Academic Publishers, 1989.

[24] Hofmeyr, Benda, ed. Radical Passivity: Rethinking Ethical Agency in Levinas[M]. Berlin: Springer, 2009.

[25] Hugill, Alison. The Photography of the Disaster[J]. Problématique, 2011(13): 7-21.

[26] Jaspers, Karl. Strindberg and Van Gogh[M]. Arizona: The University of Arizona Press, 1977.

[27] Klossowski, Pierre. Nietzsche and the Vicious Circle[M]. Daniel W. Smith, trans. London: The Athlone Press, 1997.

[28] Knowlson, James. Images of Beckett[M]. Cambridge: Press of Syndicate of The University of Cambridge, 2003.

[29] Leroi-Gourhan Andre. Gesture and Speech[M]. Anna Bostock Berger, trans. Cambridge: MIT Press, 1993.

[30] Lacan, Jacques. The Seminar of Jacques Lacan. Book II: The Ego in Freud's Theory and in the Technique of Psychoanalysis, 1954-1955[M]. Jacques-Alain Miller, ed. Sylvana Tomaselli, trans. New York: Norton, 1988.

[31] Lacan, Jacques. James B. Swenson and Jr. Kant with Sade[J]. The MIT Press, 1989, 51: 55-75.

[32] Mehlman, Jeffrey. Legacies of Anti-Semitism in France[M]. Minneapolis: University of Minnesota Press, 1983.

[33] Miller, Henry. Sexus[M]. New York: Grove Press, 1965.

[34] Mitchell, Andrew J. & Winfree, Jason Kemp. The Obsessions of Georges Bataille: Community and Communication[M]. New York: Suny Press, 2009.

[35] Nancy, Jean-Luc. The Inoperative Community [M]. Peter Connor, trans. Peter Conner, ed. Minneapolis and Oxford: University of Minnesota Press, 1991.

[36] Nancy, Jean-Luc. Sharing Voices, in Transforming the Hermeneutic Context: From Nietzsche to Nancy[M]. Gayle L. Ormiston & Alan D. Schrift, eds. New York: State University of New York Press, 1990.

[37] Prince, Gerald. A Dictionary of Narratology(Revised Edition)[M].

Lincoln & London: University of Nebraska Press, 2003.

[38] Pelbart, Peter Pal. The Thought of the Outside, The Outside of Thought[J]. Journal of the Theoretical Humanities, 2000, 5(2): 201-209.

[39] Ranciere, Jacques. The Politics of Aesthetics[M]. New York: Continuum, 2008.

[40] Rothberg, Michael. Traumatic Realism: The Demands of Holocaust Representation [M]. Minneapolis: University of Minnesota Press, 2000.

[41] Sartre, Jean-Paul. What Is Literature and Other Essays[M]. Bernard Frechtman, trans. Cambridge: Harvard University Press, 1988.

[42] Sade, La Nouvelle Justine ou les Malheurs de la Vertu, Œuvres II[M]. Paris: Gallimard, Bibliothèque de la Pléiade, 1995: 393-1110.

[43] Sparks, Simon, ed. Multiple Arts: The Muses II[M]. Stanford: Stanford University Press, 2006.

[44] Binetti, Vincenzo & Casarino, Cesare. Minneapolis[M]. London: University of Minnesota Press, 2000.

[45] Watts, Phillip. Allegories of the Purge: How Literature Responded to the Postwar Trials of Writers and Intellectuals in France[M]. Stanford: Stanford University Press, 1998.

[46] 申丹. 叙述学与小说文体研究[M]. 北京: 北京大学出版社, 1998.

[47] 陈池瑜. 现代艺术学导论[M]. 北京: 清华大学出版社, 2005.

[48] 杨大春. 语言·身体·他者: 当代法国哲学的三大主题[M]. 北京: 生活·读书·新知三联书店, 2007.

[49] [意] 马里奥·佩尔尼奥拉. 仪式思维——性、死亡和世界[M]. 吕捷, 译. 北京: 商务印书馆, 2006.

[50] [俄] 巴赫金. 巴赫金全集(第5卷)[M]. 石家庄: 河北教育出版社, 1998.

[51] [奥]胡塞尔. 逻辑研究(第二卷)[M]. 倪梁康,译. 上海:上海译文出版社,1999.

[52] [奥]马丁·布伯. 我与你[M]. 陈维刚,译. 北京:生活·读书·新知三联书店,2002.

[53] [德]黑格尔. 精神现象学(上卷)[M]. 北京:商务印书馆,1979.

[54] [荷]斯宾诺莎. 伦理学[M]. 贺麟,译. 北京:商务印书馆,1958.

[55] [荷]斯宾诺莎. 斯宾诺莎书信集[M]. 洪汉鼎,译. 北京:商务印书馆,1993.

[56] [美]约翰·奥尼尔. 身体形态——现代社会的五种身体[M]. 张旭春,译. 沈阳:春风文艺出版社,1999.

[57] [法]莫里斯·梅洛-庞蒂. 知觉现象学[M]. 姜志辉,译. 北京:商务印书馆,2001.

[58] [法]巴迪欧. 第二哲学宣言[M]. 蓝江,译. 南京:南京大学出版社,2014.

[59] [意]列奥纳多·达·芬奇. 达·芬奇论绘画[M]. 戴勉,译. 桂林:广西师范大学出版社,2003.

[60] [法]乔治·巴塔耶. 色情、耗费与普遍经济:乔治·巴塔耶文选[M]. 汪民安,编. 长春:吉林人民出版社,2003.

[61] [法]拉康. 拉康选集[M]. 褚孝泉,译. 上海:上海三联书店,2001.

[62] [捷]米兰·昆德拉. 相遇[M]. 尉迟秀,译. 上海:上海译文出版社,2011.

[63] 赵毅衡. 当说者被说的时候:比较叙述学导论[M]. 北京:中国人民大学出版社,1998.

[64] 申丹. 叙述学与小说文体研究[M]. 北京:北京大学出版社,1998.

[65] 姜宇辉. 审美经验与身体意向[D],复旦大学,2004:31.

[66] 严泽胜. 拉康论自恋、侵略性与妄想狂的自我[J]. 外国文学评论,2003(4):18-24.

[67] 涂险峰,陈溪. 感受他者之痛[J]. 武汉大学学报(人文科学版),

2012，65（2）：70-76.

［68］郭华. 晚期阿尔都塞的"偶然相遇的唯物主义"［J］. 南京社会科学，2009（4）：27-28.

［69］［德］卡尔·亚斯贝斯. 精神分裂症与创作能力及现代文化的关系［J］. 孙秀昌，译. 河北学刊，2016（4）：97-103.

［70］蓝江. 什么是人民？抑或我们需要什么样的人民？——当代西方激进哲学的人民话语［J］. 理论探讨，2016（4）：47-55.

［71］耿幼壮. 倾听：后形而上学时代的感知范式［M］. 北京：北京大学出版社，2013.

［72］张一兵. 伪"我要"：他者欲望的欲望——拉康哲学解读［J］. 学习与探索，2005（3）：50-54.

［73］尚杰. 消失的永恒与瞬间之力量［J］. 世界哲学，2016（3）：32-41.

［74］姜宇辉. 作为"想象理性"的隐喻——自博纳富瓦的诗意聆听辨析莱柯夫的隐喻理论［J］. 外国文学，2015（1）：15-23.

［75］李金辉. 视觉图像现象学——以"视域"的发生和构造为基础的理论范式［J］. 世界哲学，2012（1）：61-72.

［76］黄瑞成. 神圣疯狂［J］. 二十一世纪（网络版），2003（12）.

［77］张博. 记忆与遗忘的重奏——文学、历史、记忆浅论［J］. 文艺争鸣，2010（1）：43-47.